タイヤル・バライ
本当の人

トマス・ハヤン 著
下村作次郎 訳

田畑書店

日本の読者の皆さまへ

『タイヤル・バライ　本当の人』が、二〇二五年三月に日本の読者にお会いできると聞き大変喜んでいます。その上、表紙の装幀を、台湾でも大変有名な美術作家のやなぎみわさんが手がけてくださっていると聞き、これまで本書の出版に関わってくださった皆さまに感謝の気持ちでいっぱいになりました。もうすぐ日本の読者と書店でお会いできることを楽しみに待っています。

私は台湾原住民族のタイヤル族のトマス・ハヤンです。長年、作家として台湾原住民族に関心を抱きつづけています。台湾師範大学の大学院を出ました。タイヤル族は、一六族ある台湾原住民族の一つで、高山での生活にたけた民族です。私は風景の美しい桃園市角板山の奎輝（ケイフィ）部落に住み、ふだんは山林を歩き、耕作し、猟をし、そして原住民部落の純朴な風土や人々の生活を小説に書いています。日本の読者の皆さまが台湾に旅行に来られた折には、ぜひ私のふるさとにも寄っていただき、原住民の陽気さと情熱をいっしょに楽しみたいと思います。

『タイヤル・バライ　本当の人』は、主にタイヤル族の過去百年の生活の様子とその本当の姿を書いています。特にタイヤル族が直面した土地の流失と、ガガ（伝統）社会の崩壊について、百年にわたって大嵙崁（カカン）流域の部落で起こった物語を、フィールドワークをもとに書いています。『タイヤル・バライ　本当の人』では、多くの歴史事件によって、この世界で起こった様々な変化を暗喩しています。作品は、オットフ（幽霊）の眼を通して、タイヤル族が現実世界で味わった怪異現象や荒唐無稽な出来事について語っています。植民統治下で起こったタイヤル族の世代間の認識の変化をたどり、タイヤル族がどのようにして自分たちの心の核心である文化を直視したかを振りかえることで、不公平な扱いの中で命を落としていった霊魂が安らぎを得られ、タイヤル族は真摯に自分に向き合えるのです。台湾原住民族を理解するための一冊として、日本の皆さまにこの『タイヤル・バライ　本当の人』を読んでいただきたいと思います。

タイヤル族は百年の移動と変遷を経てきましたが、文献上の記録では四千年におよぶ歴史を有する族群で、独自の言語や服装、顔の刺青（パタス）といった伝統のガガ文化を保持し、今日でも台湾の山林で暮らしています。主として台湾の中部から北部の山地に分布し、宜蘭県から、新北市、桃園市、新竹県、苗栗県、台中市、そして南投県へと広がって住んでいます。台湾の中央山脈と雪山山脈の両側の渓流の主流と支流に沿って生活し、部落は主として和平渓、南澳渓、蘭陽渓、大漢渓、中港渓、後龍渓、大安渓、大甲渓、北港渓、そして濁流渓に沿って分布しています。私たちは台湾原住民族の中で最も広い範囲に分布している族群です。

最後に、この作品を日本語に翻訳して下さった下村作次郎氏に感謝したいと思います。

二〇二四年の八月に、私は天理大学附属天理参考館を訪ね、百年前のタイヤル族の文物を見学し、お互いに意見を交換しましたが、氏の台湾原住民文学への支持に深く感謝したいと思います。こうして私の作品が日本語となって日本の広範な読者との交流が進み、台湾の原住民族に関心のある日本の読者が新しい読書の喜びが得られることを願っています。私たちの文化と伝統は異なりますが、文字はさらに多くの美しい新しい世界を伝えられると思っています。また、本書を通して、読者の皆さまが原住民族作家の作品をさらに多く読まれ、台湾と日本の両国の交流をいっそう深める友好の証しとなると信じています。

二〇二五年一月一九日

トマス・ハヤン

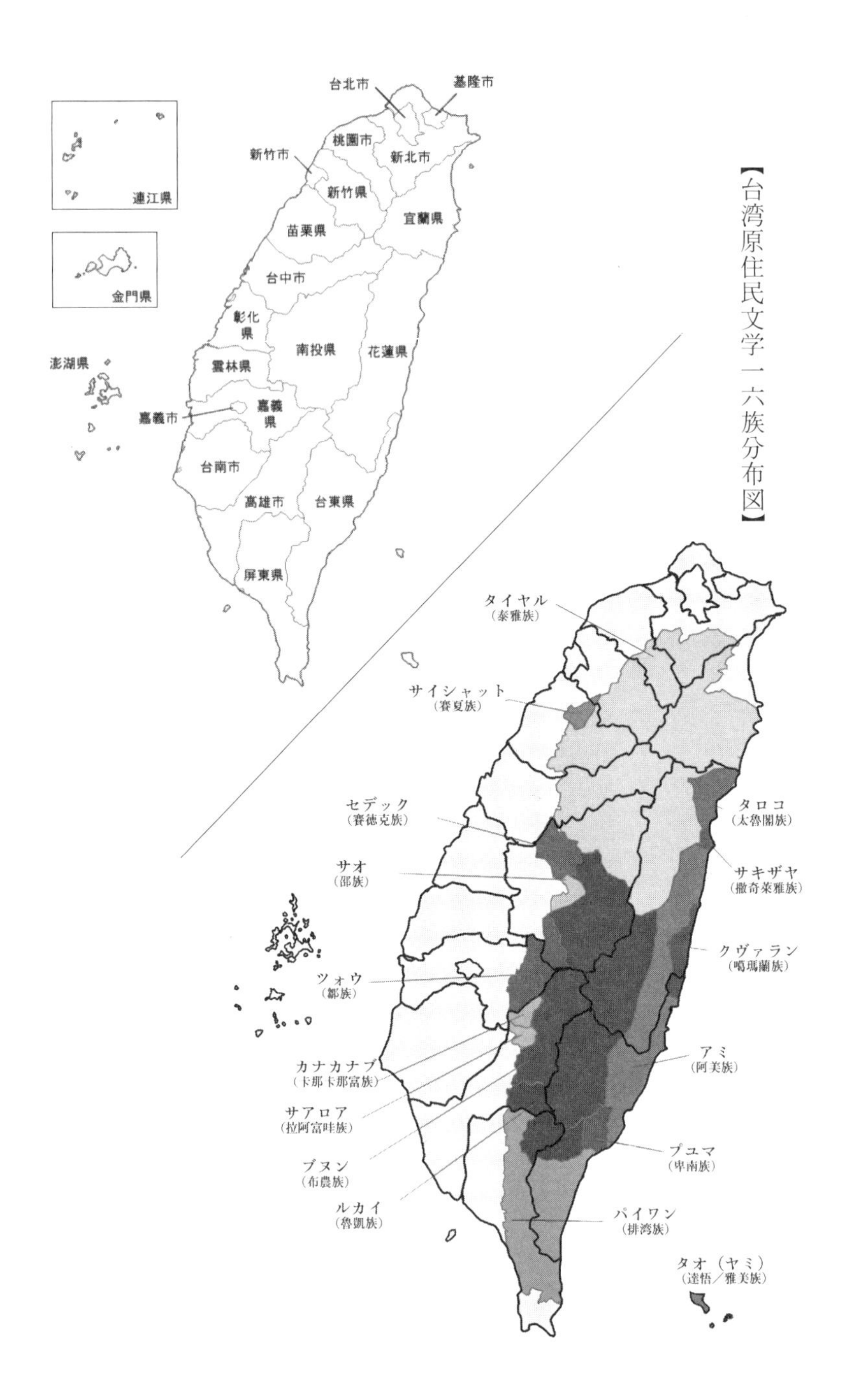

【台湾原住民文学一六族分布図】

【作品舞台地図】

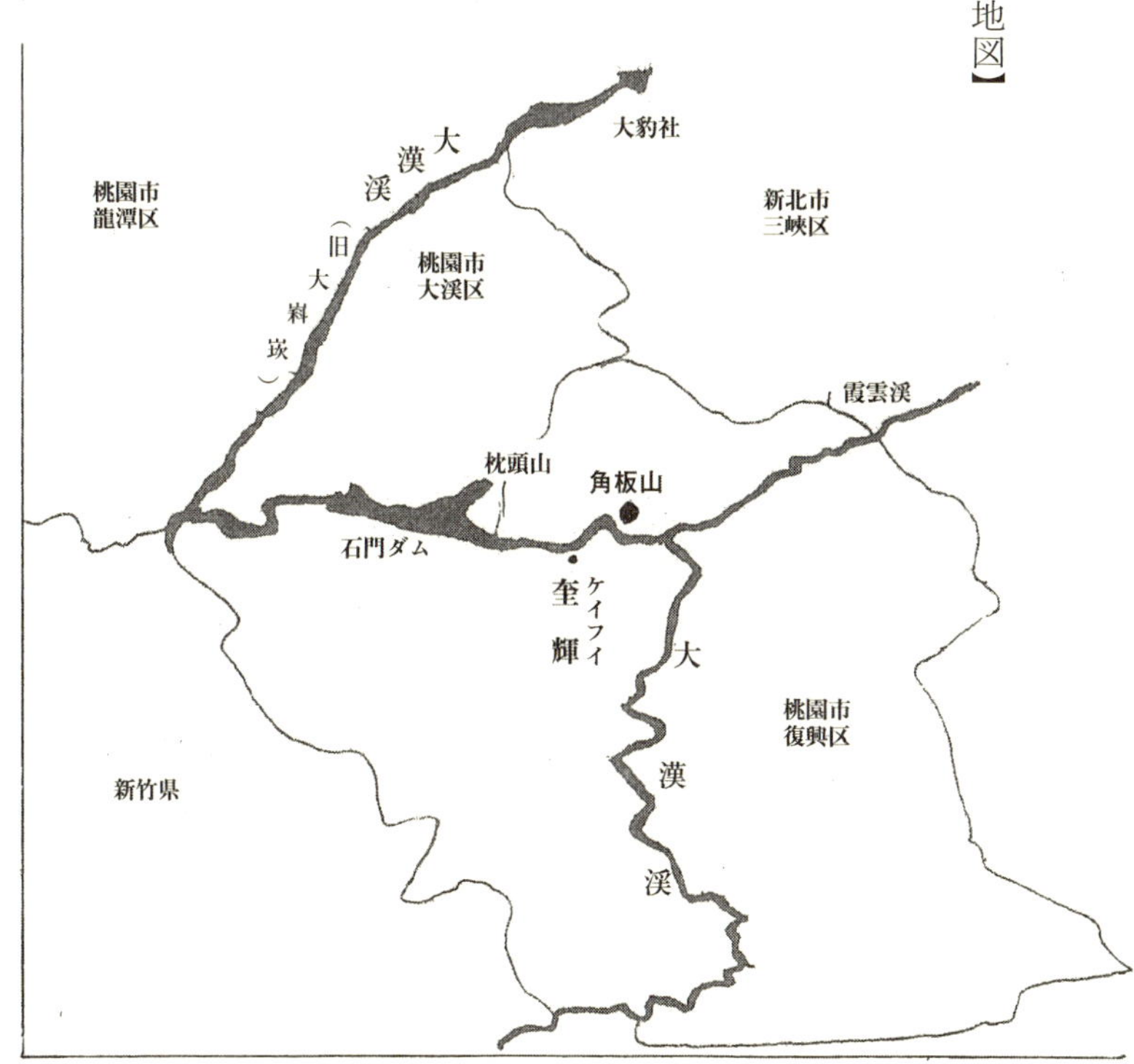

大漢渓（旧大嵙崁）
大豹社
桃園市
龍潭区
新北市
三峡区
桃園市
大渓区
霞雲渓
枕頭山
角板山
石門ダム
奎輝
ケイフィ
大漢渓
桃園市
復興区
新竹県

枕 頭 山

目次

【凡例】

一、本書では、台湾の先住民族について、「原住民」や「原住民族」の用語を用いた。理由は、一九九四年七月二八日、憲法の条文を修正し、「原住民」が公称となったことによる。その後、一九九七年にさらに「原住民族」と修正される。また、原住民族基本法第二条（二〇〇五年二月五日公布）には、「原住民の原住民族地区の一定の区域内」、つまり原住民族の集落は「部落」と称することが述べられている。

二、タイヤル語の単語やごく短い用語は、オットフ（utux、祖霊）のように表記し、二回目からはカタカナのみの表記とした。但し、文章は日本語に翻訳した上で、タイヤル語であることをあらわすために字体を変えた。

三、原文には何か所か重複箇所が見られた。その部分は、作者に断った上で適切に削除した。

四、ワタンとパトゥの年齢の誤記を統一して「六〇歳」過ぎと修正した。また、林老先生とカマンが逮捕された時間の差の計算ミスを訂正して、一六年とした。二二四頁。

タイヤル・バライ　本当の人

【主な登場人物】

猟人ワタン……………ウマスやチワスの同級生
老人……………………森の狩猟小屋に住む謎の老人
チワス…………………猟人ワタンとウマスの国民中学校の同級生
ウマス…………………猟人ワタンの国民中学校の親友。中学二年で退学
ユハウ・ワタン………猟人ワタンの祖父。高砂義勇隊として出征、南洋で行方不明になる
源五郎…………………大溪郡警備隊陸軍守備隊長。一九〇七年の大嵙崁戦役で戦死
佐久間左馬太…………第五代台湾総督。在任期間、一九〇六年四月から一九一五年四月
ウパハ…………………大嵙崁戦役で戦ったラハウ部落の頭目
金富……………………漢人の通事
飛行士ワタン…………龍潭陸軍飛行基地所属の軍人。演習中に墜落事故で死亡
ヨウマ…………………飛行士ワタンの母
黄さん…………………シイタケ農園の経営者
三人の教師……………張先生、鴻文先生、美如先生
カマン…………………台中師範学校時代に、大新竹同郷会結成。高山国民学校の代理校長。後、政治犯として景美軍事監獄に収監される
カマンの子のワタン…晩年、長老教会で長者から父カマンの調書を見せられる
長者……………………原住民権利平等運動に従事する長老教会タイヤル中会の牧師
林老先生………………林昭明。角板山のタイヤル族。建国中学在学中、蓬莱民族自救闘争青年同盟結成

一部　猟人ワタン

1.

午後三時、時間は山と水の間に静止している。

碧緑の石門ダム〔桃園市〕は深くて底が見えない。ふたりのタイヤル族が、モーターバイクを目立たない場所に停めた。パトゥとワタンだ。

ふたりは慣れたように岸辺に停めておいたボートに飛び乗ると、ワタンは赤い油缶を船尾まで運び、モーターの給油口にホースをさしこんで、手に握った赤い玉を押して油を入れている。

六〇歳過のパトゥは、無言でうつむいてナップサックを探り、ワタンは、左手でモーターのおいを押さえ、右手でエンジンをかける紐を引いている。一度、二度と引くと、スクリューがブルッ、ブルッと水を撥ねて回転する音がし、水の下に白い煙が立ちあがった。手慣れたしぐさから初めてでないことがわかる。

ふたりは歳がそれほど変わらない叔父と甥だった。パトゥが体をよじって座り船の舵を切ると、ブルーのボートはゆっくりと岸を離れ、ギッとギアを引くと、水面に長い波を描きながら飛びだした。

ワタンは前方をじっと見つめる。風がビューッと音を立て、波しぶきがボートに飛び散り、ワタンの青白い顔に打ちつけた。

ボートは広々とした水面をまっすぐに走った。水に映るふたりの影も、ボートのスピードに合わせて後方に消えていく。ボートは軽々とダムの中央まで来ると、まもなくスピードが落ちた。峡谷の両岸がしだいに迫ってきて、ダムの行き止まりは隠れた支流となっていた。

ボートのスピードが落ちてくると、ワタンは注意深くアクセルをコントロールしながら、水面に浮かぶゴミを避けた。そして、モーターの反動を利用して、岸辺の平坦な場所にボートを寄せた。ここは彼らだけが知っている秘密基地だ。

パトゥはボートの舳先に立ち、ロープを手にしてじっと待っていた。ボートが岸に近づいたら飛びおりて、船を岸に引きよせようというのだ。ワタンは、アクセルをふかしながら船首を岸にぎりぎりまで近づけた。パトゥはさっと岸辺に飛びおりると、ロープを引っぱって木に固く縛りつけた。

ボートをしっかり固定すると、ふたりは行ったり来たりしながら、船に積みこんでいた装備品をおろした。大事な弾薬はもちろん忘れることはできない。敬虔なカトリック教徒のパトゥはうずくまって、ポケットからタバコと米酒（ミィチュウ）を取りだし、地面に檳榔（びんろう）二個置くと、ワタンがブツブツと唱えはじめた。ふたりは猟道のほうに顔を向けていた。

畏れ多くもオットフ（utux、祖霊）よ、我らはガガ（GaGa）の言い伝えに則り、山林に入る前に申しあげます。

持って参りましたお供え物は多くありませんが、我らは老人の言い伝えを守り、オットフにさしあげるお供え物を持って参りました。

オットフのお蔭を蒙り、我らは生活に必要な肉類を賜り、狩猟を豊かにして頂いております。

今年の種蒔き祭には、我らも我らの狩猟の獲物を捧げて、仲間の者と分かち合います。


タイヤル語で祈りを捧げると、米酒を地面にそそいだ。神を信じるふたりは充分にお祈りをすませると立ちあがり、なにも言わず、まっすぐに猟道に向かって歩いていった。

彼らは生い茂った樹林に踏みこみ、三〇分も歩くと、比較的なだらかな階段に出てきた。パトゥは立ち止まると、倒木に座って休んだ。釣り具を入れたように見せかけた背中の袋をおろすと、中から自家製の猟銃を取りだし組みたてはじめた。ワタンはポケットからタバコを取りだし、空を見あげて時間をはかると、真っ暗になる前に狩猟小屋に着くのは無理なようだった。

年下のワタンは早く狩猟小屋に着きたいと思い、年上の叔父に言った。

「近道をして、上の稜線を行かないか？」

叔父のパトゥは振りむいて前方の道をちょっと見ると、少し躊躇した。

「あそこはもう長いこと行ってないな。歩きやすいかどうかわからんな。きっとヤビ（yabi、ムササビ）がいっぱいいるよ」

パトゥの言葉はワタンになにか情報を伝えているようだったが、実際はあの急な斜面を歩きたくなかったのだ。ワタンは装備をかつぐと、すぐに木がびっしりと茂った林に入っていった。彼らははっきりしない猟道に沿って進んだ。先に行くパトゥが手にした長い刀で前の道を切りひらいた。この道は、パトゥが幼い頃にいつも通った道で、蔓草がはびこっていても方向がわかった。

ふたりはお互いの役割を約束したように、蒸し暑い樹林の中で雑木をはらって道を切り拓いた。山頂の稜線に出る頃には、ゼーゼーと息を切らせながら長い坂をのぼった。全身に大粒の汗をかき、背中はびっしょり濡れていた。パトゥは内心面白くなくなってきた。既成の道を歩かずに、なにが近道だ。

突然、前を歩いていた年上のパトゥの足が停まった。ワタンは危うく前のパトゥの銃身にぶつかりそうになった。ワタンは機嫌の悪い口調で、パトゥにどうして停まるんだと言った。

パトゥは落ち着いた表情で前方を見ながら、わざと声を低くした。これは山歩きする猟人の基本的な動作で、周りの様子を静かに観察した。

「パトゥ、どうしたんだ?」

「シッ……」

ふたりは石のようにうずくまった。前方になにかパトゥの注意を引くものがあるようだ。彼は静かに耳をそば立てていたが、振りかえってワタンにささやいた。

「人の声がする」

ワタンはじっと耳をすました。静まりかえった林の中から、断続的に無線通信のザーザーという音が響き、かすかに人の叫び声も聞こえてくる。

「警察の無線らしいな」

距離がますます近づいてきて、彼らはどうしていいかわからなくなった。

パトゥはすぐにワタンの肩を叩いて立ちあがり、元に戻ろうと合図した。奴らと出くわさないように、ふたりはそっと五、六メートル後ずさりした後、もと来た道を引き返した。蔓や雑木が生い茂った林を、ふたりは転げるように走った。乾いた木の枝は、ふたりの雨靴に踏まれてバキ、バキと音を立てた。所詮ここは国有林なのだ。どう言おうと、彼らには銃と国家の関係は説明できない。

つまり森林警察に逮捕されたらきっと全責任を取らされてしまう。政府が制定した『森林法』、『野生動物保護法』、『銃砲弾薬凶器管制条例』の法令に基づいて拘禁されても、彼らには大した問題ではない。検察官に厳しく叱責され、罰金を取られることが、死ぬよりも辛いのだ。

しばらく走ると、目の前に石壁があらわれた。彼らは数メートル這うようにしてのぼり、体がなんとか入る洞窟に隠れた。この洞窟は少し奥行きがあり、誰かが掘ったもののようだ。彼らは小さい頃から何度も来たことがあり、夏休みをそこで楽しく過ごした。

洞窟からは山全体とダムを見通すことができた。突然、遠くの空にゴーッと爆音が響きわたった。ワタンが木々のこずえの間から見上げると、空にはオレンジ色の消防ヘリコプターが頭の上を掠めるように低空飛行し、頻繁に行ったり来たりしている。ふたりは映画を見るように、山の洞窟から外の動きを見ていた。

洞窟に隠れているふたりは、近くに人の話し声を聞いた。パトゥが耳をそば立てて聞いていると、声は遠くから近づき、ますます大きくなった。さらに拡声器を通して呼びかける声が聞こえてきた。

ワタンは振りかえってパトゥを見ると、小声で言った。

「パトゥ、奴らあの行方不明になった登山客を捜しにきたんじゃないのかな」

パトゥは冷たく笑って、ポケットからタバコを取りだした。

「あの男はもう赤い服の少女に連れていかれたよ」

「大物だって聞いたけど、奴らもう一週間以上捜しているらしいね。今回は山に狩猟に入れないな。クスノキが芽吹く季節が終わってから、ムササビ猟に来るとするか」

パトゥはポケットからタバコを取りだして火をつけ、仕方なさそうに下のほうで捜索している人たちを見ていた。民間の捜索隊もいれば、消防隊の制服を着たのも見かけた。ふたりは傍観者になって、山中で捜索劇が演じられているのを見ているようだった。もしいなくなったのがタイヤル族だったら、決して捜したりしないだろう。

「じゃわしらはどうする？　猟をつづけるかやめるか？」

パトゥはワタンの肩を叩いて笑いだした。

「ワタン、火はあるかい？」

ワタンは二本のタバコに火を点けると、一本をパトゥに渡した。パトゥはそれを受け取ると、ひと口吸った。吐きだしたタバコの白い煙がくっきりと見えた。ふたりは陸と空からの捜索の様子を見ながら、あれこれ言い争った。

「ワタン、この山は今、捜索隊の天下だ。わしらがいる場所はないよ」

ワタンはパトゥをちらっと見た。

「バカな、天下だって？　ここはもともと俺らの伝統領域だよ」

パトゥはワタンの怒った顔を見て、突然笑いだした。

「お前、なにを深刻ぶってんだ。わしらは今はただのコソ泥だ、国家のものを盗むのはそんなに難しいかね」

年下のワタンはパトゥをちらっと見た。

「ここは俺らの土地だよ、なんで盗むなんて言うんだ」

パトゥは軽蔑したようにワタンを見た。

「コソ泥になるのがそんなに難しいか？　お前、ずっとそこでごちゃごちゃとなにを言ってんだ、バカか」

ワタンは嫌みたっぷりなパトゥを見た。

「パトゥ、俺、なにもごちゃごちゃ言ってないよ、俺らの今の環境は、昔の祖先よりいいか？山を歩けば、下手すると捕まるし、百年前、自分の土地を守るために、森で侵入者と命をかけて戦った祖先に顔向けできないよ」

タバコを吸っていたパトゥは声を張りあげて言った。

「ワタン、それじゃお前はどう思っているんだ？」

「俺らいい加減目を覚ますべきだよ。昔の伝統的な生活をして、俺らのガガを回復し、百年失ってきた尊厳を取り戻すんだ。そうすれば、自分に恥じることなく、本当のタイヤル族として、死後、顔をあげて虹の橋を渡り、胸を張って俺らの祖先に会うことができるんだ」

パトゥはタバコを吸いながら不機嫌そうな顔で、少し学のあるワタンは山に来るといつも勘違いすると思い、ふだん通りに年上の口調でワタンをからかって言った。

「ワタン、わしはお前の叔父だぞ、わしら、ムササビや保護動物を狩りにきただけだ。お前はいつもそんな屁理屈ばかりのたまうが、頭が痛いよ、まったく」

「パトゥ、俺らが歩いてるこの道は、昔は隘勇線〔原住民族居住区と分ける防衛線〕だった。この道の開通が、俺らタイヤル族の災難のはじまりだ。ここから俺らの民族の運命が変わったんだ」

ワタンは得意になって自分の意見を続けようとしたが、パトゥは冷たく言った。

「隘勇とかなんとか、お前は漢人の本を読んで、それがわしらタイヤルに、どんな関係があるんだ。わしらはどうして今こんなに貧しいんだ。お前、金をたくさん持っているのか？」

「俺が読んだ本に書いてあったけど、隘勇線は昔、清朝政府と日本人が山林の資源を奪うため拓いたんだ。だからその道路では、俺らの先祖がいっぱい殺されたんだ」

パトゥはうっとうしくなってきた。

「うるさいな、ワタン、お前と話してると頭が痛くなる。よく喋るなあ。村民大会では喋らないくせにどういうことだ」

ワタンと六〇過ぎのパトゥは、実際には、年齢は同じ位に見えた。ただ、育った背景と教育程度、さらに民族の事務ついての考え方では、パトゥはワタンに遠くおよばなかった。

「パトゥ、知ってるかい？　清朝と日本人はどうしてこんな険しい所に道を拓こうとしたのか。それを国民政府が引き継いで都合よく山地管制区としたんだ。実際、俺らは今も同じような状況にあるんだ。これは俺らタイヤル族のガガに背いてるんだよ。だから、パトゥ、俺ようやく映画を見てわかったんだ。モーナ・ルーダオ（霧社事件のリーダー）は、全族人の命をかけて戦うことを決意してこう言ったんだ。もし文明が俺らを卑屈に屈服させようとするなら、俺らは奴らに野蛮の誇りを見せつけてやる」

ワタンはまるで教授にでもなったようにパトゥをからかいはじめた。パトゥはタバコを手に退屈そうに吸い、景色がしだいに暗くなっていくのを見ながら、もうこの本ばかり読んでる男と言い争おうとは思わなかった。

「ワタン、お前の勝ちだ、もうこれ以上しゃべらないでくれ」

ワタンはパトゥが怒りだしたのを見て、まるで強壮剤を飲んだように興奮しはじめた。

「パトゥ、多くの教授が俺らのガガ（タイヤル族の祖霊信仰）について書いているのを読んだよ。老人たちは昔、俺らに戒めていたよね。祖霊の存在に換えられるものはないし、金なんかでは山の霊魂を買えないんだって」

そばにいるパトゥはタバコを吸い終わるとまたポケットから一本取りだし、静かに前の方を見ていたが、ワタンと話すのにうんざりしていた。部落にはワタンを言い負かせる者は何人もいなかったのだ。

「パトゥ、俺の話を聞いてくれよ、金って奴はね罠だよ。金は俺らの文化と尊厳をだまし取っていったんだ。昔、俺らが貧しかった時を考えてみろよ、部落の女らは、人買に売りとばされて、売春婦になっていった。資本主義が、どうして俺らの魂まで買えるんだ？」

パトゥは、その時ワタンの言葉尻をとらえて深呼吸をすると、吸いがらを地面に投げ捨てて冷ややかに言った。

「ワタン、お前の言うことは皆正しいよ。わしらが山の洞穴に隠れている今の状況を見ろよ。奴らはどの法律でわしらのガガを認めるんだ。わしらは人と戦ったことがあるか？　お前の言うモーナ・ルーダオは日本人に勝ったのか？　ワタン、時代は変わったんだ。タイヤル族にまだガガを信じている者がいるか？　わしらのガガはいくらになるって言うんだ。ショッピングセンターに行ってものを買ったり、車にガソリンを入れたりできるか？　裁判官はわしらのタイヤル族のガガを信じるか？」

ワタンは年上のパトゥにこっぴどく冷水を浴びせられ、一瞬、言葉が詰まった。

「パトゥ、そんな意味じゃないんだ……」

パトゥはタバコを吸いながら言った。

「ワタン、あのわしが前にやった擁壁工事を知ってるだろう。老闆（ラオパン）〔社長〕がわしに適当にやらせたんだ。中央はあんな手抜き工事に何百万元も出すが、老闆がわしらにいくら払うか知ってるだろう。わしらが稼げる金は工事全体のほんのわずかだ。あの老闆連中はどうしてあんな高級外車に乗れるんだと思う？」

パトゥはさらに続けて言った。

「お前に正直に言うと、この山にやってくる老闆らは金も力もある。今わしらが見てる山は、もうわしらの百年前の祖先が見たあの原始林じゃないんだ」

ワタンはまっすぐにパトゥの眼を見ながら、もう一度反論しようと考えていたが、最後はもう黙ることにした。ふたりは相手の力ない眼を見ながら、期せずして同時に振りかえって天を仰いだ。外が完全に静まり、捜索隊の消防隊員が遠く去っていったと判断してから、ふたりはやっと石壁をゆっくりと滑りおりた。

2.

夕刻。

ワタンとパトゥのふたりは、道々なにもしゃべらず、日がまだ明るいうちに、夜に猟に行く猟場に急いだ。

ふたりは暗闇の中をようやく狩猟小屋に着いた。ワタンはたき火で夕食を準備した。夕食を済ませると、パトゥはたき火のそばに横になって眠った。ワタンは持ってきた猟銃と弾薬を整備し、頭に付ける小型ランプと腰にさげた電池をオンにして、ヘッドランプが点くかどうか試してみた。

すべて点検が済むと、地面に寝ているパトゥをゆすって起こした。

「パトゥ、起きろよ」

パトゥは寝ぼけまなこで眠そうに起きあがった。

「何時だ？」

ワタンは梢のすき間から外の月色を見た。

「奴ら（夜行性動物）、夜市に出かける準備をしているよ」

パトゥは赤白模様のナップサックの中をかきまわし、ヘッドランプを取りだすと頭に固定した。

ふたりはすぐに静かに狩猟小屋を出て、暗い森林の方に歩いていった。

彼らは猟道に沿って急いで歩き、やがて別れ道に来た。

「パトゥ、今日はこの山からはじめるのが良さそうだね」

真っ暗闇の中で、ワタンは強烈な光線で木の梢を照らした。高い木が群生する中を光を行き来させて、木の枝にキラキラ光る眼を見つけようというのだ。

遠くから見ると、ワタンの懐中電灯の光が真っ黒な地底から漏れ出て、暗い山林を抜け、まっすぐにゆっくりと深い山に進んでいくようだった。

この時、暗闇に包まれたふたりのタイヤル人は、ヘッドランプに照らされて、背後にいくぶん悲壮感が漂う暗い影ができていた。除隊（台湾には徴兵制がある）した時に持ち帰った色褪せたモスグレイの服を着て、トレーニングパンツに雨靴をはき、赤と緑が交互にまじったナップサックを背負い、風雪を経てごつごつした手には、錆びが出た前装式猟銃を持っている。

ワタンはポケットから買ったばかりの檳榔を取りだし、へたを咬み取ると、ひとつ口に入れた。パトゥも手を伸ばしてひとつ口に放り込んだ。ふたりは檳榔を噛みながら、ボソボソと話をした。樹林に入ると、ワタンは手にした銃に弾薬を込めた。周りは真っ暗闇で、ヘッドランプの光が狭くて明るい道を描きだしている。雨靴が枯葉が積もる地面をガサガサと踏みつける。彼らは、ひとりが見張りを、ひとりは狙撃をになっていた。ワタンは、パトゥのヘッドランプが照らしだす光にほぼ集中して、頭上の木の枝の間に眼を走らせていた。その鋭い眼はレーダーのように、どこで光があらわれても照準が合わせられるように待ちかまえていた。

ワタンはムササビが好む木を探した。若葉がかじられた痕から、ムササビが居る場所が見つけられるのだ。彼は耳をそばだて葉ずれの音をじっと聞き、鋭敏な嗅覚で空気中に発散される特殊な匂いを嗅ぎわけようとした。

彼らふたりは樹林の中をほぼ半時間歩きまわった。樹林には、地上にだけいるアオガエルと彼らの足音だけが響き合っていた。ワタンはだんだんと歩みをゆるめ、腰もまっすぐに伸びてきたが、広くて静まりかえった樹林には穿山甲（せんざんこう）の影さえなかった。

パトゥは大きな倒木の前で立ち止まった。手にした銃を背後にまわし、頭をあげて周りの樹木を見ながら、右手で上着のポケットからタバコを取りだした。ふたりは倒木に座って休んだ。ライターの火は一瞬温かかったが、険しく寄せられた眉はゆるむことはなかった。

ワタンも用意していたもう一丁の銃を組み立てはじめた。ふたりは別々に行動することにし、時計の時間を合わせ、約束の時間に狩猟小屋に帰って会うことにした。その後、パトゥはタバコの吸い殻を捨て、ひとりで幽霊が出そうな暗い樹林の中に歩いていった。

パトゥのランプの明かりが眼の前から消え、一瞬のうちに周りは真っ暗になると、ワタンは銃を持ち、しきりに引き金を引いて、銃をきれいにした。動作は注意深く丁寧だった。それはどんなに経験を積み、どんなに年を取ろうと、山のガガ・オットフ（Gaga utux、タブー）の森林の掟を守らねばならないことを知っているからだった。

ヘッドランプの光が白い霧を突きぬけ広がっている。ワタンは耳をそば立てて、かすかな音を聞いていた。樹林全体の静けさは少し異常な感じだ。風の音もなく、ふだんよく耳にする鳴き声もしない。ワタンはこの二年の様子を振りかえった。この山の動物はますます猟が難しくなっている。ある時は、いくつもの山を越えなければならなかった。動物たちは一体どこに行ったのか。

ワタンは立ちあがり、パトゥと反対方向に歩きだした。もうひとつの猟道を行くことに決め、さらに奥深い密林の方に向かった。

彼はまれに遠くにパトゥの猟銃の音を聞いた。ワタンは両手で銃を握り、今いる場所で運を試すことにした。

はたしてすぐに、大きな木の上によく知った光がきらめくのが見えた。ワタンはわざとゆっくりと動き、静かに有利な位置にまわった。馴れた様子で膝をつき、それから銃を高くあげて、銃口の赤外線の赤点が光と交差した時、ワタンは何のためらいもなく引き金を引いた。

火薬が爆発して大きな音を発すると、黒い影が木から降ってきた。ワタンはムササビが落ちた位置をはかり、飛ぶように大木の下に走っていき、今日の最初の獲物を拾いあげた。一瞬、嬉しくて小躍りするほどだった。さらに進んで、低木の茂みをかきわけ、そう遠くないアラカシの梢の間に二匹目のきらめく光を見た。ぼんやりと見えるムササビの大きさは、先ほどの一匹目よりずっと大きく、白面のムササビだった。

ワタンは激しい感情をおさえきれず、すぐさま銃を構え、標的めがけて撃った。銃火は木の葉を抜け、暗闇に向けて轟音を発した。硝煙が消えると、なんとムササビはびくともせずに彼を見つめているではないか。ワタンは新たに弾薬をこめ、二発連射したが、それでも状況は変わらない。彼は角度を見定めると、祖霊に祈りながら、方向を換えて撃つ準備をした。

もう一発撃つと、白面のムササビは見えなくなった。彼は周りの木々を払いのけながら、落ちた場所を捜しまわった。ヘッドランプで地面を照らし長く捜しまわったすえ、ようやく木の枝の上に血を流している白面のムササビを見つけた。

この種の白面のムササビは、保護対象の動物であることをワタンは知っていた。『野生動物保護法』では、獲ってはいけないことになっている。しかし、小さい頃から、部落のガガで、猟人の前にあらわれたものは祖霊から贈られた食べ物だと学んできた。

ワタンは枝に引っかかった大きなムササビを見ながら、少し躊躇していた。と言うのは、ムササビが落ちたところは少し危険だったからだ。しばらく考えてから、やはり木の幹に上って、銃であのムササビを引っかけようと思った。上ってみるとまだ距離が足らないことに気づいた。それでもあきらめずに、銃は地上に落とし、背負っていたナップサックと長刀をおろした。そして位置を見定めると、そばの細目の木を選んでよじ上った。注意深く体を木の幹にあずけて、右手でそばの枝をしっかり握りしめ、少しずつ体を動かし、左手でムササビの尻尾をつかもうとした。もう少しだったが、そこがワタンの体には限界だった。

ワタンは左右の足の位置をもう一度調整することにした。危険を冒して足をさらに細い枝に置き、ヘッドランプの光をムササビと自分の足のあいだを行ったり来たりさせた。ワタンは体をさらに大きく開くと、手をさらに伸ばして、さっとムササビの尻尾をつかんだ。

ワタンが重心を支えている左足を引こうとした時、突然バキバキという音がして、枝が折れ、足が空を踏んだ。ワタンは固まったまま激しく木の枝から地面に墜落した。光が垂直の山壁を乱射し、ワタンは激しく叩きつけられた瞬間に気を失った。

別の場所にいたパトゥは非常事態に気づかず、ムササビのあとを追っていた。ただ突然誰かが彼を呼んだような気がして振りかえったが、なにもなかった。パトゥはしばらく立ち止まっていたが、銃を手にまた静かな樹林の中を歩いていった。

3.

どれほど経ったろうか。

ワタンは眼を開けた。ずいぶん長く寝ていたように感じた。頭が重く、足がふらつき吐き気がした。石壁にもたれて立ちあがろうとして、呼吸が乱れていることに気がついた。彼は立ちあがってパトゥを呼んだ。何度も続けて呼んだが反応がない。パトゥはひとりで狩猟小屋に戻って彼を待っているのだろうか。

周りを見まわすと、暗かった光線が少し明るくなったように感じた。色彩は調子が狂ったテレビの画面のようで、転落した時に眼を傷つけたのかもしれないと思った。

ワタンはゆっくり立ちあがった。手足がまだ動くことに気がついた。彼は崖を這いあがり、引き返す道を探した。ところが歩けば歩くほど奇妙だった。ここに来た時は、この道はこんなに広くて歩きやすくはなかった。今は道全体が、まるでたくさんの人がいつも歩いている道のように見える。彼は足を止めて周りを見まわした。

樹林の中はいつになく静かだ。眼の前の山道は平らで少し現実離れしている。立ち止まると、眼の前の茂みの中から物音がした。腰につけた長刀に手をやったが、なんとこんな肝心な時に落としてしまったようだ。一瞬、不安と恐怖がこみあげてきた。ワタンは慌てて周りを見まわし、茂みの中から気性の荒いイノシシが飛びだしてくるのを恐れた。無造作に地面からレンガほどの大きさの石を探し、両手で重さを確かめると、手に持って身を守ろうとした。

ワタンが緊張しながら石をかかげ、慎重にゆっくりと近寄ると、茂みの後ろから奇妙な人が出てきた。ワタンは幽霊に出会ったと思いびっくり仰天した。落ち着いてよく見ると、それは老人だった。老人は体に合わない古い洋服を着て、ぶかぶかの革靴を履いており、猟人の装いとはとても思えなかった。ワタンは大声で老人に呼びかけたが、老人はまったく取り合わず、銃を持ってまっすぐに歩きながら、誰かと話しているかのようにブツブツと独り言を喋っている。

ワタンは老人について歩きながら、老人が繰り返し、オットフ　クラフ　オットフ　キンマカリサン（utux krahu utux kinmkesan）と喋るのを聞いた。タイヤル族は、ウットフクラフウットフキンマカリサンは森に住む万物精霊の名前で、善悪を主宰し、森の中で彼らだけが強大な力を持っていると信じていた。

ワタンは息を殺して、老人が密林に入っていくのを見ていると、姿はすぐに薄暗い光の中に消えていった。ワタンは足を止め、前に行こうとしなかった。しまった！　俺は悪いものを見てしまったと思った。ワタンは小さい頃からずっと山林を歩いてきたが、これまで怖いと思ったことがなかった。しかし、眼の前の光景は彼に判断を失わせていた。

突然、煙の匂いがした。近くで白い煙が樹々の間から立ちのぼっている。彼は興味を覚えて近づくと、眼の前に荒れ果てた古い狩猟小屋があった。記憶では、こんなところにこんな狩猟小屋がある覚えがなかった。

ワタンは狩猟小屋に向かって歩いて行った。眼を細めて、すき間から中をのぞくと、煙と光が明暗がはっきりした光と影になっている。薄暗い部屋で、老人が地面に座って猟銃と刀をいじっているのが見えた。一瞬、老人の顔がすき間に近づくと、大きな両眼がワタンを見つめた。ワタンはびっくりして、慌てて全身よろよろと後ずさりしながら、大声で罵った。

「バカヤロウ！」

ワタンが体の向きを変えて逃げようとすると、老人はもう彼の背後に立っていた。老人は暗い顔でワタンを見ながら言った。

「どうしてわしのあとをついてくるのじゃ」

「俺……俺……俺は自分の刀と銃を取りに来たんだ」

老人は笑いだし、身を翻して狩猟小屋に入っていった。ワタンはハッと、老人は想像するような恐ろしいものではないんだと思い、自分の猟銃を取りもどすために老人について中に入っていった。老人はワタンに取り合わず、ひとり火のそばに座り、手にした枯れ枝を何度も折りながら火にくべている。火はパチパチと音を立てている。ワタンはそばに立って老人が何者なのか知りたくなった。

「あんたは一体誰だ？　どうしてひとりでここに来たんだ？」

老人はなんとも言えない表情で言った。

「わしの方こそあんたがどうしてここに来たか尋ねようと思ったのじゃが。わしはもう長いこと人間に会ったことがないんじゃ」

ワタンは唖然とした。眼の前の身なりも、しぐさも異様なこの老人は、頭がおかしいのではないかと思った。見ていると、老人はごちゃごちゃと置いた食器類の中から白い磁器の小さな杯をふたつ探しだし、背負いかごの中から酒の瓶を取りだすと、鋭い歯で瓶のふたを開け、ふたつの杯に酒を満々と注ぎ、ひとつをワタンに手渡した。

「一杯飲もう」

ワタンは杯を受け取ると、清酒の匂いがした。老人が手にしている黒い酒瓶を見ると、古い町で売っている骨董品のようだ。ワタンは口にする勇気がなく、杯を置いた。老人がひとり酒を飲んでいるのを見ながら、自分のものを取りもどしたらすぐにこの場を立ち去りたいと思った。

「俺ら、知り合いか？　あんたはわざわざ俺をここに連れてきて酒を飲ませるつもりはなかったんだろう？　あんたは銃を使って、いや使わなくても、俺が意識を失くしている間に、俺の猟銃と刀を盗むつもりだったんだろう？　それは窃盗罪だぞ、いま俺に返せば、俺は通報しないよ」

老人は笑いだした。

「ワタン、あんたはタイヤル（Tayal）の猟人か？」

「俺はもちろん正真正銘のタイヤル族の猟人だ」

ワタンは老人が話す様子を見ながら、老人がどうしてこのように尋ねるのかわからなかった。

「タイヤルの猟人ってのは、あんたのようなのとは違うぞ」

ワタンは納得できない表情になった。歩けるようになり、大人について猟に出るようになってから今まで、数えれば少なくとも五〇数年になる。

「狩猟のことで、俺にわからないことなんてないよ。いつも猟人学校で観光客を案内する時、タイヤル族が山で猟をする時のいろんなやり方をして見せるように頼まれるんだ」

ワタンが自信に溢れた表情で言うと、老人はゆっくりと酒をひと口飲んだ。

「あんたにこれを見せてやろう」

老人はズボンのポケットから携帯電話を取りだし、画面のアプリを立ちあげた。画面の映像がしだいにはっきりしてきた。ワタンは老人が手にした大きな画面の携帯を見て感心した。

「わあ、あんたも携帯を使えるなんて見かけによらないね。どこのメーカーかな？　なかなか良さそうだね」

「ワタン、携帯はどうでもいいんだ。大事なのは映ってる中身を詳しく見ることだ。中のその光の輪をしっかり見て」

老人は画面をワタンの眼の前に置いた。映像が映しだされると、人々がトタン屋根の家を取り囲み、家の中の大きなお腹の女性が、窓を開けて太陽の光を直接部屋に入れている。ワタンは、タイヤル族の人々が、太陽の光と熱は、お腹の胎児に善良と光明の暖かいエネルギーを吸収させることができると信じていることを知っていた。この映像は家族の皆が一緒に、子どもの誕生の喜びを分かち合おうとしているところだった。

ワタンは老人をちょっと見て、すぐに怪訝そうな表情を浮かべた。

「この大きな家は見覚えがあるなあ、これはいつ頃撮ったものなの？　俺が小さい頃の家みたいだ。この人たちは皆、俺の親戚だよ」

老人は笑いながら言った。

「これはあんたが生まれた時の風景だよ。ほら、ヤパ（yaba、父）やヤヤ（yaya、母）の若い時の様子だよ。家族は皆それぞれ独自のお供えで喜びを表現しているんだね。それによってあんたが生まれてから、この世で成長から命の最後の一刻まで、本当のタイヤル族になるんだ」

ワタンは父や母の様子、さらにほかの家族を見て、顔色が突然真っ青になり、喋るのもどもりはじめた。

「あんたは……あんたは一体誰なんだ？　どうして俺が生まれた時の家族の映像を持ってるんだ。一体なにをしようというんだ？」

「ワタン、怖がらなくていい。続きを見たらわかるよ」

ワタンは突然、老人の体から濃厚な、腐敗した死臭をかぎとった。老人の手の上で流されている映像をじっと見ていると、ワタンは頭の皮がむずむずし、全身がかってに震えだした。タイヤル族の人たちは、夢で知り合いの親族を見るのは悪い兆しだと信じている。続いて画面にあらわれたのは、彼とそっくりの人だった。硬直して冷凍庫に横たわり、全身を布におおわれている。家族や子どもたちが、ちょうど涙をぬぐっているのが見えた。ワタンの顔に生気がないのは明らかで、一家は彼のために告別式を行なっているのだ。

「ワタン、あんたにわしが見えるんだから、わしが誰かわかるはずだよ。あんたがわしについてきた時からもうこの世にいないってことだ」

「嘘つき、あんたは泥棒じゃないか。今しがた俺の銃を盗んだくせに。俺は今、楽しくあんたと酒を飲み、喋っているんじゃないぞ」

「わしはあんたの銃を盗んでおらんよ。山林はタイヤル族の男が駆けまわり、声をあげて叫ぶ所だと知っているだろう。土地や猟場に足跡を残すだけじゃなく、武器も男の命の象徴なんだ。銃でたくさんの獲物を獲り、族人を生きながらえさせるのだ。残念ながら、あんたはもうそれが必要じゃなくなったんだよ」

ワタンは暗い顔をして、口元が引きつったように「ヤカイ　オットフ（yakai utux、悪霊）」としきりに叫んだ。彼は立ちあがると、足元のコップを蹴っ飛ばし、必死に外に走りだした。森の中を命がけで走り、老人が追ってこないかどうか何度も振り返った。

しかし、どんなに森林の中を走ろうと、老人のしゃがれた声はまるで風のようについてきてワタンの耳元で響いた。彼は突然、空を踏んで転がった。必死に起きあがろうとしていると、老人の声が後ろから聞こえてきた。

「ワタン、どうして走るのだ」

「お前は、お前は、お前はヤカイ　オットフだ」

老人はハハハと大笑いし、沈んだ笑い声が薄暗い森林の中でこだました。

ワタンはちょっと気をそらされてよろよろと地面に倒れこんで震えていた。眼の角に見える揺らめく灰青色の光の中に、近くの石に座っている老人の姿が映っていた。手にはワタンの猟銃を持って彼をじっと見ている。ワタンは驚いて急いで前に三メートル余り這っていった。

ワタンが立ちあがって前に走りだそうとして振りむくと、老人が彼の前に座っているのが見えた。老人は彼の名前を呼んだ。

「ワタン」

ワタンは両足の力が抜け、頭をかかえこんでしまい、頭をあげて眼の前の老人を見られなかった。

「子どもよ、怖れることはない。現実に眼を向けるのだ。わしは悪人じゃない、安心しなさい。最悪の状況はもう過ぎ去ったんだ」

ワタンは、震える声で言った。

「最悪の状況って？」

その時、老人の口元が微かにあがり、笑みを浮かべた。

「あんたは本当にバカだなあ。それともびっくりしてバカになったのかな。今の状況がわかっていないんだね」

ワタンはすすり泣いた。

「きっと夢を見てるんだ、これは夢なんだろうか？」

「いいだろう」

老人はポケットからタバコを取りだし、火をつけて一口吸った。

「ワタン、わしが座っているこの木はもう三千歳を超えているんだ。根は地底の奥深くまで張ってしっかり岩をつかんでおるのじゃ。ところが、少しばかりの利益のためにこの千年の大木を伐って、山全体の魂を奪ってしまった者がおる。森林を守ると誓ったタイヤル族もいなくなったよ」

ワタンはうつむいて言った。

「俺にはわからんよ、あんたがなにを言っているのか」

老人は納得がいかない様子で答えた。

「わしは、あんたがパトゥと山の洞窟で話しているのを聞いていたんだ。あんたの話は大変筋が通っていたな。あんたは、生きている時はまだ少し、タイヤル族のガガを持っていたってことだ」

ワタンは、相変わらず恐ろしくて全身が震え、顔をあげて眼の前の老人を見られなかった。

「本当の猟人は、ここの樹木をすべて山の精霊と思わねばならん。精霊は季節の移りかわりに合わせてわれらタイヤル族を育んでくれるのだ。オットフ　クラフ　オットフ　キンマカリサンは、われらタイヤル族に大地の万物を尊ぶように教え導くものだ。長老たちは、オットフの名で次世代の子孫にタブーを犯さないように戒める。こうして何千何百年と、われらタイヤル族は自由自在に山林の中を動くことができ、われらタイヤル族の生命を繋いできたのだ。こうしてはじめて本当のタイヤル（Tayal、人）になったのだ」

老人は、さらに眼の前のワタンを慰めた。

「ワタン、この森林を守るために、族人が外敵の侵入に抵抗した事件を聞いたことがあるだろう」

ワタンは小さな声で言った。

「小さい頃、老人が話すのを聞いたことがあるし、本でも少し読んだことがあるよ」

「昔、あんたの家族が、この土地や猟場を守るために、侵入者と決死の戦いをして、死んでも投降しなかったことを知っているだろう」

ワタンは知らないふりをして言った。

「そんなことがあったかもしれないけど、俺は少し忘れてしまったよ」

「あんたは忘れていないよ。あんたが自分がタイヤル族の猟人であるという誇りを忘れたら、あんたの家族は森林を守るために命を犠牲にしようとも一歩も退かなかったが、あんたはワタン家族の一員として自分の家族の歴史を忘れてしまうことになるんだよ」

老人はため息をついた。

ワタンは眼の前の老人を見ているうちに、ハッとこの老人は自分が小さい頃の年配の人によく似ていると思った。話し方などに当時の雰囲気があった。老人はその時、袖で携帯の画面をふき、ごつごつした手で画面をさわった。

「ワタン、自分の民族をわかっているのか？　小さい頃に年長者から教えられた使命を忘れてしまったようだな。最後の結末はわしと同じだ」

ワタンは、うつむいたまま老人を直視できなかった。老人は携帯を彼の前に持ってきて、黒い画面にあらわれた人影に向かってブツブツとひとりで話しはじめた。

「本当に、わしは若い頃のあんたが好きだったね。理想があり夢があって、大いにタイヤル族の性格を持っていた。あんたが高校生の頃の映像を見たくないかね、とっても将来性のある若者だったよ」

ワタンはなにも言わずぼんやりと座っていた。老人は手にした携帯の画面をじっと見ながら、携帯をワタンの眼の前まで持ってきた。画面には、見慣れた風景――桃園駅があらわれた。

あの頃は、日曜日の駅前は人でいっぱいで、至る所に学校の制服を着た中学生や高校生がいた。彼らは、彼と同様に坊主頭に近い三分刈りの頭をしていた。

ワタンは駅の片隅に立ち、浅黒い顔はわざと人の眼を避けていた。彼はこの街で自分が演じる役割を知っていた。異様な眼つきは、ある種の劣等感で、ワタンは極力このような眼つきを避けた。

「ワタン、ワタン」

突然、聞きなれた声がした。ワタンがその声の方向に振りむくと、大勢の人が行き来する駅の人混みの中に、師範学校〔五年生の専科学校〕に推薦入学した中学校時代のクラスメート、チワスを見つけた。彼女は新竹からワタンを訪ねてきたのだ。

ワタンは老人の携帯の動画を興味深そうにじっと見ていた。まるでその頃の情景に溶けこんでしまったように、口を開けて見入っていた。

「ワタン、あんたはチワスに気があったんだね。とても優秀な少女だった」

「チワスは確かに大変優秀だったよ。俺は彼女の一生を台無しにしてしまったんだ」

ふたりは狩猟小屋に入って座った。老人が火をおこし、手慣れた様子で木の枝を折って火にくべた。ワタンが携帯を老人に返すと、老人は携帯を受け取り、画面を拭いた。眼は慈愛に満ちていた。

ワタンは、老人が着ている洗って縮んだ洋服を見ていた。老人はポケットから象牙の小さな櫛を取りだし、乱れた髪をきちんと梳きはじめた。身だしなみに気を配っているようだった。ワタンはその奇妙なしぐさを見ながら、どこかで会ったことがあるような気がしてきた。

「身だしなみをすごく気にしているんですね」

老人の笑っているように見える眼は、ワタンのことをいろいろ知ってるらしく、老人は語気を和らげてワタンに言った。

「彼女のことが好きかい？」

ワタンは、少女の頃のチワスが突然むせび泣いたのが眼に浮かび、うつむいて自分のごつごつした両手を見た。

「俺はチワスのあの機知に富んだ眼が好きだった。学校の勉強が良くできて、気配りもでき、自分の本分を守った。学校の先生たちも皆、彼女が好きだった。その後、先生になると、生徒たちも彼女のことが好きだった」

老人はため息をついた。

「ワタン、実際は、多くのことはあんたが考えてるような程度のことじゃないよ。あんたがあの年、学校をやめたのを知った時も、大変心を痛めていたよ」

「心を痛めていた？」

ワタンは老人の眼が確信に満ちているのを見て、これは夢ではないかと疑いはじめた。

「ワタン、これを見れば、わしがどうしてこのように言うのかがわかるじゃろう」

老人はまた携帯をワタンの眼の前に置いた。画面にはゆっくりと高校生の時にチワスが彼に会いに来た場面があらわれた。

中学校の同級生のチワスが駅から走ってきた時、ワタンは自分はもう世間を知っているふうを装っていた。彼女を待っている時、隅っこに隠れていた自信なげな表情とはまるで雲泥の差だった。道をチワスと一緒に歩いていると、この人と建物で溢れる街は輝いていた。チワスの顔には興奮した笑みがこぼれていた。

「わあ、ワタン、一年会わなかったらずいぶん変わったわね、背も高くなって、体もがっちりしたわね」

「そうかい？　お前もずいぶん変わったなあ」

「省立高級中学校〔高等学校〕は難しくないの？」

ワタンはちょっと躊躇して答えなかった。チワスは昔は首筋あたりまでの自然な髪型だったが、今では後ろの髪が長く伸びていた。眼の前のチワスはあどけなさが抜け、すらりとした美しい少女になっていた。

チワスを見ていると、知らない人と会っているような気がして、チワスだとは思えなかった。ふたりはしばらくの間、なにを話していいのかわからなくなって見つめ合っていた。チワスは焦ってワタンと話す話題を探した。

「ワタン、私のこと思い出さなかったの？　どうして私からばかり手紙を書くの？」

ワタンは頭を掻き、もじもじしながら笑った。

「授業がすごく忙しいんだ」

チワスはワタンの返事を聞くと、突然笑いだした。

「それって女友だちに対する理由なの？　一体、私のこと、どう思ってんのよ」

中学校では真面目だったチワスが、たった二年の師範学校の教育で、まるで別人のように変わったのを見て、ワタンの表情は緊張でぎこちなくなった。チワスはワタンの様子を見て、腹立たしくなったが、また可笑しくもなった。

「ワタン、どうしたのよ？　中学校の頃は、こんなんではなかったわ。どうしてあれこれ気にするようになったの？」

「あれこれ気にするって？　どういう意味だよ？」

「今の様子を見ていると、昔、中学校の頃の、ひとり突っ張っていたのとはずいぶん変ったわね」

「ここは山の中とは違うんだ。好き勝手にどこにでも行けて、どこででも人と冗談が言えるわけじゃないよ」

「どうして？」

「俺ら、あの人たちとは違うんだ」

ふたりは黙りこみ、気まずい気持ちで立っていた。ワタンはしばらく左右を見ながらぐずぐずしていた。とうとうチワスがたまりかねて言った。

「行きましょう、あなたたちの学校がどんな感じか見に行きましょうよ。高級中学の女学生と私たち師範の女学生とでなにが違う？」

ふたりは通りに沿って歩きながら、なにも喋らなかった。長い道を歩いて学校に着いた。キャンパスに入ると、ふたりの足取りは自然とゆっくりになった。そして、運動場のそばの階段に座って心中を語りはじめた。

「ワタン、私、来年、学校から小学校の実習に行かされるのよ」

「そんなに早くかい！　俺は卒業までまだ時間があるよ、それに卒業できるかどうかもわからないしな。お前、どこで教えるんだ」

「私たち公費生だから、私たちの山に戻るでしょうね」

チワスが話し終わると、ふたりは突然黙りこんだ。ワタンはチワスに話す言葉はひと言も出てこず、ふたりが最もよく知っているタイヤル語も出てこなかった。中学校の時は、一緒に学び、一緒に学科のおさらいをして互いに励まし合ってきたが、今はすっかりよそよそしくなって、ふたりの間はまるで階段式の低い壁で一段一段仕切られているようだった。

最後に、チワスが帰る前にちょっとワタンのクラスを見ようと言った。そこでふたりは肩を並べて、廊下を歩いていった。突然、チワスが興奮して前のクラスのプレートを指さして言った。

「あなたのクラスじゃない？」

ワタンは頭をかきながらバツが悪そうに笑った。チワスはやっぱり賢い女性だった。彼は手紙に一度しか自分のクラスのことを書かなかったが、何と彼女は覚えていたのだ。そして座席表を指差すと、チワスは教室に入っていき、きちんと並んだ机の前でワタンの座席を探した。

「ワタンの座席？」

ワタンはバツが悪そうにうなずいた。チワスはワタンの座席まで行って座り、ついでに引き出しから教科書を取りだしてパラパラとめくった。ワタンはただ黙ってそばに立ち、山でいたずらしていた幼い頃のようなチワスを見ていた。

「高校の物理ってどう？　あなたのノート、びっしり書いているわね、本当に真面目ね！」

ワタンはふだんのテストの成績を思い出し、引き出しを探るチワスの手を慌てて制止した。

「おい、おい、おい！　礼儀知らずだな。先生になる前から、もう生徒の宿題を検査する練習かい」

「ひとりの子の宿題を評価すれば、先生の授業の成果がわかるだけでなく、生徒が真面目に授業を受けているかどうか、それに授業をどれくらい理解しているか一目瞭然なのよ」

チワスは一冊の教科書をめくった。

「わあー、ほら、この評価、真っ白よ、先生がダメなの？　それともあなたがダメなの？」

ワタンは頭を掻いて苦笑した。突然、教科書からテスト用紙が床に落ちた。チワスはうつむいて拾うと、無意識にテストの点数を見てしまった。彼女は黙ってテスト用紙を折って元にもどすと、突然小声で言った。

「ワタン、最近家に帰ってるの？」

「俺、もう長く帰ってないなあ」

「どうして帰らないの？」

ワタンは顔をそむけた。チワスは、彼の気持ちを見抜いたように、すぐに持っていたバッグから紙幣を何枚か取りだすと、手を伸ばして彼に渡した。

「あげるわ、私は公費生で寮費も食費も学校が出してくれるの。ふだんの小遣いももらえて、生活は問題ないわ。これ、先に使ってよ」

ワタンはチワスの行為を見てポカンとなった。チワスの眼を見て恥をかかされたと思い、すぐに彼女の手を押しのけて、窓の外を見た。

「チワス、そんなことをしたら、俺、怒るぞ」

「私、別に何の考えもないわ。外にいる時は、少しお金を持ってるほうがいいでしょう。先に貸しておくだけよ、学校出て技師になって、お金が入るようになったら、返して」

チワスがお金を彼のポケットに押し込むと、ワタンは突然、嗚咽しはじめた。涙が目尻からポロポロと流れ落ちた。彼は腕で涙をぬぐい、チワスに弱い心の内を見せまいと、ずっと窓の外を向いて泣いていた。

「チワス、俺、家に帰ろうと思う、もう勉強をやめようと思うんだ。勉強しても、山では少しも役に立たないし、猟人が猟場のない所で猟をしているみたいに、俺にはなにもないんだ」

「そうじゃないわ！ これは将来、族人のためになにかができるチャンスなのよ。あなたが、昔、山で私に話した夢じゃないの？」

ワタンは顔じゅう涙に濡れていた。

「夢だって？ こんな環境の中じゃ、俺にはもう自分の将来が見えないんだよ。チワス、俺は自分を見失い、自分の目標が見つからないんだ」

それから、ふたりはもうなにも話さず、静かな時間が長く流れた。

「ワタン、本当に変わったわね。中学校の頃は、あんなに鋭かったけれど、もうすっかり変わってしまったわ。まだ覚えている？ あなたは以前は、いつも学校側とぶつかって、自分の族群に対する独特の考え方を話すのが好きだったわね」

ワタンは涙をぬぐい、無邪気な表情のチワスを見た。

「チワス、俺らはこの体制のもとでは弱小なんだよ。ここに来て一年余り、俺は見たんだ。奴らは同情的な眼と言葉をかけるが、彼らにとって俺らは文化程度の低い番〔台湾原住民族を指す蔑称〕に過ぎないんだ」

「ワタン、自分をそんなふうに言わないで。前に中学校である友達が自信たっぷりに私に言ったわ。氷山が移動する壮観さは、それがただ八分の一しか水面に出ていないからだって。私たちの教育と文化があの人たちと同じになった時、私たちは決して弱小ではなくなり、私たちはあの人たちより優秀になる、あの人はあの氷山になるって言ったわ。ワタン、あなたはずっと私の憧れの人よ、忘れたの？　これはあなたがいつも私を励ましてくれた話よ」

「以前は山では、俺らは自由に誇り高く、山林を歩きまわることができた。でも、この街ではサツマイモさえないんだ。今の俺は毎日、飯を食うためにびくびくしている。生存の自由さえ奪われた時に、誰も人の尊厳や理想なんて気にしないよ」

「ワタン、一体どうしたのよ？　ここでなにがあったの？　それでこんなに消極的になってしまってたの？」

「チワス、俺、気がついたんだよ、山地の人間はこの国ではあの闘う老人ではなくて、骨しか残らなかったあのカジキだって」

「ワタン、私にくれた手紙の中で、あなたは私たちタイヤル族の将来のことについて語ってくれて、教科書以外にも本をたくさん読んで知識を得るようにと励ましてくれたわね。そして、将来、自分や民族を変える未来の道が見つけられると信じていたわ。将来、タイヤル族の新しい社会を打ちたて、資本主義と対抗する準備をするんだって、はっきりと言ってたわ」

ワタンはまた泣いた。

「あれはお前に嘘をついたんだよ。そうしなけりゃ、こんな環境の中で希望がみつけられなかったんだ。でもお前が今日来て、俺のひどい有様を見て、俺らがこれまでのような夢を持ちつづけられるかどうかわからなくなったんだ」

チワスはワタンを深く抱擁し、彼の肩を軽く叩いた。

「ワタン、頑張るのよ、私は信じてるわ、私たちが自分と民族の未来の運命を変える道を見つけられるって。ワタン、投げだしちゃダメよ、絶対に投げだしちゃダメ、あなたはできるって信じているわ」

ふたりは互いの眼をいつまでもいつまでも見つめ合っていた……。

4.

ワタンは画面を通して、チワスの眼をじっと見ていたが、突然むせび泣きをはじめ、涙が目尻からこぼれ落ちた。老人は携帯の一時停止キーを押した。

「ワタン、あの頃は若くて気骨があったね。お前はずっと家族の誇りだった。あんたの一生のうち、わしはあのシーンが一番好きだよ。チワスがあんたを愛情深く見つめているあのシーンだ。あの場面を見ると、思わず感動して涙が出てくるよ」

ワタンは立ちあがって顔をそむけると、服の袖で目尻の涙をぬぐった。

「俺の今のこの様子を見てよ、若い時の夢は皆忘れたよ」

「ワタン、あんたを見ているとと、自分の若い頃を見ているようだよ、実際、若い頃のわしはあんたと一緒で、自分と民族の未来のことを考えていた。じゃが、実に残念じゃね、ああ！」

老人は長いため息をついた。ワタンが老人の眼を見ると、老人の落胆した眼には憂いに満ちた悲しげな表情が漂っていた。ふたりはしばらくなにも話さなかった。老人はタバコをひと口吸うと、ゆっくりと煙を吐きだした。

「本当に、ワタン、あんたはわしのあの頃と一緒じゃね。わしらは違った体制に生きていながら、でもやっぱり体制の抑圧にあらがえなかったんじゃね」

ワタンは元気なくなにも喋らなかった。老人はワタンの心を見抜いているようだった。

「帰って子や孫に会って、お別れをしてきなさい」

ワタンは立ちあがると、老人に別れを告げ、振り向きもせずに老人の狩猟小屋を出た。道は遠かった。一刻も早く帰りたかったが、山道はまるで彼の人生のように起伏に富み、何度も広大な森林の中で方向を見失い、家に帰ろうという思いを失わせるほどだった。ワタンの家は、資本主義社会ではまったく無力だった。

彼は疲れて大きな木の下に座った。瞼がしだいに重くなり、うつらうつらしていると、以前孫が生まれるのを待っていた時の情景がぼんやりと浮かんだ。彼は息子とふたりで座っていたが、ふたりの眼が合うことはなかった。

ワタンは手術室のドアをじっと見つめていた。息子はうつむいて携帯をいじり、巧みに両手で入力していたが、画面に図案があらわれるたびに息子の表情がさまざまに変化した。携帯でやり取りしている相手は、土地仲介の代書屋だった。

「ヤパ（父さん）、ある老闆がレストラン付きの民宿とキャンプ場をつくりたいと言ってきてるよ。家のあの土地は平らで、場所もとてもいい。老闆はかなりの金を出すって言ってるんだ。あの土地をとても高く見てくれているんだよ」

息子はうつむいたまま、手にした携帯の画面をじっと見ている。ワタンは息子がなにを言いたいかわかっていた。

「あの老闆は俺と一緒にやりたいってずっと声をかけてきてるんだ」

ワタンは、息子の考えがわからないわけではなかったが、返事をしなかった。

「どっちみち、山の上のあんな土地は草と竹が生えるだけで、何の役にも立たないよ。その内、やりはじめるのを待ってたら、すぐに金持ちになるよ」

ワタンにも反対する理由はなかった。ここ数年、部落の多くの連中は、キャンプ場をつくり、ひと儲けしていた。彼も土地を息子に任せる心づもりをしていた。ワタンは急に息子の方を振りむいて言った。

「ユハウ、子どもにつける名前は考えたのかね？」

息子はあっさりと答えた。

「妻と考えて、子どもの名前は富源とつけることにしたよ」

ワタンは彼を見ながらタイヤル語で言った。

「わしが言ってるのは、タイヤル族の名前だよ。わしらのガガに照らしあわせれば、あの子のタイヤル族の名前は、マリク・ユハウだよ」

息子は携帯を置き、通用口の方に顔をそむけて、不愉快そうな表情をした。

「いつの時代だよ。誰がまだタイヤルの名前なんか使ってるんだ。富源は金持ちの名前だ、マリク・ユハウだって、道理で俺ら一生貧乏なはずだよ」

ワタンには、今の子どもたちがどうして自分たちの家族の名前をないがしろにするのかわからなかった。

「これは家族に伝わる名前だ。お前のタイヤルの名前はユハウ・ワタンだ。わしの名前はワタン・マリク、わしの親父はマリク・ユハウだった。家系では、お前の最初の子どもはマリク・ユハウになる。最初の孫は皆、曽祖父の名前を継ぐんだ。これがわしらタイヤルのガガだよ」

息子は立ちあがって口の中でブツブツ言いながら、ポケットからタバコを取りだし、ひとりで廊下の突きあたりを出ると、通用口の外にもたれてタバコを吸った。そして、何度も屋内のワタンを見ながらつぶやいていた。

「勉強もしなかったのに、なにがタイヤル族の名前だ。まだ誰か使ってるのかよ。マリクって名前で、金持ちになれるのか？　朝から晩までガガだ！　まったく古臭いんだから」

ワタンは静かに座ってじっと前のドアを見ていた。実際のところ、ワタンは山を下りて遠路はるばる孫が生まれるのを待つ必要などなかったのだ。子どもが生まれたら、息子たちが孫を見せに山に帰って来るはずだ。

産室のドアがゆっくり開き、看護師が女性の名前を呼んだ。ワタンが立ちあがって手を振ると、息子が慌ててタバコを捨てて飛びこんできた。ベッドを押されて産婦が出てきた。

息子が換わってベッドを押し、ワタンは後をついて行った。すべてがきちんと整えられると、看護師がワタンと息子を案内して保温室に向かった。

中からひとりの看護師が子どもを抱いてガラス窓の前までやってきた。ワタンは生まれた孫を見て感動し、タイヤル語でガラス窓に向かって唱えだした。

尊敬するオットフよ、このタイヤルの子がこの地に生まれ出ました。この子を病から遠ざけ、ゆっくりと成長させ、ご先祖様の理知と知恵とを授けてください。成長してからは、この家族の勇気と能力を受けつがせ、将来は賢くて優しい女子を娶って、この子を本当の人、タイヤル・バライに成長させてください。

5.

空はますます暗くなり、まるで夢を見ているように感じた。夢かうつつかわからないでいたが、前方で銃声が響いて、ハッとした。

急に希望が見えたようだった。すぐにパトゥがまだ猟をやってるんだと思った。先ほど会った老人は夢だったんだ。ワタンはすぐに立ちあがってパトゥと落ちあうために森の方に向かった。

彼は小走りで声がした方に駆けだした。暗闇からパラパラという音が伝わってきた。頭をあげて音のする方向を見ると、羽毛のような棉が木の葉の上に舞い落ちていた。立ちどまって空を見あげぼんやりとしていると、なんと雪がふってきた。白いあられがすぽっと森をおおいはじめた。テレビで報じていた覇王〔二〇一六年の覇王寒流〕級の寒流が本当にやってきたのだ。

ワタンがさらに足を速めて真っ暗な林の方へ駆けだそうとした時、「バーン」という大きな銃声が山中に響きわたった。ワタンが銃声の方に眼をやると、さらに二発目の銃声が鳴りひびいた。

ワタンはその場に立ちどまって四方を見渡すと、銃声がした方向に歩きだした。

しばらく歩いて、ワタンは隠れた山あいの窪地に、テント張りの簡素な小屋を見つけた。中には人がふたりいて、火を囲んでムササビを焼いているところだった。彼らはワタンがあらわれたのを見て、驚いた表情をした。その中のひとりが、ワタンを直視して尋ねた。

「ワタン、部落じゃ、何日もあんたを探しているよ、何だこんなところに隠れていたのか」

ワタンは周りが散らかっているのを見て、彼らは山に来てもう何日もいることがわかった。地面にはチェンソーがあり、強烈な檜の匂いが漂っていた。地面には四角い形に切られた木もゴロゴロと転がっていた。ひとりが慌てて言った。

「ワタン、寒いから一杯やらないか？」

ワタンは彼に応えず、テントの外に立って、老人が彼に話したことを思い出していた。そして、老人は祖霊の化身だったんだと信じはじめた。

「これはガガか？　あんたらは俺の同意もなく、俺らの家族の猟場に入っているんだぞ」

ワタンは大声ですぐに立ち退くように怒鳴った。中年のふたりはなにも言わず、ひとりはタバコを吸い、もうひとりは静かにしとめてきたばかりのムササビを焼いていた。しばらくして、タバコを吸っている男が冷ややかに言った。

「ワタン、井戸の水は川の水を侵さない〔互いに縄張りを荒らさない〕だよ、あんたはあんたの猟をし、俺らは俺らの木を切るってことだ。ここに来て騒ぐんじゃないよ、ぶざまなことをすると、お互いにいいことはないよ」

「あんたらはガガを失くしたのか？　ガガは、昔から俺らに戒めてきたよ。これらの大木は広い地底に深く根を張り、しっかりと山林の石を抱えている。これらは皆、山の精霊だ。金で山の霊魂をどうして買えるんだ？」

「あんたは、俺らよりずっと貧乏に見えるが、そんなに偉い奴か、なにがガガだ。ガガは権威も教養もある学者連中が研究するもんだ。あんたは一体何者だ、勉強したのか？　誰かの真似して、ガガって言ってんのかい」

ムササビを焼いている男が、険悪な雰囲気になってきたのを見て、口調をやわらげて取りなそうとした。

「ワタン、古臭いことを言うなよ。今は古代じゃないし、もう猟場もなくなったよ。厳密に言うと、ここはもうどこも林務局〔現、行政院農業部林業及自然保育署〕が管轄する土地だ。皆がここに来て、自分の才覚であれこれやるのはお互い様なんだ」

「あんたらがなにをするか、皆、よくわかってるよ」

タバコを吸っている男が、顔をあげワタンを睨みつけた。

「ワタン、なにがよくわかっているだ！　あんたは老人痴呆症だ。今はここは全部、林務局と国家公園管理処の土地だ。この森林はあんたの名義で登記されているのか？　猟場、猟場って、立法委員や裁判官に言いに行くんだな。老人痴呆症か、道理で山を走りまわってるってわけだ」

「よけいなお世話だ。あんたたち今すぐここから出ていくんだ」

タバコを吸っていた男が立ちあがって、顔をゆがめて、ワタンに殴りかかろうとした。仲裁しようとしていた男がムササビを下に置いて彼を押しとどめ、ワタンにすぐにその場を離れるように目くばせした。それでなんとかその場はおさまった。

「ワタン、俺らもよそ者の老闆(ラオパン)に使い走りさせられてるんだ。もうけるのもひと苦労さ、今じゃ外国人労働者も山に来て荷物運びをやってるよ。一回行っても、七、八千元だけど、俺らが山に行って猟をするのに比べりゃ、一回でも家計の足しになるしな。それに一日じゅう獲物を求めてバカみたいに山の中を走りまわらなくてすむ。この仕事の方が割に合うんだよ」

ワタンは相手の眼を見ていたがよくわかっていた。部落では、多くの人が山の下の盗賊集団に雇われていたのだが、その後ぼろい儲けができることに気づき、今では多くの人が盗伐の雇われ人夫から仲買人に転身し、人によっては「老闆」になっていた。

仲裁役の男が前に出てワタンの肩に手を置いて、手にしたタバコを一箱手渡し、ワタンを行かせようと、口から出まかせに言った。

「わかったよ、俺らは明日朝早くここを離れるよ」

ワタンは冷やかにふたりを見ていたが、黙ってその場を離れた。

ふたりはワタンが遠ざかるのを見ていた。ひとりがポケットからタバコを取りだして火を点け、一口吸うと、地面に白い唾をペッと吐いた。

「畜生！　ワタンが俺たちを見てた眼つきを見ただろう。奴は自分が正しいと思ってやがるんだ」

今しがた仲裁役を買って出た男がせせら笑うように言った。

「ガガ、ガガと言って、自分は山にいくらでも来れると思ってるが、政府の眼からすりゃコソ泥と一緒だ。捕まりゃ俺らより長く入ることになるし、俺らよりずっと罪は重いよ。奴は俺らにガガと言って、ここから出て行かせようとしたが、自分はあちこちで密猟をしてるんだ。俺らをバカにしてる。俺が言った明日は明日の明日さ、どの明日か、わからんさ」

ふたりは顔を見合わせてゲラゲラと笑いだした。

ワタンは静かに森林を歩いていた。銃を背にして狩猟小屋の方向に歩きながら、何度もさっき見た情景を思いうかべ、自分が年を取ったと感じた。二〇歳過ぎのあんな若い連中にやり込められるとは。

その時、胸に激痛が走り目まいがした。その場にしばらく立っていたが、暗闇の中で突然方向感覚を失い、どの方向に歩けばいいのかわからなくなった。片手で自分の胸をつかみ、もう一方の手を大木について体を支え力いっぱい呼吸をした。

「ワタン」

突然誰かが彼の名前を呼ぶのが聞こえた。彼はハッと振りかえったが、誰もいなかった。呼びかける声は、途絶えることなく森林のそこかしこから聞こえてきた。ワタンは木にもたれて休み、ゆっくりと体をひねって大木にもたれて座りこんだ。ヘッドランプの光が、まっすぐ前方の薄暗い森を照らしだした。

ワタンはこのような場景に出くわしたことがなかったわけではなかった。ひとりの若者が暗がりの角から光線に沿って歩いてきて、ワタンの前で立ち止まった。相手はヘッドランプもつけず、銃も持っておらず、陰鬱な眼つきをしていた。

若者はカーキ色の軍服を着て、足にゲートルを巻き、おかしな帽子をかぶっていて、年齢は二〇歳前後に見えた。突然眼の前にあらわれたこの若者に、ワタンは興味を持った。

「あんたは誰だ。俺を呼んだのか？」

相手はワタンの質問に答えず、行ったり来たりして、周りから薪を集め、すばやく地面に積みあげると、ワタンを見て尋ねた。

「火はありますか？」

ワタンは、この若者は身なりが古めかしいだけじゃなく、仕草も大変奇妙だと思ったが、上着のポケットからライターを取りだした。若者はワタンのポケットの中のタバコの箱を見つけた。

「タバコ一本もらえますか？」

「満一八歳になったかね？」

「もう二六です」

ワタンは彼の痩せた姿を見て、彼とよく似た部落の多くの若者らが、早くから酒、タバコ、檳榔を口から離さないのを思い出し、彼の要求に取りあわなかった。

若者はワタンのライターを手にすると、しばらく見ていたが使えなかった。ワタンはかがんで火を点けた。そして、ポケットからタバコの箱を取りだし、ライターでタバコに火を点け、ひと口吸うと、ゆっくりと白い煙を吐きだした。若者はそばで羨ましそうに見ていた。

二口目を吸った時、ワタンは胸が灼けつくように感じて、耳が赤くなるほど強くせき込んだ。慌ててタバコを捨て、急いで胸をさすった。若者は前に出てタバコを拾いあげ、ひと口吸うと、気持ちよさそうな表情を浮かべた。

「このタバコは吸いやすいね。フィルターのない軍隊のタバコよりずっといいな」

ワタンは胸が少し楽になると、若者がタバコをくわえたままリュックをおろし、ひと固まりのものを手に取りだして、真剣に縒(よ)りはじめるのを見た。

「なにを持っているんだい？」

「苧麻(からむし)さ、背嚢を編んで、山からイノシシを背負ってくるんだ」

ワタンは笑いだした。

「部落ではもうこんなものを使う人はいないよ。部落の人は、いまでは皆、ビニール縄を使ってるし、山に藤のつるを採りに行かなくなったよ」

若者は手にした苧麻に縒りをかけながら、ワタンが紐を編む彼の動きを観察しているのを見て笑って言った。

「織ったり編んだりするのは、僕らにとっては朝飯前さ。あなたも老人から習ったことがありそうですね」

ワタンは若者がからまった紐を巧みにほぐし、慣れた手つきで紐を編んでいる様を見ていたが、物珍しそうに驚いた表情を浮かべた。

「どこの家の息子かな？　今じゃ、あんたのように伝統的な編み方ができる者はほとんどいないんだよ。きっと親父さん、お袋さんが教えるのが上手だったんだろうな。ご両親のこと知ってるかもしれないな。今度会ったら、褒めてあげたいね」

若者は一心に背負い袋を編んでいたが、ほどなく簡単な三角形の背負い袋ができた。彼は残った糸を片づけると、立ちあがって立ち去ろうとした。ワリスは突然彼を呼び止めた。

「兄さん、少しお喋りしていいかな。わしらタイヤル族の伝統文化とガガについて少し教えてあげたいんだ。ふだんは大学教授や大学院生がたくさん山に来て、わしからタイヤル族の核心であるものを学ぼうとするんだが。少しお喋りにつき合ってもらうと、あんたにガガについて教えてあげられる。将来、あんたは原住民の文化界でもひとかどの地位を占めるようになるよ」

若者はワタンの方をちらっと見た。

「ガガについて、どうして学ばないといけないのかな？」

ワタンは改まった表情で若者に言った。

「ガガは奥深い学問で、タイヤル族の人々の生活にとってあらゆる規範となるものであり、タイヤル族と祖霊の間の約束でもあるんだ。さらにタイヤル社会の核心的な観念でもある。タイヤル族の一生のうちのすべての儀礼は、皆ガガに照らして行われるんだ。男は狩猟ができ、家を守る。女は織物ができ、家族の世話をし、農作に励むんだ」

若者がワタンに問い返した。

「あんたは本当にガガを知ってるのか？」

ワタンはあっけにとられた。

「ガガはタイヤル族の神聖な祭儀だ。あんたたち若者は何年か勉強すると、携帯電話とコンピューターで何でもできると考えるようになるが、ガガというのは、わしら老世代の長老たちに認められてはじめて受け継ぐことができ、さらに山で猟の経験を積まなければならない。何でも自分たちの言う通りになるというわけにはいかないんだ」

若者はそれを聞くと笑いだした。ワタンは眼の前の軽薄な若者を見ながら、すぐに激した口ぶりでこう言った。

「おい、わしをいい加減なほら吹き爺と思って、なめちゃいかんぞ。わしは本気で怒ってるんだぞ」

若者はワタンの激しい表情を見ながら、おもむろに腰をおろし、「ムスガミン（msgamil）」（タイヤル族移動史古調）を吟じはじめた。彼の低い声はワタンを驚かせた。若者のまなざしはまるで時空を超えて祖先が生まれたピンスプカン（Pinsevukan、起源地）に回帰し、調べは風に乗って祖先が苦労してたどった道を追い、ゆっくりと自分の家族の血縁の有様を奏であげた。ワタンは驚いた表情で古い歌を吟ずる若者を見ていた。

ワタンは古調を吟ずることができ、テレビでも吟じたことがあった。

「誰からこの歌を習ったんだ」

若者はうつむいて歌いつづけていたが、歌声が突然止まり、ワタンをじっと見つめた。

「この古調を聞いても俺が誰かわからないのかい？」

ワタンは歌謡の中で家族がたどった生涯を詳しく聞き、氏族が分布するすべての部落や家族の名前も、少しも間違いもなく正確だった。ワタンは彼をじっと見て、厳しい口調で尋ねた。

「お前は一体誰の家の子どもだ？　こんなに礼儀もなくて、わしのブッキス（bukis、先人）に無礼だ、タイヤル族のタブーを犯しているんだぞ」

ワタンは眼の前のこの長幼の序をわきまえない若者をこっぴどく叱ろうとした。若者は怒りもせず、穏やかな口調でワタンに言った。

「ワタン、俺が誰かまだわからないか？　お前の親父のマリク・ユハウが生まれた時、俺はもう親父のことを知ってたよ」

「なに！　お前はいくつだ、どうして俺の親父を知ってるんだ」

若者は腰をおろし、面と向かって彼の眼を直視した。

「あんたの親父は昭和九〔一九三四〕年生まれだね。日本が台湾を統治している頃、あんたの親父は角板山〔現、桃園市復興区〕に住んでいた。日本の総督府の最も重要な専売物資、樟脳の集散地だ。親父さんは小さい頃、台車を追いかけるのが大好きでね。山で樟脳の木が伐採されて、集積場で軽便鉄道に積んで山を下りて行くのを見ていた」

ワタンはそれを聞くと、いら立った表情をした。

「あんたは一体誰だ？」

「小さい頃のこと覚えているかい？　あんたの親父さんは、爺さんと昔の部落のことを話しただろう？　親父さんはきっとあんたを連れて山にのぼり、俺らの家族の狩猟場を歩きまわったと思うよ」

「あんたは一体誰だ？　どうしてわしらの家族の歴史についてそんなに詳しいんだ」

「あんたの親父さんの名前はマリク・ユハウ、俺の名前はユハウ・ワタンだ。これで、俺が誰の親父かわかっただろう」

「いい加減なことを！」

若者の言葉は、彼は南洋で行方不明になったワタンの祖父だということを意味していた。

「ワタン、わかるよ、今きっと大いに混乱しているだろう。ひとつ話をしてあげよう。太平洋戦争が最も激しかった時のことだ。俺が南洋作戦に徴集されて行ったのは、昭和一九（一九四四）年の春だった。」

ワタンは信じず、すぐに日本語で眼の前の若者を大声で罵った。

「バカヤル（バカヤロウ）！」

若者は立ちあがると、上着のポケットからボロボロの冊子を取りだして彼の眼の前に置いた。ワタンが手にしてみると、上に漢字で軍事預金通帳と印字されていた。表紙の一番下に、ぼんやりとした手書きの文字があり、田中正輝の四文字が読みとれた。

若者はポケットからゆっくりと、上に大溪郡写真館と印字された白黒写真を取りだした。

「ワタン、昔の占い部落をまだ覚えているかい。これはお前の曽祖父、曽祖母、そしてお祖母ちゃんとお前の親父だ。これはわしが出征する前にわしらの家の前で写したものだ」

ワタンは写真を見てすぐに真っ青になった。昔、壁にかかっていた同じ黄ばんだ白黒写真を思い出したのだ。びっくりしたあまり、慌てて喋るのもしどろもどろになった。

「お前は……お前は……一体誰なんだ。どうして我が家の写真を持っているんだ」

若者は写真を上着のポケットにしまうと、ワタンを見た。

「この写真は、俺があの時、写真屋に特に二枚焼いてくれるように頼んだんだ。一枚は自分が身につけ、一枚はあんたのお祖母ちゃんにあげたんだ」

ワタンは若者の話をいぶかしく思いはじめた。若者はポケットから口琴を取りだして、それを彼に渡した。口琴はもう古くなって黒光りしていた。

「これはあんたのカキ（kaki、亡くなった祖母の尊称。存命の祖母はyaki）が俺が出征する前にくれたものだよ。家が恋しくなるといつも吹いていたんだ」

ワタンは口琴を見て、彼が小さい頃に祖母がよく歌っていた日本語の歌を思い出した。若者も日本語で歌おうとしたが、少し歌うと途中で止めてしまった。

「『サヨンの鐘』さ」

若者は突然顔をおおって泣きだした。

「ワタン、ニューギニアの森林では、あたり一面、アメリカが投下した焼夷弾と焼け焦げて腫れあがった死体だらけだった。俺は森林の中をずっと走って、そのまま家に帰りたかった。爆弾が雨のように降ってきて、最後には自分の体が爆弾で焼けるのをただ見てるしかなかった……」

その時、時間はまるで一九四四年の南太平洋で固まってしまったようだった。

ワタンの頭にテレビの太平洋戦争の記録映画が映し出された。大男の米兵がガス銃を背負って、洞窟の入口に向けて激しい火焔を噴きだした。洞窟の中の人々は全身火に包まれ狂ったように逃げまどった。むごたらしい光景だった。

ワタンは急に目の前に見えるものがまったく信じられなくなった。彼の前で号泣している高砂義勇隊[1]の祖父、この会ったこともない祖父をどう呼べばいいのかわからなかった。

長い時間、ワタンは若者がしきりに腕で涙をぬぐっているのを見てるしかなかった。ワタンの態度はしだいに丁寧になり、眼の前の祖父に礼を失することがないように気遣った。

「ユタス（yutas、祖父）、悲しまないでください。あなたは俺の息子のユハウにそっくりです。泣き方も瓜ふたつです」

若者は手で涙をぬぐった。ワタンは自分からタバコを一本彼に渡した。そして、ライターで恭しく火をつけ、気持ちを落ち着かせようとした。

「ユタス、一服どうぞ」

若者はひと口タバコを吸った。

「ワタン、俺は本当のタイヤル族ではないんだ。だから、虹の橋を渡れないんだよ［タイヤル族の神話では、人は死後、虹の橋を渡って先祖のもとに向かうが、不慮の死を遂げた人はこの橋を渡れない］。

だから森林をあっちこっちさまよっているんだ」

ワタンは眼の前で泣いたり笑ったりしている若者を見て、昔、本で学んだ知識や常識が一八〇度ひっくり返ったように感じた。今、眼の前にいる若者は本当に南洋で行方不明になった祖父ではないかと疑いはじめた。

「俺がお前の親父と別れた時、あいつまだ一〇歳だったね。きっと俺のことを忘れてるだろうなあ」

「親父はユタスのことを忘れたことなど一度もないよ。家の人たちは皆、ずっとユタスのことを誇りにしてきたし、あなたが南洋から帰って家族が皆そろうのを楽しみにしているよ」

そこまで言うと、ワタンは少し嗚咽した。臨終の時に祖母がずっと祖父の名前を呼びつづけていたのを思い出したのだ。父親も生前ワタンに、祖父の名前を忘れないように言いつけた。その時、ワタンはこれまでずっと真面目にタイヤル族になろうとしなかったと思った。漢人から金儲けと功名を得ることばかり習い、幼少の頃に父親に連れて行ってもらって山で学んだことも、どこか余計なことだと考えていたのだ。

「ユタス、僕が小さい頃、親父はずっとユタスが親父を連れて山に行った時のことを話してたよ。ふたりとも裸足で森や山を歩きまわり、小さい頃から家の猟場の境界を厳しく教え、どのように自分たちの部落の地図を頭に描くかを教えてくれたってね」

ワタンは心の奥深くにずっとしまってきた話をユタスに話した。ユタスもワタンを見て言った。

「ワタン、お前のお父さんはお前をよく教育したんだな」

ワタンは少しびくびくしながら言った。

「ユタス、僕らの家族は昔からずっとこの森林を守っているよ」

若者はうなずくと、嬉しそうにワタンを見た。

「ガガ　タ　タイヤル（Gaga ta Tayal、祖先の教え）だよ」

若者はタバコをひと口吸うと、得意げな表情をした。しかし、ワタンはなぜか恥ずかしそうにうつむいた。それは現実を見るといささか良心をとがめたからで、彼の息子もこっそりと多くの土地を抵当に入れて、漢人にキャンプ場やレジャー農場をやらせていたからだった。

「ユタス、部落では多くの家が土地を売ってしまったよ。僕の息子も一心に土地を売って金に換えたがっていてね、土地を耕し狩猟するというガガ（土地と自然の営みを続ける決まり）に従いません。後を継ぐ僕らはユタスに顔向けができません」

若者はワタンをじっと睨んで叱りつけた。

「俺は南洋から帰ったばかりなのに、祖霊にどう申し開きをして虹の橋を渡るんだ。お前たち子孫が本当に憎いよ」

「ユタス、僕は年を取ってもう山に来られなくなった、これがおそらく僕が山に来る最後です。この森林はもう以前家族が守ってきた、祖霊が住む森林ではありません。この山は欲深い奴らに破壊され、ゆっくりと死んでしまったのです」

「ああ……俺らはもう本当のタイヤル族ではないんだ」

若者はため息をつき、立ちあがってタイヤルの古謡を口ずさみながら去っていった。

われらが自分の言葉を失えば、われらは本当に消えてしまう。われらの子孫が虹の橋にのぼり、祖霊の地と祖先との集いにもどる道を見つけられなかったら、タイヤルの子どもはこの世で迷子になり、最後には民族は消えてしまう。祖先は悲しみ失望するだろう。

我々が自分をしっかりとり戻そうとするなら、先祖が残してくれた教えに従わねばならぬ。そうしてこそ、タイヤルとして、我々は虹の橋の向こうにおられる祖先に会っても恥ずかしくないのだ。

かすかな光のもとで、若者の歌声はもの寂しく悲しかった。ワタンは力なく木にもたれて去っていく若者の後姿を眺めていた。

6.

突然、人の声が森から聞こえてきた。

「ワタン！」

彼は頭をあげて真っ暗な森を見た。

彼を呼ぶ声がまた四方八方から聞こえてきた。自分が現実の世界にいるのかそれとも幻覚の世界にいるのかわからなくなり、ワタンは苦しげに頭を抱えた。

遠くから白い影がこちらに歩いてくるのが見えた。眼のすみに真っ白なワンピースを着た少女がちらっと見えた。顔には少女のあどけない笑顔が浮かんでいる。

「誰かな？」

「ワタン、私よ、覚えてる？」

「チワス、君かい？」

「私よ」

彼は眼の前にいるのがチワスだとわかった。

「チワス、僕は今、夢を見ているようだ。昔あったことの映像が次々にあらわれるんだ。ユタスまで南洋から帰ってきたんだよ。僕にはもう自分が一体どこの夢の中にいるのかわからなくなっているんだ」

なにが起こったのかわからず苦しんでいたワタンだったが、チワスに会ってからは、体の痛みだけでなく、心の疑念もすっかり消えていた。

チワスはゆっくりとワタンの前まで歩いてくると、眼の前でワンピースの裾をひらひらとゆらして踊りはじめた。ワタンは、チワスが今着ている白い服を特に気に入っていたことに気がついた。そして、チワスがこの服をとても大事にしていたことを覚えていた。それはふたりが山ではじめてデートをした時に着ていた服だった。

「チワス、君は全然変わらないな。前に君がこの服を着ているのを見たのは、もう四〇何年も前だよ」

「ワタン、私、昔と同じようにきれい？」

「うん」

ワタンは頭をあげてチワスをちらっと見た。内心、複雑な気持ちだった。時間は再びこの静まりかえった森の中に、凍結してしまったようだった。長い間、ワタンはうつむいたままだった。心の中にはたくさんの言葉があったが、なにから話したらいいかわからなかった。彼はずっと額の前髪を払いながら、内心の不安を隠そうとしていた。

「チワス、こんなに寒いなんて思いも寄らなかったよ」

「そう？」

ワタンは手で猟銃に薄っすらとついた白い結晶を拭い、それから今しがた降ってきた霰（あられ）を体からはたいた。

「チワス、この猟場でこんなにすごい雪に出くわしたのははじめてだよ」

突然、森の中でまた銃声が響いた。

「チワス、銃声が聞こえたかい？」

「聞こえたわ」

「この山ではあちこちで銃声がする。どれだけの人が僕ら一家の猟場で勝手に銃を撃ってるんだろうか。こいつらどうして追い出しても出ていかないんだろう？」

チワスは笑った。

「ワタン、ここはもうあなたの猟場じゃないのよ」

チワスの少女のような天真爛漫な笑顔を見て、ワタンの心に若い頃の忘れかけた初恋の感情がよみがえった。彼は内心の動悸に耐えきれず、顔をあげてチワスを愛おしそうにじっと見た。

「ワタン、私たちの昔のこと、まだ覚えてる?」

ワタンは恥ずかしそうにうつむいた。

「ワタン、あなたが恥ずかしそうにしてるのって好きよ。初めてふたりで川に泳ぎに行ったこと覚えてる?」

「あれはもうだいぶ前のことだな、少し忘れてるね」

ワタンはチワスの雪のように白い洋服を見ながら、頭の中にずいぶん昔の光景が浮かんだ。初めてワタンはワイシャツを着て、チワスとデートをしたのだ。

彼は思い出した。外国人の宣教師が小麦粉と救援物資を配った日、ヤヤは服の山の中から、真っ白い洋服を選びだしたが、スカートの隅に大きな黄ばんだしみがあった。部落の人々はその洋服を指差して、その服は不吉だと言ったが、ワタンは母親の眼を見て、その洋服を大変気に入っているのがわかった。しかし、最後には古いワイシャツを選んでワタンにくれた。

翌日、チワスはなんと母親と同じデザインの洋服を着てやってきた。その時、ワタンは父親と畑仕事に行こうとしていたところだった。彼は山の方を見て、どうしようかと随分迷ったが、家に駆けこんで背嚢を放りだし、あの古いワイシャツを着てチワスと家を出た。

「ワタン、私、今日きれい?」

チワスはわざと両手でスカートを引っぱって、裸足の足をむきだしにし、軽妙に踊りはじめた。

ワタンは恥ずかしくて、顔をあげて彼女の方を見ることができなかった。

ワタンはチワスの笑顔は甘く美しく、紅い野イチゴのようだと思った。そよ風が吹いてきて、洋服から淡い香りが漂ってきた。道々、ふたりはほとんど言葉を交わさなかった。渓谷にさしかかった時、チワスは勢いよく下りて行った。

「ワッ　ガ（wah ga、下りておいでよ）！」

彼女は手を振ってワタンに下りてくるように叫んだ。ワリスは頭を振って、父親が畑で自分が行くのを待っていると言った。

「ワタン、魚がいるわ！　大きな魚がいっぱいいいるわよ！」

ワタンは魚がいると聞いて駆けおりて行った。石のそばにうずくまって、水の中の魚の行方を追っていると、突然背後から押された。その瞬間ハッと我に返ったが、間に合わず、ワタンは全身もんどり打って水に落ちた。水を飲んでむせ返り、涙や鼻水が出た。チワスは石の上に立って、いたずらっぽい笑みを浮かべた。

「なんだ、だましたのか！」

ワタンは怒って飛びだし、彼女を捕まえると、助けてという声にも取りあわず、力いっぱい水の中に放りこんだ。キャアッという叫び声がして、大きな水しぶきがあがった。

パッとチワスの白い服が透けて、肌の色が薄っすらとみえた。まるで白い服が水中に消えてしまったように、チワスの裸体がワタンの眼の前にあらわれ、ワタンは心臓が口から飛びだしそうだった。

ワタンは震えながら水中のチワスを見ていたが、心の中の情欲という巨獣を抑えきれなくなり、勢いをつけて石の上で飛びあがり、放たれた矢のように水面に飛びこむと、水の精霊のようなチワスの体をしっかり抱きしめた。ふたりは交配している水蛇のようにからまりあっていた。

ワタンは恥ずかしそうに笑った。チワスの顔にも少女の頃のうぶな恥じらいが広がった。

「ワタン、昔、若い頃、私たちいつも一緒にいた頃がとても懐かしいわ。あの頃が本当に人生で最も輝いていた頃ね」

チワスは愛情深い表情でじっとワタンを見つめた。ワタンは額にかかる前髪をずっと手で払っていたが、わざとチワスの眼を避け、しわがれた声で言った。

「チワス、髭を何日も剃っていないんだよ。髪もずいぶん長く切っていないし、手もカサカサで皺だらけ、今じゃもうひどいもんだ」

「ワタン、元気に暮らしてるの？」

ワタンは突然むせび泣きだした。

「チワス、俺も年を取ったよ。生活に追われてくたびれてしまったよ」

チワスは、ワタンの年老いた顔を撫でた。

「ワタン、息子のユハウは生まれたばかりの時、あなたにそっくりだったわね。許してね、一緒にいてあなたとユハウの面倒を見てあげられてなくて」

「お前が子どものためああなるとわかっていたら、子どもを産むようなことはさせなかったのに」

チワスがユハウを産んだ時、山地の医療が発達していなかったために、大量出血をしても、山を下りるのが間に合わず、チワスは彼らの元を去っていったのだ。ワタンは長いあいだ悲しみから立ち直れなかった。母親の愛に飢えたユハウは幼い頃から反抗的だった。国民中学校を卒業すると、すぐに同級生と一緒に都会に働きに出ていった。ワタンは、長い間ふたりの唯一の子どもの世話を充分しなかったことで大変自分を責めていた。

ワタンは今の様子を思い出して、突然声をあげて泣きだし、一歩踏みだしてチワスを力一杯抱きしめた。チワスはそっとワタンの髪を撫でた。ふたりはまるで若い頃に戻ったようだった。

「ワタン、私たちが知り合ったあの年のこと覚えてる?」

ワタンはうなずき、まるであの夏、国民中学校の新入生訓練会場で出会ったチワスを見ているようだった。真っ白な首筋、耳もとで柔らかく光っている髪の毛、彼女は真新しい制服を着て、始終うつむいて腕時計を見ていた。

突然、運動場の拡声器を通して鐘の音がアーチ形の天井の活動センターに響き、新入生の訓練会場にも伝わった。灼熱の暑さが全郷の小学校からやって来た国民中学の新入生を襲っていた。辺鄙な山地郷では、選択できるのはここしかなかった。ワタンは国民小学校の古い白い服と青いズボンの制服を着て、後列の鉄製の椅子に座り、ぼんやりと講堂の壇上を見つめていた。

突然、女学生がふり向き、ワタンを少しの間見ていた。ふたりの眼が合い、一種奇妙な感覚がワタンの心の中に沸いた。眼の前の女学生は、まるでワタンの心中をすべて見抜いているようだった。ワタンは、胸苦しい感じがして、思わず顔をそむけて彼女の眼を避けた。

放課後、角板山の町は、一年生の新入生でいっぱいだった。バスターミナルの時刻表を見ると、家に帰るのに最も早いバスまでまだ四時間以上待たねばならなかった。国民小学校の生徒たちは、山道を歩いて帰ることにして、バスターミナルでバス代でマントウを買った。

ダムのつり橋を渡る時、いたずら好きの男子生徒たちが橋の上で飛び跳ね、二百メートル余りの橋を力いっぱい揺らしはじめた。橋はまるで大波のように激しく揺れて、後ろについて来た女学生たちは驚いてキャーキャー叫んだ。橋の手すりに必死でしがみつく女学生もいた。彼女たちが大声を出すほど、男子生徒たちはますます激しくゆすった。

その時、ダリスがつり橋の下に客を乗せた一艘の遊覧船を見つけ、ワタンに手で合図した。ふたりは船長を探しに船の方へ走っていき、しばらくすると手を振りながら山地の言葉で大声で叫んだ。

「ワッ　ガ！（wah ga!　下りてこい）」

皆が岸に向かって走った。五〇過ぎのムカン（mukan、漢人）の船長が親しげに彼らに呼びかけたのだ。船に乗ると、皆は船倉で追いかけっこをした。遊覧船はポンポンとエンジン音を立てながらゆっくり岸を離れた。船はゆっくりと湖の中央まで戻ると、加速して阿姆坪（アムピン）（大漢溪石門ダムの中流）に向かって進み、船尾には白い水しぶきがあがった。

皆が船の甲板に駆けあがって座っていると、午後の太陽の光が雲の層のすき間から射してきた。まばゆい光が何筋も雲の切れ目から射し、湖面を照らし、湖面のさざ波にキラキラ反射した。

ダリスは指笛を長く鳴らした。鋭い音が山の対岸からこだまして返ってきた。船が光の束の真ん中を通りすぎる時、皆は眼の前の景色に驚かされた。まるで童話の物語の画面のようだった。

突然、誰かが大声で叫んだ。「天国に着いたぞ」

遊覧船は部落の船着き場に近づき、船長は顔を出して船底の喫水の深さを見定め、ゆっくりと方向転換して船着き場に入ろうとした。船着き場まであと五〇メートルに近づいた時、ワタンと男子生徒たちは船上から次々と湖水に飛びこんでいった。女子生徒たちが驚きの声をあげる中、男子生徒たちは全速力で岸に向かって泳いでいった。船はゆっくりと船着き場に進んでいった。

ようやく船が船着き場に着くと、ワタンとダリスは船長に、もう一度船からかっこよく飛びこませてほしいと頼んだ。親切な老船長はいたずらっ子たちに逆らえず、船をゆっくりと船着き場から出した。船着き場から百メートル離れた時、ワタンが飛びこめと声をかけると、皆いっせいに船から飛びこんだ。六人の男子が面白おかしい姿勢で水に飛びこむと、岸にいた女子生徒たちはハハハと大笑いをした。船長は、汽笛を鳴らして彼らに別れを告げた。

午後いっぱい、この六年甲クラスの同級生たちは、晴れあがった青空のもとで泳いで遊んだ。女子生徒は男子生徒の服を全部水中に投げこみ、男子生徒は女子生徒を一人ひとり水中に投げ込んで遊び、太陽が山に沈む頃になってようやく家に帰った。

国民中学校に入ると、ワタンはいわゆる進学クラスに編入された。彼は幼い頃から勉強はクラスで上位で、優秀なクラスに行くのは皆が認めるところだった。しかし、実際は、精神的には言うに言えないプレッシャーがあった。慣れない環境で、復興郷じゅうの国民小学校から来た優秀な同級生と一緒だった。そのため何日もよく眠れなかった。

ワタンは突然、新入生の訓練の時に、あの彼を見ていた女子生徒が眼の前に座っているのに気がついた。彼女の新しいきれいな制服、真っ白い皮膚は、他の女子生徒と少し違っていた。クラスでは誰かが彼女をチワスと呼んだが、彼はこの三文字をしっかりと覚えた。

7.

国民中学校の生活は、寮に入って正式にはじまった。ウマスはワタンが国民中学校で知り合った最初の友だちだった。ウマスの寝る場所は、ワタンの隣りで、ふたりは何でも話す一番の仲良しになった。ウマスは遠くの後山〔中央山脈より東側の原住民居住地を指す呼称〕にある部落から来たが、ふたりははじめて会った時から意気投合した。と言うのも、ふたりは国民小学校の陸上競技の選手で、昔、郷の大会で競いあった相手がクラスメートとなり、仲の良い友だちとなったのだ。

ある日、お昼の休憩時間に、国民小学校の同級生だった孝クラスのハナがワタンのそばに駆け寄ってきた。ハナは暗い表情をしており、ワタンは冗談半分で彼女に言った。

「ハナ、長く俺に会わなかったから淋しかったのかい？」

ハナは山地の言葉で言った。

「ナヌ　ガ（nanu ga、なんですって）？」

ワタンは、その後、ハナは中学校に来るはずだった小学校の同窓生のヤピを、土曜日の放課後、見舞いに行かないかと尋ねにきたのだと知った。ワタンはヤピが病気だったことを思い出した。

「ワタン、ヤピの病気のこと、知らないの？　一緒にお見舞いに行かない？」

ワタンはハナの心配そうな表情を見て、からかうように言った。

「ヤピ、大丈夫だよ、山の子は皆、イノシシと一緒で丈夫だよ」

ワタンは軽口をたたいたが、心の中では、そんなにひどくないはずだと思っていた。白血病（血癌）は僻地の山地の村ではめったになく、肝硬変ほどは恐ろしくないと思われていた。

土曜日の午後、上の部落は濃い雲霧におおわれていた。ハナとワタンは、クラスメートが出してくれたお見舞いのお金やお土産を持って産業道路をのぼっていった。その道は舗装がされておらず、一時間も歩くと、土が剥きだしの広場についた。広場の周りには、何軒かのブリキ屋根の家がとりかこんでいた。

学校が終わったばかりで、カバンを背負った小学生たちが、広場の真ん中でビー玉遊びをして遊んでいた。ワタンとハナが広場に着いた時、坊主頭のヤピも小学生たちとビー玉で遊んでいた。

ワタンがまっすぐヤピに近づいていくと、ヤピは怪訝そうに顔をあげて彼を見た。痩せて骨と皮だけになったヤピは、見たところいっそうひ弱になっていた。信じたくなかったが、卒業して数カ月のあいだに、ヤピは想像できないほどに変わってしまっていた。枯れそうな木みたいだとワタンは思った。

そばにいた子どもがヤピにビー玉ゲームに戻るようにせかした。ワタンは大声で子どもにあっちに行って遊ぶように叱りつけ、殴りかかるようなそぶりをした。ハナがカバンからきれいなプレゼントを出してヤピに手渡すと、ヤピは何だろうと包装紙を見てちょっとゆすった。

ワタンが言った。「開けてみろよ」

ヤピが箱を開けると、きれいなペンケースが出てきた。

その時、そばにいた子どもがまた彼の番だとせかした。ヤピはふたりをしばらく見ていたが、ペンケースを土の上に置くと、しゃがみ込んでビー玉を親指と人差し指のあいだに挟んだ。親指で弾くと、ビー玉が弾き飛ばされ、土のうえを転がって他のビー玉に当たった。

ハナはヤピを引きもどした。ワタンはヤピが子どものようにビー玉をはじき続けているのを見て、彼が手にしたビー玉をさっと奪って弾き飛ばした。ハナはそっと優しくヤピに話しかけた。

「ヤピ、これはクラスの仲間があなたにくれたものよ」

ヤピはお金を受け取ると、その緑色のお札をぼんやりと見ていた。

「ハナ、僕の家にはもうお金がなくなって、ずっと病院に行ってないんだ」

「それじゃ、痛い時にはどうしてるの？」

ヤピは突然声をあげて泣きだし、痩せて骨だけになった腕で涙をぬぐった。ワタンは立ちあがったが、三人で顔を見合わせたままなにも喋れなかった。別れ際に、ワタンはヤピの肩を叩いて言った。

「ヤピ、病気はよくなるよ。俺らは中学校で待ってるよ、心配するなよ」

ワタンとハナは、上の部落を出てからずっとなにも話さなかった。近くの小さな川のそばまで来た時、ハナが足を止めた。彼女の恐れるような眼は力なく、それ以上気持ちを抑えきれなくなって、声をあげて泣きだした。ワタンも目にたまった涙を腕でぬぐった。

「ワタン、ヤピは死んでしまうの？」

「俺にもわからないよ」

狭い山道を歩くふたりの影は、すぐに暗い夜にのみこまれていった。

学校がはじまると、ワタンは小学校とまったく異なる学習環境に入りこんだことがわかってきた。進学クラスは宿舎に入らされた。舎監は極端な性格の人だった。寮生たちの寝る場所は、蜂のさなぎの区画のように区切られ、それぞれに番号がふられた。そして、各人に割りあてられた範囲でしか行動が許されなかった。

毎晩一〇時の消灯前に、寮生は全員広場に集合して夜の点呼を受けた。男子も女子も皆四角く縦隊に整列して、掛け声〔原文「精神答数」。軍事訓練時に士気や協調を高めるための掛け声〕をかけ、愛国歌曲を歌い続けた。誰もが無意識に足を高く交互にあげて、機械的に足踏みしながら、軍歌を歌った。真っ暗な夜に、寮生全員が声をからして大声で歌った。「三民主義を遂行し、政府の指導に従う！　三民主義万歳！　中華民国万歳！」

厳密に言うと、山地にあるこの宿舎は軍事学校そのものだった。

隊列の中には、不注意であるいは気がそれて、足踏みを乱す者がいた。すると舎監が激怒して、どなりながら隊列に突入し、足踏みを間違えている者や、掛け声を間違っている者にビンタをくらわした。歌が終わると、舎監の精神講話で、それはまた皆の最も苦痛な時間だった。この舎監は、生活上の取るに足らないことをいつも、大陸反攻と結びつけて訓話するのだった。

ワタンは、眼をキョロキョロさせながら舎監を見ていたが、舎監の話を真面目に聞いていなかった。その間ずっと数一〇キロ遠く離れた家のことを考えていた。ヤパ（父）やヤヤ（母）は元気にしているだろうか？　今年は、山のアワの収穫はどうだろうか？　いつも彼が餌をやっていた子どものイノシシは大きくなっただろうか？

ある時、思いにふけっていて、すぐに気をつけをして返答するのを忘れてしまった。舎監が突然大股で駆けよって来て、ワタンを蹴り倒し、力いっぱい耳を引っ張って罵倒した。激しい痛みにワタンは現実に引きもどされた。周りの皆は、冷ややかに、嘲り笑うような眼で見ていた。

やり切れない夜の点呼は、「中華を愛す」の掛け声で終わり、整然とした隊列は、一列縦隊で寝室に戻り寝床を整えて就寝した。宿舎が消灯されると、もうひとつの世界がはじまった。ウマスは毎晩ワタンに話しかけてきた。彼の話はいつも女子の発達中の体のことだった。ウマスがそんな話をしている時は、ワタンは寝返りを打って相手にしなかった。と言うのも、ワタンの家は敬虔なキリスト教徒だったからだった。

数か月後、ウマスは夜、ワタンに英語の単語を言いはじめた。ワタンは、ウマスが英語に興味を持つようになったのだと思ったが、しばらくしてウマスの言う英単語は、タイヤル語で読めばセックスを強く暗示する露骨な言葉だと気がついた。ウマスはまたワタンに授業中、英語の先生の匂いを嗅いだかと尋ねたり、シルクの袖口の下着の下の白い乳房の脇を見たかと聞いてきたりした。

ウマスは英単語のビリー（Billy、人名）を読む時、奇妙な眼つきで、わざと単語の前のbiをはっきりと読み、後ろの ly をあいまいに bi と読んだ。すると、まるでビビ（bibi、タイヤル語、女性の生殖器）のように聞こえた。ワタンは笑った。寝ながら黙って聞いていた先輩も笑った。

ワタンは毎晩何日も続けて、ウマスから英語とタイヤル語で洗脳され、タイヤル語はセックスに関する語彙が豊富で、それが男の子の心の中にひっそりとしまわれているのだと気がついた。その言葉を口に出すとこんなに絶妙なんだと思った。

ある時、ワタンは聞いているうちに辛抱できなくなって笑いだした。ワタンが吹きだしたのを見て、ウマスもクスクスと笑った。笑い声は密室の中でいたるところで起こった。ワタンは百人以上も寝ているここでは、半数のタイヤル語が英語の先生の周りをまわっているんだと思った。

ワタンもしだいに影響を受けた。ある時、目を閉じて授業中の教室を思い浮かべた。頭には、先生が着ているスーツの下のぴっちり締まった豊満な曲線が浮かんだ。女の先生は口の形を変え、唸るようにＫＫの発音をしていた。そのうち、若い英語の女の先生に性的な妄想を持つことが、寮生活の苦悩を解消する最もいい方法になった。

ウマスは何度か、ワタンがうっとりとしたり、こっそりと英語の単語を発音したりしているのを眼にした。ワタンの声は、加圧ポンプが圧力をあげ続けるようで、ワタンはその度ごとに胸苦しく、呼吸まで苦しそうだった。このような気分の悪さは、生理的に激しい不均衡状態を起し、不安定な第二次性徴は、日曜学校の先生がワタンの心に打ち建てた神の国をだんだん崩壊させていった。

英語の授業の時、ワタンは英語の単語を大脳で暗記しはじめた。こっそりとさまざまな重訳を行って幻想的な空間を浮遊し、サタンと魂をやり取りした末に、一種の名状し難い罪悪感に襲われた。

憂鬱な夜の自習がはじまると、本と脳が絶えず幻想と現実の間を交差した。寮に入って半年間、ワタンは家から持ってきた『聖書』を枕の下に置きっぱなしにして開いたこともなく、自分はもう神に背いてしまったと感じていた。さまざまな理由を考えて、神と関わることから逃げ、安息日さえも家族と一緒に教会に行くことはもうなかった。

昼間の授業では、彼は見たところきちんとしていて、先生の眼にはよく言うことを聞く真面目な生徒に映った。しかし、夜になると、サタンがまいた誘惑のリンゴを食べることで頭はいっぱいだった。日夜交替で、半人半獣のサタンの信徒に成っていたのだ。

学校は進学クラスと普通クラスに分かれ、成績によって越えがたい高い壁を築いていた。先生は普通クラスの生徒とつき合わないように言った。さらに授業中、普通クラスは将来、社会の害虫になるとほのめかした。このような対立した環境の下で、ワタンは国民小学校の同窓生からしだいにそっぽを向かれたり、レッテルを貼られた。それでまた、テストの鬼になっていった。

毎日、読み切れない本があり、書き切れない大切なポイントがあり、終わらない模擬試験があった。生活は、試験が終わってもまた試験で、他のことはまるで重要ではなくなってしまった。大好きだった卓球でさえ、一試合する時間もなかった。体育の授業は、他の普通クラスの学生が楽しく球技をしているのをただ見ているだけだった。

ワタンはきれぎれの時間を利用して単語を覚え、数学の公式を覚え、化学元素を覚え、中国大陸各省の省都や交通や鉱産物を覚えた。そして時には、夢で自分が試験を受けている場面を見るほどだった。

一学期が終わると、クラスでは何人ものクラスメートが授業に来なくなった。誰もが、彼らはもう二度と学校に来ないとわかっていた。

最初の日から、この学校の雰囲気はおかしいと感じていた。授業中、先生はクラスのある生徒たちには特別、待遇がよかった。あとで聞いてわかったのは、彼らには充分理由があった。両親が地元の有力者だったのだ。ある時、授業が終わって、ワタンは事務室に宿題を持っていった。あるクラスメートが事務室に呼ばれて、校長、主任、そして先生たち皆が彼の誕生日を祝っていた、

彼はケーキを持って、ワタンをチラッと見た。ワタンはこれまで誕生日を祝ってもらったことがなかった。言うまでもなく、ケーキを食べたこともなかった。ワタンはただうつむいて、楽しそうなお祝いの声の中、足早にその場を離れた。ワタンは、世の中はこんなに不公平なんだと感じはじめた。同時に、神様は本当に存在しているのだろうかと疑った。以前、教会の日曜学校で先生が言ったことがあった。「神の罰はすでにくだされた。なぜなら神は傲慢な人を拒み、謙虚な人に恩恵を与えるからだ」今は、少しも真実ではないように思えた。

特に高得点を取ったあの連中は、罰せられることもなく、傲慢に自分の好成績をひけらかしている。一年生で最初の月例テストの成績が出た時、先生は教壇でテスト用紙を返しながら、テスト前の約束通り「一点一回」で行うと厳しく言いわたした。ワタンはウマスが緊張のあまり教卓

の下で手をこすり合わせているのを見た。

ワタンはこの科目についてはそれほど心配していなかった。公民と社会は、最も自信のある科目だった。しかし、名前と点数を言われた時、椅子から飛びあがった。それでもまだその成績を疑っている時、先生は容赦なく彼の手のひらを二度叩いた。あまりの痛さに彼は眉を二度しかめた。

ウマスの成績が呼びあげられると、ワタンはゾッとした。先生の藤の棒は狂ったように激しくウマスの手のひらに打ちおろされた。ウマスは何度も痛さのあまり手を引っこめた。先生はまた藤の棒で彼の手を巧みに持ちあげ、バチバチと一〇数回打ちつけた。ウマスの目尻に涙が光り、喉の奥から鳴咽するような声が聞こえてきた。

テストがすべて返されると、ウマスは一日じゅう椅子に座ったままだった。後山の分校をトップで卒業した生徒でも、やはり全郷で最も優秀な進学クラスのクラスメートにはかなわないようだった。ワタンはウマスがなぜ放課後、ずっと教室に隠れて出てこようとしないのかがわかった。国民小学校の時の同窓生にこのことを知られるのを恐れていたからだった。

ワタンは立ちあがって、ウマスのところに行き彼を慰めて言った。

「おい、兄弟、成績が悪かったからって、閉じこもるのは止めろよ。俺なんか先公に二回も叩かれたぜ」

ウマスは顔をあげて苦笑いした。

「お前は手が痛いけど、俺なんか手も痛いし、心も痛いよ」

ウマスの眼は、前にいる級長のチワスをじっと見ていた。ワタンはウマスの心が読めた。ふだんの小さなテストでは、点数は気にしない様子を装っているが、実際は、ウマスはメンツをひどく気にする奴で、なんと眼の前のチワスこそウマスが本当に気にしている人だったのだ。

ウマスは国民中学校の先生が嫌いだった。補導室の女の先生も皆、親切ごかしで、傲慢だと思っていた。彼はいつもワタンに言った。国民小学校の先生は、一度も人を殴ったことがない。小学校の六年間はクラスじゅうとても楽しかった。国民中学校になると、どうしてすべてが変わってしまうのかわからない。ウマスはいつも、家に帰りたい、もう勉強したくないと言った。

ウマスの話で、ワタンも昔の小学校時代を思い出した。先生と一緒に画板を背負って野外に写生に行った。先生は教室に小さな図書館を開いたりもした。このような同じような生活の思い出のせいだろう、ワタンとウマスは、学校がはじまってひと月も経つと、なんでも話す親友になった。

プレッシャーでいっぱいの進学クラスは、しだいに小さなグループに分かれていった。成績がトップクラスのグループと成績が中クラスのグループ、寮に住むグループとそうでないグループ、それぞれのグループは垣根がはっきりしていた。まるで見えない線が皆を隔てているようだった。グループの中で、皆はそれぞれ自分の友人を持ち、互いの領分を犯さなかった。クラスの友人関係は微妙で緊張したものだった。

ある日の放課後、ウマスとワタンが運動場のそばの梅園を抜けて寮に帰ろうとしていると、突然、前をさえぎられた。町で暮らしている何人かの同級生だった。クラスメートが三年生の上級生にウマスを教えると、ウマスは数人に運動場のそばの梅園の林に引きずりこまれた。三年生の先輩がワタンの襟をつかんで、凶悪な顔つきで、激しくにらみつけた。

「いい加減なことを言うなよ。さもなけりゃ、お前も殴ってやるからな」

相手は激しい声で脅し、ワタンはその場にくぎ付けになった。林の向こうから微かにウマスの泣き声が聞こえてくる。木の間からウマスが四、五人に囲まれて地面に殴り倒されるのが見えた。カバンは遠く運動場に投げ捨てられている。誰かが、汚い言葉でウマスに怒鳴り散らしている。

彼らはウマスを囲んで殴った後、腹立たしげに林の向こうから出てきた。ワタンのそばを通り過ぎる時、軽蔑した口調で言った。

「お前のダチ公に気をつけろと言っとけ。もしまたチワスに変な手紙を書いてみろ、誰がここのボスかはっきり教えてやるってな。俺が追いかけてる女にお前も手出しするのかってな」

ワタンは地面に倒れているウマスを見た。青いジャケットには足あとがいっぱいついており、鼻と口からは血が流れている。ウマスはうつむいてすすり泣き、涙が浅黒い頬を流れ落ちた。しばらくしてゆっくりと体を動かして立ちあがり、ひとりで運動場に歩いて行った。彼はトラックの上で散らばった教科書を拾いあげながら、時折、腕の袖で涙をぬぐった。

ワタンは今度はじめて知った。ウマスはクラスで一番の生徒を追いかけていたのだ。それになんと、ワタンをごまかしてチワスにこっそりと手紙を書いていたのだ。本当にこれは誰も思いも寄らないことだった。ワタンは突然、幼い頃読んだ童話の『ドン・キホーテ』を思い出した。この競争ばかりの進学クラスで、皆が授業やテストに押しつぶされそうになっているのに、この一匹狼はまだラブレターを書く時間を持っていたのだ。そのうえ、相手はクラスの優等生だ。ウマスこそ進学クラスの最も勇敢な武士だと称するにふさわしい。

夜の自習時間。教室は針一本落としても聞こえるくらい静かだった。ウマスは本を開かず、机にうつぶせ、あごを机について前のチワスをじっと見ていた。彼の眼からは先輩にこっぴどく殴られた恨みはもう消えていた。ワタンが紙切れをウマスに渡して慰めると、ウマスはそれを見て鉛筆を取り、数行の字を書いて投げ返してきた。

「兄弟、勃起しているイノシシを見なかったか？　俺が勃起したら、奴らは誰も俺の相手にならん。俺は、俺のウタス（wutas、陽物）を使って、奴らが鼻血を流すまでこてんぱんにしてやる」

ワタンは紙切れを拾いあげて読むと、我慢できずに声をあげて笑った。ウマスが殴られて這いつくばっていたぶざまな様子を思い出したのだ。笑い声は前列に座っている級長のチワスを驚かした。彼女は振りかえって、ワタンを恐ろしい眼で睨みつけると、黒板の前に行って彼の椅子の番号を書きつけた。先生の厳しい顔が浮かび、ワタンは腹を立て、すぐに前に行って黒板ふきで番号を消した。そして、タイヤル語ではっきりと言った。

「笑っただけでなにも喋ってないぞ、いい加減なことを書くな」

チワスは取りあわず、またチョークで番号を黒板に書いた。ワタンはまた黒板ふきで番号を消した。ふたりは黒板の前でにらみ合った。ワタンは彼女が鋭い眼でにらみつけてくるのを見て、遠慮なくにらみかえした。クラスの雰囲気が緊張しはじめ、何か面白いことが起こるのを待っているようだった。

「なに見てるんだ。いきり立ったイノシシを見たことがないのか？」

突然、クラス中から笑い声が起こった。ワタンは得意げに両手を挙げ勝利を示した。その時、チワスが怒って大声をあげた。

「いい加減にしてよ。先生に言うわよ、夜の自習時間にいたずらばっかりして、それで皆が真面目に勉強できないって」

ワタンは、先生に藤の棒で手のひらを叩かれた時の痛さを思い出した。チワスの発言にワタンは怒った。彼女が持っているチョークを奪いとると、折って床に投げつけ、大声で叫んだ。

「成績がいいと思って大きな顔するな、俺らのような成績の悪い生徒を見下げるんじゃねえよ。それに三年生の先輩らに殴らせやがって、お前は巫婆（ウーポ）そのものだ」

「私はそんなことはしてないわ」

眼の前のこの自分勝手で偉そうな奴を見ながら、ワタンはウマスに代わって鬱憤をはらすことができたと思った。ふたりは教卓の前で向かい合い、言い争いをはじめた。ウマスはワタンがチワスを罵るのを見て、すぐにワタンの手を引っぱって座席に戻った。チワスは口を押えて座席に駆けもどると、机にうつ伏して泣きはじめた。

クラスはワイワイ騒ぎはじめ、ワタンに大声で喝采する者もいた。ワタンは報復後の勝利感を覚え、教壇の周りをまわりながら、わざと大声をあげて言った。

「授業の成績がいい、それがどうした、皆によけいに嫌われるだけさ」

級長と仲がいい女子生徒がすぐに立ちあがって、先生に報告するとワタンに言った。ワタンはどうでもいいというふうを装った。クラスはふたつに分かれて互いに挑発し合い、激しい舌戦がはじまった。しばらくの間、クラスじゅうが言い争い、コントロールがきかない状態に陥った。

　言い争いあう声が激しくなって、三年生のクラスの夜の自習を見ていた男の先生を驚かせた。先生は、長い藤の棒を持ち、怖ろしい顔で教室に入ってきた。教室はたちまち静かになった。ワタンは先生が手にした藤の棒を見て唾をのみ込んだ。大変なことになりそうだった。果たして、先生は大声で怒鳴った。

「いまギャアギャア叫んでいたのは誰だ、前に出て来い」

　すぐにひとりの女子生徒が立ちあがってワタンを指差した。いままで大声をあげて彼を応援して、皆の憂さ晴らしをしていた同級生は黙りこんでうつむき、教科書をじっと見ている。先生はワタンに前に出てくるように言った。ワタンが教壇のところに行って、言い訳しようとした時、男の先生は彼の耳を引っ張り、外に向かいながら、大声で怒鳴った。

「この王八蛋（ワンパータン）〔馬鹿者〕、クラスの落ちこぼれ奴」

　先生はワタンを教室の外へ突きだすと、窓の敷居に腹ばいにさせ、顔を教室の方に向かせた。そして、手にした藤の棒を憎々しげに振りあげた。すぐに、がらんとした廊下から尻を打つ音が、はっきりと、響くように、ピシッピシッと伝わった。

　ワタンの尻を容赦なく七、八回叩いた後、先生は叩くのをやめた。ワタンは痛さのあまり涙が溢れ、あやうく声を出して泣きそうになった。ガラスを通して、ウマスがじっとチワスを見ているのが見えた。しかもウマスの顔には、恥ずかしさや同情の表情はまったくなかった。

先生は藤の棒でワタンの胸を突きながら言った。

「お前のような人に害を及ぼす役立たずは、ろくに本を読まず、ろくに勉強もしない。対岸の大陸同胞は、今、生活はまだ塗炭の苦しみをなめている。お前は、国家がお前たち山地同胞を育ててくれたことに感謝して、国家に報い、一日も早く大陸反攻を完成させようと思わないのか」

この間抜け教師が訓示を垂れている時、ワタンの尻はもうほとんど感覚を失くしていた。ヒリヒリした痛みが尻から背中、足の裏へと伝わり、ただかすかに大陸反攻、国土光復の声だけが聞こえていた。これは中学校の先生たちの口癖らしかった。

一晩中、ワタンは廊下に立たされた。痛さのあまり手で窓の敷居を持ってようやく立っていられた。教室の周りはいつになく静かだった。窓ガラスを通して見ると、ほとんどの生徒が勉強していなかった。寝ていたり、ぼんやりしていた。ウマスは、うつ伏せになったり、前にいるチワスを見て、ヘラヘラ笑ったりしていた。

ワタンは、ウマスが級長のチワスを好きなのはわかっていたが、厳しい進学クラスでは、ウマスの成績では永遠にチワスと友達になれず、言葉を交わすのもお恵みのようなものだった。夜の自習が終わろうとする時、ウマスは眼と手でワタンに合図をはじめた。ワタンはウマスに手で桃の形をつくって見せ、兄弟の情を暗示した。

「俺の尻はもうふたつに割れてしまったよ」

ウマスはすぐに手で大きな胸の形をつくり、さらに尻の形もつくった。ワタンはそれを見てしばらく考えこんだ。最後にウマスは英語の教科書を取りだした。ワタンはそれでやっとウマスが言おうとした意味がわかった。彼の意味は、英語の先生の大きな胸をワタンの尻に持ってくることだった。ワタンは思わず口をおおって笑いだした。ウマスの考えていることは実に単純なことだった。

ウマスも笑った。ふたりはまたでたらめにあれこれジェスチャーをした。ワタンは突然、罰で立たされているのも面白くなった。最後に、ワタンはボーイスカウトの授業で習った手旗信号で、思い切ってクラスメートたちに信号を送った。うたたねしていた多くのクラスメートも元気になって、争うように窓に向かって信号を送った。もともと退屈な夜の自習は、ワタンによって自分たちを表現する舞台となった。

突然、皆が向きなおって静かになった。ワタンはどうして遊ばないんだと、ガラスをそっと叩いて尋ねた。振りむくと三年生の教室から黒い影がさっと出てくるのが目に入った。影は猛スピードで近づいてきて、ワタンがきちんと立つ暇もなかった。次の瞬間、惨劇が再び起こった。

夜の自習が終わると、ワタンはウマスに支えられて寮に戻った。夜の点呼の時、足踏みすると、尻から両足まで激痛が走った。何度も立っておられず崩れるようになりながら、費玉清（台湾の歌手）の「今夜が大切（今宵多珍重）」を歌い終わるまで頑張り、ウマスと同級生にやっと寝床まで運んでもらった。

宿舎に入ると真っ暗な世界だったが、声が四方八方から押し寄せてきた。中には夜の自習時間に先生にやられたことを笑う声も聞こえ、ワタンはむせび泣きはじめた。

「ワタン、チワスは俺のこと嫌いなんだろうか、どう思う？」

ワタンは暗闇の中でウマスを見て、こいつはなんとチワスが俺に罵られて泣いていたのに心を痛めているんだと思い、汚いタイヤル語でウマスを思い切り罵った。

ワタンは突然ハッと悟った。この模擬試験だらけの進学クラスでは、なにもかも皆偽物らしい。偽の友情、偽のつき合い、相手の成績に対する偽の関心。彼から見れば、どの同級生の行動もすべてうわべだけのものだ。時には、ウマスとの友情も、結局は本物ではないのではないかと疑うことがあった。

ワタンは、眼を閉じて尻がほてってヒリヒリと痛いのを感じていた。ウマスは、そのそばでずっとチワス、チワスと言いつづけており、ワタンはこのバカと喋るのは無駄だと感じた。この進学クラスという弱肉強食の残酷な環境では、彼は絶対に人の上にはいけない。こんなはっきりしたことを、まだずっとわからずにいたのだ。

「ワタン、明日、チワスに手紙書いて、チワスに今夜のこと謝ってくれよ」

ワタンはもう眠りかけていたが、ウマスが手紙を書いてくれというのを聞いて、カッと頭に血が上り、尻の痛いのも顧みず、タイヤル語で犬の糞でも食らえとどなった。すると、周りでこっそりと笑っていた声が、突然大きくなり、暗闇の中からワンワンという犬の吠える声まで聞こえてきた。

「シーッ、ワタン、声を小さくしろよ、頼むよ！　きっと俺らの部落に招待するからさ」

ワタンは、怒りのあまり声が出なくなり、顔をそむけて、もうウマスとは話したくなかった。

8.

土曜日のお昼、給食を食べおわり、ウマスは水槽の上に座ってワタンがひとりで大きなスープ用の容器を洗っているのを見ていた。左右を見ると、同じ部落のほかの連中は皆校門を出てバスを待っている。彼は焦った口調でワタンに呼びかけた。

「ヤサ　ヘラウ　シッカイ　ガ！（yasa heliu cigay ga、早くしろ）公路局〔交通部〕のバスがもう来るぞ」

ワタンは顔をあげ、軽蔑した目つきでウマスをじろりと見た。ウマスは彼が怒っているのを見て察しがつき、そばに行って手伝った。

「わかったよ！　わかったよ！　洗うの、手伝うよ」

「いったい今日は誰が当番なんだ。まるでお前とまったく関係ないようだな」

ウマスはやっと頭を掻きながら苦笑した。

「俺も当番だって忘れていたよ」

校門でバスを待っていると、三年生の先輩たちが皆兄貴分ぶって前列に割りこんできた。低学年のウマスらは自然と後ろにさがった。すぐに、青みがかった白い色のバスが黒煙をあげて遠くから走ってきた。二〇人乗りの公路局のバスに三〇人弱がつめこまれた。さらに耐えられないのは、ほろ酔いの運転手が狭い道路をフルスピードで飛ばすことだった。ブレーキを踏むたびに最後の列の人は皆一番前まで飛ばされた。猟人が捕まえてきたムササビを投げだしたように積み重なり、腸が飛びだしそうだった。

このバスが走る北部横貫公路は、雪山山脈〔中央山脈の北西に位置し、南北に走る山脈〕の奥まで通じる唯一の自動車道で、二時間あまり乗った後、ふたりはある辺鄙なところで下りた。それからまた長い山道を歩き、ようやくウマスの家トア　ノカン（Twan nokan、武道能敢）に着いた。

ふたつの渓谷の間に、低くて継ぎはぎだらけのトタン小屋があった。中に入ると床は土のままで、隅っこには石を積んでつくった竈があり、上には鍋がかけてあった。見たところ、ウマスの家はワタンの家よりかなり貧しそうだった。薄暗いトタン小屋には家具はなにもなく、竹で編んだベッドに女が寝ていた。ワタンはウマスの母親だろうと思って、前に出て丁寧に挨拶した。

「ヤタ（yata、おばさん）」

「アヤ　ラギ　マク（a-ya laqin maku、母さん、仲の良い友だちだよ）」

ウマスのヤタは何とか眼を開くと、ワタンをちらっと見て微笑んだ。ウマスはカバンをベッドの上に投げだし、ワタンを引っ張って外に出た。外ではひとりで遊んでいる少女に出くわした。少女は見たところ小学校二、三年くらいであったが、ウマスはワタンに妹はもう小学六年生だと言った。

裏庭の小屋で、ウマスは彼が学校でいつも言っている秘密の武器を見つけた。乱雑に積み重なっているものの中からバッテリーと電線を巻きつけた二本の竹を取りだした。ワタンは、それがなにか知っていた。部落でよく見かけるもので、大人たちが渓流で魚を獲る電気仕掛けの道具だった。

ウマスは竹に巻きつけた線をバッテリーにつないでいた。その集中した表情は、学校で模擬試験を受けている時より真剣だった。線をつなぎ終えると、ウマスは笑顔になり、手にした二本の細い竹を接触させた。二本の鉄針からバチッと火花が散った。ウマスは興奮して言った。

「ワタン、夜になったら、川の魚たちもうおしまいだ、すぐに浮かびあがらせてやるよ」

ウマスはそう言いながら、相変わらず手にした竹をふれあわせて、火花を竹の先端の鉄線から飛び散らせた。

空がだんだん暗くなった。ウマスは懐中電灯を持ち、バッテリーを背負って家を出た。ふたりの痩せた影がすぐに暗い林の中に消えていった。夜の竹林は暗くて不気味だった。ウマスは飛ぶように前を歩き、ワタンはドキドキしながら彼の後ろについて行った。ちょっとした不注意で闇夜に呑みこまれるのが怖かった。

しばらくでこぼこの山道を歩くと、足もとにザーザーと水の音が聞こえてきた。懐中電灯の微かな光を頼りに石だらけの川岸に出た。竹林の暗闇から出ると光が突然明るくなった。川からの風に葦がサラサラと音を立てていた。

ウマスは砂地に立ちどまると、うずくまって、すばやく魚を感電死させる道具を準備した。彼はワタンに懐中電灯を持たせて、上流の石の上に立たせ、電灯の光で水面を照らさせた。ウマスはバッテリーを背負い、振りむいてワタンに勝利の笑顔を見せた。

「兄弟、偉大な時間が来たぞ。大きな魚をすぐに浮かばせてやるぞ」

ワタンは興奮してこの偉大な時間に期待した。ウマスと知り合って以来、はじめて見た彼の最も真面目な態度だった。学校ではいつもどうでもいい様子で、もちろん女の子を追いかけることだけは例外だったが、多くの先生は、彼は進学クラスの悪い生徒だと思っていた。しかし、ワタンは、先生たちは皆誤解してると考えていた。彼は父親が早く亡くなり、それに病気のヤヤ（母親）を助けて手伝いをしなければならず、さらに小学校の妹の面倒を見なければならなかった。家のいろいろなことが、この家の唯一の男の身にかかっていた。もし彼に励ましと時間をもっと与えてやれれば、当然もっとよくできるはずだ。

残念ながら、学校の先生たちは、クラスで成績が後ろから数えた方が早く、皆に迷惑ばかりかける厄介者はもう救いようがないと思っていた。それでなにかあれば口実を設けて彼を殴っていた。しかし、ワタンは、もしあの先生たちにここに来てもらって、ウマスと一緒にしばらく生活してもらえれば、たぶん彼に対する見方を変えるだろうと信じていた。先生たちはウマスのこのような境遇を知っても、憎々しげに彼を藤の棒で殴れるだろうか。きっと恥ずかしくなって涙を流すに違いない。

ワタンはウマスのそばに立って彼を見ていた。ウマスは真剣に二本の細い竹を水中に突っこんだ。光は行ったり来たりして水中を探していた。ワタンは懐中電灯を持って水面の変化を熱心に見ていた。ウマスは両足で岸の石を踏んばって、しきりに手に持ったスイッチを押していた。大人のように熟練した動作で、時間は刻々と過ぎていった。ウマスは何度も位置を変えながら上流に歩いていった。

「魚だ、魚、ウマス、魚がいるぞ」

ワタンは、興奮して真っ暗な水面に向かって大声で叫んだ。白い腹を見せた魚が水の中から飛びでてきた。ワタンは水に飛びこんで慌てて魚を捕まえ、直接手で捕まえて口にくわえ、二匹目を探そうとした。

「ワタン、早く、そこにもいる、逃がすな」

大きな魚は流れに乗って流されていった。川底の深さは一定でなく、もう少しのところで、ワタンは急流に押し流されてしまうところだった。

真夜中になって、ウマスが川から岸にあがってきた。背負っていたバッテリーを地面に置き、水にびっしょり濡れた服を脱いだ。そして、しきりに竹竿を触わり、さらに細い竹を空中で接触させたが、暗闇に微かな火花が散るだけだった。バッテリーにもう電気がなくなったのだ。

ワタンが魚を入れた竹かごをひっくり返して数えてみると、たった数匹だった。ふたりで夜通し頑張ったが、今日の収穫はあまり良くなかった。

「ウマス、ここもお前が言ってたような魚がいっぱいいる川じゃなかったな。俺らの部落の川と一緒で、とっくに魚がいなくなってるんだ。もうすぐこの大漢渓〔旧称、大嵙崁渓〕は、ヒキガエルの黒いオタマジャクシだけになってしまうな」

ウマスはそっけなく言った。

「ヤサ　ガ（yasa ga、ため息）」

ワタンは思った。魚を感電死させたり、水酸化カリウムの使用が盛んだった時代には、魚を眠らせる毒魚藤〔毒性の植物〕や紋面の老人と同じように落伍し淘汰された。飢餓の時代は、山では動く動物でさえあれば、皆逃がさずに捕まえて食べたり、金銭に換えたりしたが、それは金で文明世界のものをたくさん買うことができたからだった。

ウマスは石のそばから大きな木を引きずりだした。小さな火種がしばらくすると、高く燃えあがった。火を起こすような些細なことは、彼には簡単なことだった。ワタンは、もし学校のあの先生たちを山に来させて生活させる機会があれば、基本的な火を起こしたり、食べ物を見つけたりすることができず、おそらく三日ももたず、人生に徹底的な絶望を覚えるだろう、と思った。

焼きつけるような強烈な熱さがワタンを襲った。高くあがった炎は憤った巨神が闇夜に向かって吼えているようだった。色の黒いウマスの顔は真っ赤になり、周りの風景も明るくなった。

ウマスは、リュックサックから紅標米酒（ミーチュウ）を取りだした。もうひとつの瓶にはコレ　タマメン(qulih Tmmyan、生醃魚)が入っていた。トマメンの匂いを嗅ぐと、ワタンの口はまるで川の水が氾濫したように唾液が溢れた。ウマスは慣れたしぐさで歯で瓶のふたを開けた。醃魚（エンギョ）〔発酵させた魚〕をつまんで口に入れると、上を向いて酒をひと口流しこみ、口をモグモグさせた。

ウマスは酒をワタンに差しだした。ワタンが受け取るかどうかためらう様子をみせると、ウマスはしきりに手を伸ばして、真面目な眼つきでワタンの眼を見た。

「兄弟、ここは山地で学校ではないよ。人に見られて通報されるようなことはないよ」

ワタンは瓶から魚を手でつまみあげて口に入れた。それから米酒を受けとって、ほんのひと口呑んだ。生魚のすっぱさと塩辛さに米酒の刺激がからみあい、唾液がたちまち複雑な味をやわらげた。すぐに味覚神経が不思議な食感を覚えた。そうか、これがタイヤル族の人々が一番美味しいと思う食べ物なんだ。

幼い頃からキリスト教の家庭で育ち、模範生だったワタンは、酒を飲んだことがなかった。最初にひと口飲んだ時は、刺激は感じなかった。二口目の時は、気を大きくして大きく口を開けてお酒を流しこんだが、喉が刺激に耐えきれず収縮してしまい、酒の匂いにむせて、すぐにせき込んでしまった。赤くなった顔は苦痛にゆがみ、地面にうずくまって力一杯せき込み、涙と鼻水がまじりあって長いあとを残して流れ落ちた。

ウマスは気がふれたように笑いだし、しゃがんで酒瓶を持ちあげた。

「お前は本当に進学クラスの模範生だな、飲めないなら、飲めるようなふりをするなよ」

ワタンは弱みを見せまいと酒を奪いとってまた飲んだ。自分が酒が飲めることを証明しようと、少なめにひと口飲むと、ゆっくりと飲み下した。焼けつくような熱さが、食道から胃に入っていくのを感じ、しだいに体が熱くなり、頭もくらくらしてきた。ふたりは砂地に横になり澄みきった星空を眺めた。

火の光がしだいに暗くなり、周囲の景色が澄みきりはじめた。ウマスはぼそぼそと話しだした。

「ワタン、もう学校をやめようと思うんだ。船に乗って金を稼ぐよ」

ウマスは最後の酒を飲むと、酒瓶を高く放りあげ川に投げこんだ。「パン」と瓶が割れる音が暗い谷から聞こえてきた。ワタンは、これがウマスの本当の考えだとわかっていた。ワタンは、部落では貧乏は人を殺すことができると、幼い頃から知っていた。

「ワタン、俺、チワスを嫁さんにしたいんだ。彼女は勉強ができるし、それにきれいだしなあ。俺、彼女が本当に好きだ」

ワタンはウマスの本心を知った。それで気をきかせて言い方を変え、ウマスをからかうように言った。タイヤル族は生まれつき面と向かって人を褒めるのが好きではなかった。

「お前、もうあの娘とあれだって聞いてるぞ」

ワタンは左手の指で小さな輪を作り、右手の人差し指をその輪に入れた。

「誰が言ってるんだ、そんなことあるか、俺、そんな奴じゃない」

ウマスは突然腹を立てて、砂地から飛び起きてワタンにつかみかかった。ワタンも反撃してウマスをつかみ、ふたりは取っ組み合いのけんかをはじめ、引っ張り合い砂地を転げまわった。ワタンは、初めはウマスとふざけ合っているだけだと思っており、ウマスがそれほど気にしているとは思いも寄らなかった。

ウマスは真剣なんだと、ワタンが気がついた時には、ウマスはワタンを持ちあげて、肩から投げていた。ワタンの脳に急に血がのぼり、一瞬ぐるぐると眼がまわって、感覚を失った。眼を閉じると、体が真っ暗な空間に浮いているような感じた。まもなくワタンはゆっくりと眼を覚ましたが、ウマスがそばに横になって呼びかけているのが見えた。

「びっくりさせるなよ、死んだかと思ったよ」

「毎日、学校のあの環境じゃ、もう死んでしまいたいよ、酒飲むっていうのは、こんな感じだったんだな」

ワタンは横になっていたが、体がもう自分のものではないように感じた。ウマスはそばに横になったまま、もうなにも言わなかったが、それは彼がチワスのことに真剣だったからだろう。ワタンもいつの間にか目を閉じていた。

翌日の早朝、山は橙色に変わった。砂地には、一晩燃えていたたき火の残り火しかなかった。ワタンとウマスはたき火のそばにちぢこまっていた。太陽がゆっくりと稜線に沿ってのぼってきて、太陽の温かい光が周りの山林をだんだん目覚めさせていた。ワタンは眼をこすり、散乱した跡を見て、頭を掻きながら思い出した。昨日の夜の夢は本当だったんだ。

ウマスの家に帰ると、ウマスは病気のヤヤに新鮮な魚のスープを作った。ヤヤはウマスが作った魚の料理を食べると、また眼を閉じて横になった。ウマスは家の中から瓶や缶を探しだしてきれいに洗い、夕べ捕った魚をその中に入れた。さらに蒸したアワを入れ、唾液を入れて瓶の口を縄でしっかり縛って密封した。

ウマスは魚を入れた瓶をベッドの下に置き、昨日の電気仕掛けの道具を裏庭に持って行った。それから背嚢を持ってきて背中に背負った。ワタンがウマスにどこに行くのだと聞くと、彼は山に行ってワナを見てくると答え、刀を腰につけた。ワナを仕掛ける作業は、ワタンも知っていた。山で育った子どもは皆獲物を獲って家にもどってくるのだ。

「ワタン、家で待っててくれ、俺、昼に帰ってくる。俺ら一緒に学校に帰ろう」

「俺も一緒に行って手伝うよ、ふたりで一緒に見た方が速いよ」

ふたりは家を出て山に行こうとしていると、中年の男女が歩いてきた。ウマスは背負ったかごを下ろし、前に駆けていった。ふたりはウマスの知り合いのようだった。

「ウマス、ずいぶん長く見かけなかったなあ、お袋は家か？」

「老闆（ラオパン）」

　ウマスは男をずっと老闆と呼んでいた。男は気味の悪い笑いを浮かべ奇妙な表情だった。ウマスが老闆と呼ぶ男は、山の下の漢人だった。タイヤル族の女が一緒にいた。ふたりの服装は、見るからにお金がかかっていそうだった。男は流行している油でテカテカに光らせた髪型で、腕にはピカピカ光る金色の時計をして、白い絹のシャツを着、ズボンを穿いていた。女は流行のピカピカした洋装で、部落に入ってくると、すぐに外から来た人だとわかった。

　病気のヤヤは無理にベッドに身を起して髪を整え、ふたりに大変丁寧に挨拶した。ヤヤはウマスに、早く椅子を出してふたりに座ってもらうように言った。ウマスもかいがいしくふたりに挨拶した。流行のおしゃれをしている女は、ずっとワタンを見ていた。ワタンは、彼女のまなざしに施しをするような気持ちを見てとった。眉や顔に濃い化粧をしていたが、言葉の端々に何事もお金で計るような感じがあった。幼い頃からキリスト教の教育を受けたワタンは、このような差別する感覚が大嫌いだった。彼は神様の力で、誰もが皆平等だと思っていた。

　ワタンはまた、女の眼がしょっちゅうウマスの妹の方に向けられているのに気がついた。女は妹の手を引っ張ったり、顔の頬をつねったり、さらには抱いたりして、この妹に大変関心があるようだった。さらにはバッグから準備してきた西洋人形を取りだして彼女に渡した。妹は嬉しそうにずっと手に持っていた。

そばにいた男は上着のポケットから札束を取りだした。ワタンはこれまでこんなに多くの金を見たことがなかった。男は指をなめると、手にした紙幣を数え、そばの女に手渡した。それからふたりは目くばせしてウマスの母親にそれを渡した。

「イラ（irah、姉さん）、大丈夫よ、まずこのお金を受けとって使って」

ウマスの母親はお金を手にすると、しきりに頭をさげてお礼を言った。

「イラ、ウマスが中学校を卒業して、ワユが小学校を卒業したら、わたしがふたりを仕事に連れて行くわ。わたしだって小学校を卒業した時、すぐに山を下りて仕事をしたから、お金持ちになったのよ」

ウマスの母親は頭を下げたままでなにも言わなかった。男はポケットからタバコを取りだし、タバコを二本抜くとワタンとウマスに手渡した。そして男はピカピカ光るライターを取りだした。

「パチン」と音がして、ライターの蓋が開き、小さな穴から火が出た。

男はタバコに火をつけてひと口、ふた口吸うと、ライターをウマスに渡した。ウマスはその不思議な火がつくライターをしばらくあれこれ見ていたが、ようやく火を点けることに成功した。ウマスは口にタバコを近づけてひと口吸うと、ワタンにもひと口吸わせた。ワタンは、喉がむせ、痛くて涙がポロポロこぼれた。男はあざ笑うような表情を浮かべた。

「ウマス、お前の友だちは子どもだな」

「彼は模範生だよ！」

ワタンは顔を赤くしてウマスをにらみ返した。男はウマスとタバコを吸いながら話をはじめ、山を下りて仕事をしたら、自分と同じように世の中を見ることができるとあれこれたくさん話した。ワタンはウマスの表情が授業中より真面目なのを見ていた。ようやく、男と女は立ちあがって帰ろうとした。ウマスはすぐについて出て行った。彼らは隅の方で、ひそひそとしばらく喋っていたが、その間、男の眼は絶えずワタンを見ていた。それから、今しがたポケットに入れた紙幣を取りだし、二枚抜きだしてウマスに手渡した。

「ウマス、今、あの人なんて言ったんだ」

「またいつか話すよ」

ウマスはもうなにも言わなかった。地面に置いてあった藤の籠をさっさと背負い、ひと言も言わずに、ワナを見に山の方へ歩いていった。聡明なワタンにはその気持ちが十分理解できた。

山から下りると、ウマスはワタンを連れて外省人の老兵〔一九四九年以降、国民政府軍の一員として来台した兵士。多くは一九六〇年代に除隊して台湾に居住〕が開いている雑貨店に行った。ウマスはそこは部落で唯一の店だと言った。雑貨店には、若者が七、八人集まって、テレビで日本の猪木と馬場のレスリングの録画番組を見ていた。画面からは盛んに熱狂的な歓声が聞こえてきた。

老人は籐椅子に斜めに腰かけ、強い外省訛りでウマスとワタンに手を差しだした。

「一回見るのに五元じゃよ、ふたりで一〇元じゃ」

ウマスは老人にかまわず、店の中に向かって大声で叫んだ。

「ハジュ・マライ！　ハジュ・マライ！」

しばらくして、口にタバコをくわえた若者がうるさそうな顔で出てきた。

「バイクのカギ。俺、同級生を乗せて奴の女友だちのところに行くんだ」

若者は振り向いて、恐ろしい顔でワタンを見た。ワタンは驚いて少し慌てた顔でウマスの後ろに隠れた。若者はタバコを地面に投げ捨て、ズボンのポケットからカギを取りだした。

「ガソリンを満タンにしとけ。空っぽだぞ」

そう言うと、若者はカギをウマスに投げた。このハジュ・マライはウマスの父の弟で、バイクは、もともとウマスの父親が船の仕事で稼いだ金で買ったものだった。この叔父に母親を山の下の病院へ連れて行ってもらうためのものだったが、ウマスの父親が事故で亡くなると、バイクは叔父が友だちを乗せてあっちこっち遊びまわる道具に変わってしまったのだ。

ウマスは、さっき漢人にもらった金を外省人の老兵に渡した。すると、老兵は壺形の容器でガソリンをゆっくりとバイクのタンクに入れた。ガソリンが入ると、ウマスはキックペダルを力一杯踏んでエンジンをかけ、ワタンを乗せて山道を疾走した。

ウマスはアクセルを踏みこみ、狭い北部横貫公路を蛇行して走った。カーブを曲がる時にはまるで誰もいないようにスピードをゆるめず、大きな角度で排気管を路面に接触させるように走った。アスファルトが敷かれていない砂利道に来ると、後ろに長い土埃を巻きあげ、山道でひとり勝ち誇ったようだった。

ウマスはいくつもの山を越え、横貫公路の中ほどのある部落まで来ると、バイクを小学校の正門の前に停めた。その時、ワタンの髪の毛は突っ立っていて埃まみれだった。眼の前の景色もどんよりとしていた。ワタンは制服の埃をはたき落とした。ウマスがどうしてこの部落に来たのかわかっていた。

「ウマス、ここになにしにきたんだ、女の同級生に勉強でもみてもらうのか？」

ワタンが薄笑いしながら、わざとウマスに尋ねると、ウマスはなんと顔が赤くなり、恥ずかしそうになった。何とこいつは奴の彼女に会いに来たんだ。ワタンは、ウマスは緊張して頭をかき、ワタンに助けてくれと言いながらも、中の様子を探っている。ワタンは、ウマスがしばらくグズグズ言うのを見ていたが、あっさりとウマスの求めに応じた。

「ワタン、お前、やっぱり俺の良い兄弟だ」

ふたりが塀をのり越えて校園に入ると、運動場で何人かがバスケットボールをしていた。ウマスはひと目で何人かの知り合いを見つけ、ワタンを引っ張って大王ヤシの後ろに隠れた。ワタンはウマスにどうして隠れるんだと尋ねた。

「三年生の奴らだ、前に、梅園で俺を殴った奴らだ」

ワタンが運動場の方を見ると、前方に彼の襟をつかんできた三年生がいた。今回は、女子学生のためにひと勝負するしかないな、とワタンは思った。ところがウマスは彼を引っ張って学校を飛びだし、なにも言わずにバイクにとび乗った。そして、エンジンをかけずに両足をアヒルのように動かして滑りだし、ワタンは後ろからバイクを追いかけた。

ワタンはバイクを引きとめて、ウマスに言った。

「なにを怖がってるんだ、せいぜいもう一回、奴らにボコボコにされるだけだよ」

ウマスはバイクを止めて、振り向くと、驚いたような顔でワタンを見た。

「冗談言うなよ、俺がぺしゃんこになるまで殴らせようって言うのか。奴らのやり方きついんだぞ！」

「ウマス、俺らこんな遠くまで来て、このまま帰るのか。怖がるなよ、今度殴ってきたら、俺が助けてやるよ」

ふたりはこそ泥のように、運動場の様子をうかがった。厨房を抜けて角を曲がり、ずらっと並んだ教室に入ろうとした時、突然教室の中から声が聞こえてきた。

「ウマス、ワタン、なにしてるの？」

教室の中からスリッパを履いた女子生徒が出てきた。ウマスは二、三歩下がって、すぐに彼女から顔をそむけた。ワタンは、この間彼女と口論したので、急に喉にものが詰まったようになったが、何とか言葉をしぼりだした。

「俺、俺、俺ら勉強のこと聞きに来たんだ」

「珍しいわね、あなたたちの本は？」

「本は、本はウマスのとこ」

彼女がちらっとウマスを見ると、彼はなんと頭をかきながらヘラヘラ笑っている。

「こいつうそをついてるんだよ。ここを通りかかったら、ワタンがお前に会いに行こうって言ったんだ」

ワタンはポカンとした。チワスは振り向きもせず行ってしまった。ワタンは腹を立て大声で彼女に言った。

「俺たち同級生じゃないか、めちゃくちゃ遠いところから会いに来たんだぞ、おごってくれてもいいんじゃないか。雑貨店に行ってキャンディーふた袋でもいいからさ」

彼女は振りかえって冷たく言った。

「何か食べたいんなら、外でバスケットをしている三年生がたくさん持ってるわよ。ジュースもあるわ。もらってきてあげましょうか」

彼女の言葉を聞いて、ワタンとウマスの顔は突然、真っ青になった。ウマスはワタンの腕を引っぱって言った。

「ワタン、行こう、行くぞ！」

ワタンはウマスがなにを気にしているのか知っていたので、不機嫌そうにこの独りよがりの同級生を見ていた。

「お前、こんなにしなくてもいいじゃないか。皆、同級生なんだ。ウマスとちょっと話したってどういうことないだろう」

「あなた達、私の勉強の時間を邪魔しないで」

「先生が言っていなかったか、読書は大切だけど、休憩も大切だって！ 俺らお前をリラックスさせてやろうと思って、三人で一緒にドライブに行かないか誘いにきたんだ」

チワスはワタンの言葉を聞いて腹を立て、そっぽを向いて彼らにかまわずに行こうとした。ワタンは彼女が離れていくのを見て、追いかけていき、チワスの後ろから大声で叫んだ。

「勉強ができるのが、どこが偉いんだ？ つけあがるな！」

チワスは聞こえないふりをしていた。ワタンはウマスのガッカリした表情を見た。誰もまったく気にしていなかった。ワタンにはこれが進学クラスの悲哀だとわかっていた。先生は成績を良い学生、悪い学生をはかる基準にしているのだ。

9.

午後、学校に戻る公路局のバスに乗り、窓の外の灰色の山の景色を見ながら眼を閉じると、この二日間ウマスの家で起こったことがあれこれ思い出され、自分の将来はまるで狭い北部横貫公路のように、でこぼこで曲りくねっていると感じた。ワタンはひどく落ちこんだ。

いつもの進学クラスに戻ると、また緊張した勉強の圧力の中に引きもどされた。窓の外の景色も大きく変化し、季節の移りかわりが山の風景に非常にはっきりと表われていた。とりわけ春と秋の季節が来ると、山林の色の違いは一目瞭然だった。

ワタンはこの季節に本を借りて読むのが好きだった。どの本も読みはじめると興味深かった。残念なのは、この最高学府と称する図書館の蔵書が情けないほど少なかったことだ。借りようとしても数冊しかなく、学校に来てから一年、蔵書はまったく増えず、ずっとその数冊だけだった。

一年生の前学期に、二列の本棚にあった本はほとんど読んでしまった。その中の一列は同じような本で、書名は『国父思想』、『建国大綱』および『三民主義』、もう一列の棚には『蒋公秘録』がいっぱい並んでいた。ワタンはずっと、これらの本はどれも装飾用だと感じていた。貸出ノートをめくってみて、ワタンは思わず吹きだした。先生たちも借りて読んではいないのだ。
今年、学校では校外学習（屋外焼肉）を行うことになり、指導の先生もクラス会を利用して学生をいくつかのグループに分けた。放課後、ワタンはどんな美味しいものを買うか、周りの学生たちと熱心に討論した。すると、あるクラスメートが、親父にサルの肉を何匹か焼いてもらうと言った。ワタンが家からサツマイモをたくさん持ってくると言うと、クラスメートたちはサツマイモを食うと屁をこきっぱなしになるぞと言った。皆のバカ話に、ワタンは腹を抱えて笑った。

授業のはじめに、先生たちはいつも学生たちにどんな美味しいものを用意したか、ヤギかそれともイノシシか、と尋ねた。ワタンは内心、本当に理解できなかった。これらの平地〔原住民族が住む山地に対して、漢人居住地を指す〕から来た先生たちは、どうしてバーベキューが好きなんだろう。先生たちは、そう言いながら、口から危うくよだれを垂らしそうだった。

ウマスはまったく無関心な態度を取っていた。以前クラスで学校の祝賀行事に参加した時の熱心さとはまったく違っていた。彼は部外者のような態度で、グループの討論にも参加せず、同じグループになった同級生を怒らせ、嫌われはじめていた。ワタンでさえ、ウマスは皆とうまくやっていけないと感じはじめていた。皆が頭をしぼれば、もっと美味しい食べ物を思いつけるだろうに……。

ある日、授業が終わると、チワスが突然ワタンのところに駆け寄って話しかけてきた。それを聞いて、ワタンはハッと気がついた。ウマスはずっと活動費を払っていなかったのだ。そろそろ物を買わなければならないので、チワスが慌ててワタンのところに来たのだった。そこで、ワタンは何人かのクラスメートからお金を集め、ウマスの屋外活動の費用を払ってやった。

　ワタンがお金を納めている時、チワスがじっと彼を見ていた。

「お金を見ただろう？　これはウマスが俺に持たせたものだ。どうしてあいつはお前なんか好きになったのかな」

　チワスはなにも言わず、領収書を書いてワタンに渡した。焼肉の当日、小さな湖のそばには全校生徒、五百人余りが集まった。まもなく煙が渓谷いっぱいに漂った。この景色を見て、ワタンは『旧約聖書』の、ユダヤの先覚者のモーゼが人々を率いてエジプトのファラオの追跡から逃れた時の情景を思い出した。ワタンは大漢溪のそばまで歩いていき、木を水に投げこんで、水を両側に分け、ひとりで対岸へ渡りたいと思った。肉を焼いてる湖のそばはあまりにも混雑しているからだった。

　ウマスはワタンを引っ張り、手に箸を持って、ごろつきのように別のグループに割りこんでいき、知り合いの同級生に厚かましく食べ物をねだった。お金を払っていたのだから、そんなことはしなくてもよかったのだ。ただワタンは、ウマスの自尊心を傷つけることを恐れて、彼のお金を払ってやったことを話していなかった。ふたりが自分たちのグループの焼肉の場所に戻った時、チワスが突然立ちあがってヒステリックにワタンとウマスをしかりつけた。

「戻ってきてまだ焼肉を食べる気！　なにも手伝っていないくせに」

　グループの女性軍も口々にチワスに加勢して、ワタンとウマスの勝手な行動をなじった。ワタンはすぐに反撃した。

「神経病の狂った女め、焼肉はもともとお前ら女のすることだ」

グループの男連中がワタンをチラッと見た。ワタンはなにも言わず、彼らが焼いた皿の上から、たっぷりとトーストと肉を取ってウマスに渡した。ウマスはワタンを引っ張って小声で言った。

「ワタン、そんなことするな、俺、金払っていないんだ」

ワタンは驚いてウマスを見た。ただ食いをすることを恥ずかしいと思っているのだ。そばにいたチワスは、ワタンをちらっと見た。ふたりの眼がちょっと合い、ワタンは彼女に、ウマスの金を払ってやったことをばらさないようにと目くばせした。彼女も気をきかせてそばに立ってなにも言わず、皿を取ってワタンに肉を多めに入れてくれた。

ワタンとウマスは、大きな皿いっぱいの肉を持って近くの木の下に行った。ワタンは木の下に座って、チワスがずっと自分を見ているのを見ていた。彼はわざと口を大きく開けて肉をはさんだトーストを食べ、楽しそうにウマスと話しているふりをした。一皿食べ終わると、彼はまた立ちあがって肉を取りに行った。

ワタンがチワスのそばまで行くと、彼女は肉に焼肉のタレをつけていた。肉汁が炭火に落ちて、人を引きつける香ばしさを放った。チワスは肉にタレをつけるたびに、一切れずつ挟んで、無造作に皿にいっぱいになるまで入れた。

ワタンが立ちあがって木の下に歩いて行こうとすると、チワスが袋から飲物を二本取りだして、彼のジャンパーのポケットに入れた。ワタンはその時、両手にいっぱい物を持って木の方に歩いていたが、ウマスは助けに来ようともせず、この突然降ってきた贈り物にありつこうとしていた。

「焼肉のタレをつけたのがうまいんだぜ」

「当たり前だよ、お前の意中の人が焼いてくれたものが、台所の残りものだったとしても、お前はうまいと思うだろうよ」

ウマスは気恥ずかしそうに笑った。ワタンは、彼の眼がずっとチワスから離れないのを見ていた。

「ウマス、気をつけろ、よだれが地面に落ちそうだぞ」

クラス担任がカメラを持ってグループの写真を撮りに来た。ワタンはすぐにウマスを引っ張って駆けだし、皆と一緒に写真を撮った。写真を撮る時にはわざとウマスとチワスのふたりが一緒に映るようにしてやった。皆は大騒ぎをしてはしゃいだ。ワタンは、あの競争心が張りつめた教室を一旦抜け出れば、進学クラスの誰もが穏やかな一面があるんだと気がついた。

最後には、このような打ち解けた雰囲気の中で、ワタンはウマスを引っ張ってきて、肉を焼いている場所に座らせた。ウマスがチワスと一緒に肉を焼いている間、ふたりは笑いあっていたが、恥ずかしそうで、さっきの態度とはまったく天と地ほどの差があった。

一か月後、夜の自習の時に、チワスがワタンのところにアルバムを持ってきて、遠足の時の写真でどれがほしいか尋ねた。ワタンはお金がないからいらないと言ったが、彼女が少し緊張しているのに気づいた。そして同じグループの人が何枚かあげると言っているから、好きな写真を選んでと言った。

ワタンはそれを聞いて興奮し、アルバムをめくって自分が写っている写真にチェックを入れた。

最後までめくると、折りたたんだ紙が一枚だけ透明な枠に入っており、紙にはワタンの名前が書いてあった。その時、ワタンは見間違いだと思って、うつむいてちょっと見た。チワスはメモを注意深く取りだすと、手で本の上に押しつけた。手品のようにすばやい動きだったので、誰も気がつかなかった。

ワタンは座ったまま、彼女がメモを渡し、後ろのクラスメートの方へ歩いて行くのを見ていた。彼は何度も振り向いて、彼女が静かにクラスメートと話しているのを見た。ワタンは心の中でなにかおかしいと感じた。道理で夕方、食堂でチワスがずっとこちらを振り向いていたのだ。ワタンは、彼女はずっとそばにいるウマスを見ているのだと思っていた。

ワタンは本の下のメモ紙を見ながら、心臓がどきどきしていた。クラスではじめて女子学生からメモを渡されたのだ。多くの女の上級生がよく彼に義理の弟〔血縁関係や婚姻関係のない義理の親族関係〕にならないかと手紙を書いてよこしてきたが、しかし、チワスのメモをもらって不思議な感覚だった。ワタンが何だろうとメモを開けると、そこには数行、字が書かれているだけだった。

「ワタン、図書館でヘミングウェイの『老人と海』を借りるのを見ました。私もヘミングウェイのあの本が好きです。あの本についてお話がしたいです」

ワタンが読み終わって振りかえると、彼女と眼が合った。彼女はアルバムをしまい、何事もなかったかのように座席に戻った。ワタンが振りかえってウマスを見ると、この男は何と一心にテキストに落書きをしていた。自習の間、一晩じゅう、野生のイノシシやキョンや山ネズミを描いている。ワタンの口元にバカにしたような笑み浮かんだ。こいつは、彼女が心変わりしたのも知らないんだ。

補習の授業が終ると、ウマスはワタンを連れて活動センターの人目がつかない隅に隠れ、センターの壁にもたれて座った。ウマスはカバンから米酒を一瓶取りだすと、酒瓶を持ちあげて上を向いて一口飲んだ。それからワタンに渡し、彼も上を向いて一口飲んだ。公示欄に、進学クラスのクラスメートの移動名簿が貼りだされたのだ。

「ウマス、米酒、どこから持ってきたんだ?」

ウマスは口元に怪しい笑みを浮かべた。

「それ以上聞くな、飲めばいいんだよ。この偉大な時の到来をお祝いするためにな」

酒を飲むことは、この中学校ではそれほど大したことではなかった。秘密の場所に隠れてこっそりと飲んでいる生徒が多くいた。教室、草むら、花園、林の中、どこでも酒瓶が見つかった。一度朝礼の時に、訓導主任が怒って台上から叱りつけた。「次回、教員宿舎に米酒を盗みにくる奴がいたら、痛い目に合わせてやるからな」訓導主任がそう言うと、全校生徒が下を向いてクスクス笑った。そばにいた先生たちも笑いだした。

ワタンはウマスが大変愉快そうな表情をしているのを見ながら、手にしたこの酒は訓導主任の厨房から持ってきたものじゃないかと疑った。

アルコールの勢いで、天地がぐるぐるまわりはじめた。ウマスは残った酒を一気に飲み干すと、空瓶を手榴弾のように高く竹林に向かって投げた。ポーンと瓶が砕ける音が聞こえてきた。

夜の自習時間に、チワスが三年生の先輩と宿舎から教室に行こうと、梅園の階段のそばを通った時に、ワタンが体をフラフラさせながら教室の方に歩いていくのを見た。先輩とチワスがそばを通った時、ワタンが三年生の女生徒に声をかけた。

「先輩、どうしてそんなに態度がでかいの？」

女の先輩は彼の体からアルコールの匂いがしたので、腹を立て速足で歩いて相手にしなかった。それでも歩きながら振り向いてワタンを罵った。

「舎監の先生につかまって、厳しく叱られればいいのよ。そうすれば賢くなるわよ」

先輩はそう言うと、梅園の曲り角に消えた。チワスはワタンの前に来て、厳しい表情で夜の自習に行くことを止めた。

「夜の自習に行けないわよ」

「俺、酔ってないぜ」

チワスは振り向いて後ろの方を見た。

「ウマスは？」

「奴は宿舎で寝てるよ。俺、ウマスが体むって言いに行くんだ」

「ワタン、あなたとウマス、舎監の先生にこっぴどく叩かれるわよ。忘れた？　前回、三年生が宿舎でお酒を飲んでて見つかったでしょ。あなたのせいで、宿舎の全員が、夜の点呼の時に舎監の先生から罰を受けるわ、クラスの皆は明日も罰として立たされるわよ」

ワタンは上着の袖をめくりあげ、腕を曲げて筋肉を盛りあがらせた。

「舎監がなんだ、ここの先公はなに様のつもりだ。俺に一発食わされれば、ひと蹴りで谷に蹴り落されるぞ」

「やめて！」

チワスは、もう我慢できないという顔をした。顔をあげて見ると、教室から明かりが漏れていた。夜の自習はもうはじまっている。チワスは突然ワタンの服を引っ張って、宿舎の方に歩いていった。運動場を通りすぎる時、ワタンが教室の方を振りかえると、濃霧がちょうど建物全体をのみ込み、学校全体が綿アメに包まれるように段々と地平線に消えていくのが見えた。

ワタンは前を歩くチワスに言った。

「クラスで一番さん、俺ら今からどこへデートに行くの」

「バカなこと言わないで、すぐに宿舎に戻って寝るのよ」

「どうして宿舎に帰らなくちゃならないんだ？」

ふたりは活動センターのそばで言い争いをはじめた。ワタンは、チワスのこのようなお高くとまった態度が嫌いだった。チワスが腹を立てて引き返そうかと思っていると、ワタンが急に前に出て彼女の手をつかんだ。チワスは彼の急な行動にびっくりした。ワタンはすぐに手を放し、チワスに言った。

「ウマスがお前を好きなの知ってるだろう、ちょっと相手してやれよ。なにをかっこうつけてるんだ」

「酔っぱらってるのね。ここでいい加減なことを言わないでよ」

ふたりはしばらくじっとにらみ合っていたが、ワタンは急に彼女の眼つきが変わったのに気がついた。攻撃的ではなくなり、教室の方をちょっと振りかえった。

チワスは向きを変えてワタンの袖を引っ張り、小道をぬって早足に町の方に歩いていった。ふたりは前後になって学校の石段に沿って下りて行き、ふだんは人や車の往来が盛んな郷公所のそばを通りすぎた。道端の山の物産を売る店には、珍しい山の物を買いあさる観光客が今はほとんどいなかった。通りは薄い霧でおおわれひっそりしていた。

その頃、道を歩く人は彼らふたりだけだった。郷立図書館の前を通った時、チワスは突然足を止め、振りかえって言った。

「ワタン、まだ覚えてる？　ここは私がはじめてあなたに会ったところよ」

「ナヌ（nanwu、何だって）？」

「五、六年生の復興郷国語文コンクール書道の部はここでやってたのよ」

「ナヌ？」

ワタンの頭の中は真っ白だった。しばらく考えてようやくチワスの言ったことを思い出した。

「ああ、覚えてる。俺は高学年の書道と漢字の読み方・書き方コンクールに参加したな」

「一番」

「お前、どうして知ってるんだ？」

「二番は誰か知ってる？」

ワタンは首を振って言った。

「覚えてないな。先生は女生徒のようだって言ってたな」

「あなたは、二年連続で一番を取ったわね。あなたが連続して賞を取ったせいで、二年泣かされた女生徒がいたって知ってる?」

ワタンはハッと悟り、遠足のあとで渡されたメモを思い出した。一行一行がきちんと整った美しい字体で書かれ、一字一字に書道で学んだ筆づかいが見てとれた。

「二番はお前だったのか。道理で新入生の訓練の時、ずっと振り向いて俺を見ていたんだな」

ワタンは二階建ての図書館の前に立ち、小学校の書道の時のいろいろなことを思い出した。去年、同じ階段に立って、小学校の国語の競争に参加した時の、競争の緊張感がありありと眼に浮かんだ。

あの日、コンクールが終わった後、皆は慌ただしく帰っていった。授賞式は数週間後のことで、賞状も先生が郷公所に受け取りにいくことになっており、誰が何番かまったくわからなかった。

ワタンはチワスを見ながら、チワスも自分と同じように学校がコンクールのために育てた選手で、ふたりには似たところがたくさんあるのだと思った。

「どうしてヘミングウェイの本が好きなの? 何度も借りてるわね」

あの取りたてていい所のない図書館を思い出して、ワタンは笑った。

「俺、一回も海を見たことがないんだ。ヘミングウェイの文章から海が見えるし、塩辛い海の風が匂ってくるんだ」

チワスは笑った。

「海が見えるって簡単なことじゃないわ」

ワタンは驚いて彼女を見たが、彼女はもう傲慢な表情をしていなかった。

「ワタン、あなたにはこの世界がどう見えるの？」

「俺、思うんだけど、文字の想像によって、俺らは眼の前の限られた視野を突き抜けて、国境を越え、海を越えることができるんだ。ありきたりの本よりも、ヘミングウェイが書いていることの方がずっと面白い」

「私の家にはあなたが読むのによさそうな本がたくさんあるの。あなたにあげたいんだけど。あなたは他の人と違うわ」

「本当？」

読むことができる本があると聞いて、ワタンの眼が輝きだした。彼女を見ていて、ワタンは彼女はふだん嫌いなあの連中とちょっと違うと思った。奴らとは面と向かって、こんなナイーブな話をしたことがなかった。この時、ワタンは、彼女は読書が得意なだけじゃなく、人の心を察することができるんだと感じた。道理で進学クラスの先輩たちが皆彼女を好きなんだと思った。彼女の前で、ワタンは少し劣等感を覚え、どの分野でも彼女にはかなわないと感じはじめていた。

彼女はワタンが黙っているのを見ていた。

「あなたは、どうしてずっとウマスを助けてるの？」

「あんたはウマスのことがわかってないんだよ、あいつは本当にあんたのことが好きなんだ」

彼女の眼はワタンの眼をまっすぐに見た。

「あなたは心の中で、私が誰が好きなのかよくわかっているのよ」

ワタンはさっと彼女の眼を避けた。

彼女は突然立ちあがると、カバンを置いて歩きだし、学校の小道から通りの方に向かった。通りは静かで街灯が灯ってるだけだった。角板山公園〔桃園市。復興公園とも言う〕へ向かって、ふたりは無言で歩いた。ワタンは、チワスから発散される香りを感じていたが、それは墨をする時の松やにの香りのようだった。チワスは、まだ開いている雑貨店で、脆梅（ツイメイ）〔砂糖で漬けた台湾梅〕でつくった蜜餞（ミーチエン）〔砂糖漬の干し果物〕を買い、ワタンの手にもひとつ置いた。

角板山は大分部が管制区であり、さらに憲兵が警備しており、夜になると、ある一帯は、特にあの神秘的な行館〔角板山行館〕は夜間通行禁止となっていた。ふたりが小さな公園を歩いていると、チワスが行館の表玄関の前で足を止めた。

「もしここに住めればきっと幸せよね」

ワタンは冷たく言った。

「ここには白馬の王子と白雪姫の童話はないよ。偉人の物語しかないよ」

チワスは笑った、そしてふたりは来た道を戻った。学校に帰る途中、チワスはわざと小指で軽く彼の手を突っついた。ワタンは振り向いてチワスを見ながら、幼稚ないたずらだと思ったが、すぐにチワスはワタンの手をそっと握ってきた。

ワタンは立ちどまって彼女を見た。思わず手が震えだした。ワタンは彼女がからかうような眼で、こう言っているように見えた。

「気が小さいのね、お酒は飲めるのに、私の手は握れないのね」

時空はまるでこの特殊な場所に凍りついたようだった。チワスとのすべての物語は、この郷立図書館からはじまったのだ。ワタンは奇妙な感じがした。これはきっと本当ではない、きっとこの間の夜の自習時間に、クラスで彼女に恥をかかせたことへの報復だと思った。

翌日の朝、夜の自習に行かなかった三人が、舎監に訓導室へ呼びだされた。ワタンは、チワスが入っていき、お腹を押さえながら悲しげに訓導主任に訴えるのを見ていた。

「主任、私、今、体調が悪いんです」

訓導主任は彼女の肩を撫でて、中の部屋でちょっと横にならないかと言った。訓導主任の顔は優しい愛情に溢れていた。ワタンは事務室の外でチワスを見ながら、夕べの梅の味を思い出し、彼女の演技は絶対にアカデミー賞の主演女優賞を受賞することができると思った。

ウマスは、ワタンの耳もとでつぶやいた。後で、チワスと同じように、体調が悪いという理由をデッチあげて、主任や舎監たちのような教育者を心配させてやろう。ふたりは夕食でお腹をこわして、嘔吐と下痢をしていると訴え、目で合図を送ることにした。

悲しいことに、ふたりが口を酸っぱくして訴えて、口から泡を吹いて倒れこむ芝居をしそうになっても、訓導主任はまったく心を動かされず、冷ややかに藤の棒を取って、力いっぱい彼らを壁に押しやって腹ばいにさせた。

訓導主任と舎監は、順番にふたりを厳しく叱責した後、藤の棒を思いっきりふたりの尻に打ちおろした。ワタンは痛くて涙が吹きでた。ウマスはイノシシのようなすさまじい異様な叫び声をあげた。

ワタンとウマスは訓導室を出ると、痛さのあまり両手で尻を支えていたが、何歩も歩かないうちに廊下の壁にもたれて尻を揉んだ。ウマスは小さな声でタイヤル語で罵り、ワタンも中国語で訓導主任を罵った。

「ばか野郎のぼけなす、超ばか野郎」

チワスがちょうど隣の保健室を出てきて、ふたりのそばを通りすぎた。彼女はキラキラした大きな目でワタンをちらっと見た。そして何事もなかったかのように、ふたりの前を通りすぎたが、振りかえってまたワタンをちらっと見た。ワタンはわざとチワスの眼を避けたが、ウマスは彼女がワタンに目配せして、いぶかしそうな顔をするのを見た。

「どうしてチワスはお前に目配せするんだ？　どうしてあいつも昨日の夜の自習に行かなかったんだ。だいたいお前は、俺が休むって届けてくれたのか？」

ウマスはワタン問いつめた。ワタンは顔を少しこわばらせて、びくびくしながら反論した。

「まぬけめ、自分の好きなあいつはどんな奴か、お前、わかってるのか？　あいつが瞬きしたのは、叩かれてざまあ見ろって言ってるんだよ。俺へのこの前の報復だよ。わからないのか？」

「しかし、お前はどうして夜の自習に行かなかったんだ、それに彼女もどうして行かなかったんだ？」

「ブタ野郎、彼女は生理だったたって聞かなかったのか、俺が生理になるわけないだろう、俺は頭がフラフラして、梅園で寝てたんだ」

「本当か?」

ウマスは疑わしそうにそう言うと、尻を揉みながら教室に向かった。ワタンが振りむくと、訓導主任が藤の棒を持って廊下に立ち、ふたりを憎々しげににらみつけていた。ワタンは急に、この学校は本当にどうしようもないと思った。

10.

国民中学校の二年生になった。

新しい学年の初日、宿舎はひっそりしていて廃墟のようだった。寝床の埃はまるで木が植えられるほどに厚く積もっていた。

授業がはじまってだいぶたったが、ワタンが予想していた通り、クラスが換わったウマスはずっとあらわれなかったし、彼ら後山の部落の何人かの同級生も学校に来なかった。学校ではウマスは町に働きに行ったと言う人もいれば、彼らは皆、遠洋漁業に行ったと言う人もいた。ワタンはウマスはもう授業に来ないと思った。このように理由もなく授業に来なくなるのは、もう彼らの日常生活の一部分になっていた。先生も尋ねず、家庭訪問に行かないのは言わずもがなで、最後にはうやむやになった。

授業がはじまってからしばらく隣の寝床はずっと空いていた。寝返りを打てば、ウマスと喋っていたことをワタンは思い出した。反対側の新しく入ってきた後輩は、ワタンに大変丁寧に接するが、ワタンからなにか尋ねたこともなく、彼も答えたことがなかった。ふたりはまるで異なる世界の人のようだった。

夢うつつでいる時、ワタンはウマスと起こした事件を思い出すようになった。ウマスはワタンが中学校へ入ってからの最も仲のいい友達だった。学校で授業を受けている時は、彼はおとなしくきちんとしていたが、夜、就寝時間になって、英語の女の先生のことを話しはじめると、暗闇の中で白い歯から唾を飛ばさんばかりに熱く喋った。

ワタンは、遠洋に行ったウマスが、突然バイクに乗って部落に彼を訪ねてきた日のことを思い出した。ワタンは、煮こんだサツマイモの葉をブタにやろうとしていたところで、彼の出現に驚いた。

「行こうぜ！　ドライブに行こう」

ワタンは眼の前のウマスを見て、以前の継ぎの当たった制服を着ていたウマスが想像できないほど大きく変わり、お金がなくて困っていた頃とまるで別人のようだと感じた。頭には最新流行のポマードを塗り、花柄のシャツを着て、ラッパズボンをはき、全身、都会人のような身なりだった。

一年余り会わないうちに、眼の前のウマスは見知らぬ人のようになり、話し方も学校にいた時とは違っていた。

ウマスはバイクに乗ってアクセルをふかし、ワタンにバイクに乗るように目配せした。ワタンはずいぶん迷ったが、とうとうウマスにちょっと待ってくれと叫ぶと、家に入って行き、入口で遊んでいる妹に手にしたスコップを渡すと、ウマスの野狼一二五〔一二五CC、一九七四年に生産開始〕に飛び乗り、さっさと行ってしまった。妹はバイクを追いかけ、ヤヤ（ママ）にワタンは豚に餌をやらずに出ていったと言いつけてやる、と叫んだ。

バイクは高速で北部横貫公路を疾走した。後ろにもうもうと砂塵を巻きあげ、山道を電光石火で走りぬけていった。

ワタンはわざとウマスにどこに行くのか尋ねた。彼は答えなかったが、ワタンはどこに行くのかはっきりわかっていた。

ウマスはアクセルを踏み、公路局のバスを追いかけ、マフラーからの爆音は山中にこだました。

バイクは、最後に小学校の校門の前に停まった。ウマスはポケットから長寿〔タバコ〕を取りだし、ごく自然に火をつけてひと口吸うと、ワタンに吸うかと尋ねた。ワタンは頭を振って、船乗りはどうだと尋ねた。彼は笑いながら、これまでは船に乗らずに工事現場で働いていたが、数日したら船に乗りに行くと答えた。彼はワタンに学校はどうだ、まだ懲罰は厳しいのかと尋ねた。

長い間、ふたりは校門に立って、取るに足らないことを話しつづけた。

ウマスがタバコを吸い終わるのを待って、ワタンは彼にチワスの所に行かないかと聞いた。彼はうつむいてまたタバコを取りだして吸いはじめた。ワタンは彼の眼を見て、ウマスがタバコを吸うのは心の不安を隠すためだと見抜いた。

ワタンが先に校門を入り、チワスを探しに行った。教室の入口を通りかかった時、彼女が後ろから彼を呼び止めた。

「私になにか用なの？　一緒に書道を練習するの？」

ワタンはどう言っていいかわからず、校門を指して言った。

「お前に会いたがってる人がいるんだ」

「誰？」

「ウマス」

チワスはワタンの眼を見、ワタンも彼女の眼を見た。その時、ワタンは、自分もチワスが好きなことをウマスに言うべきかどうか、とまどった。

三人は運動場のそばの回転椅子に座っていた。椅子は静かに回転している。最初、三人は誰もしゃべらなかった。ただ中心軸の周りをまわりながら、互いに顔を見合わせて座っていた。チワスが突然口を開いた。

「ウマス、ずっとどこに行ってたの？　どうして授業に来なかったの？」

「俺、船に乗って金を稼ぎに行くんだ、ほら」

ウマスは服をたくし上げて腹をふたりに見せた。ワタンとチワスは、彼の腹部にある赤い傷跡を見た。

「遠洋漁業の船員は皆、盲腸を切るんだ。俺も切ったんだ」

ウマスの傷口を見ながら、チワスは驚いた表情をして尋ねた。

「痛いの？」

「はじめは痛くないんだ、でも麻酔が切れたら、涙が出るほど痛かったよ」

ワタンはふたりが話すのを見ていた。ウマスが外で見た世界を得意げに語りはじめた。高層ビル、車、繁栄した都市……、彼はいまは船が遠洋に出るのを待っており、帰ってきたら、かなりのお金をもらうことができる。ウマスは、ほとんどずっと金儲けの話をしていた。

この間、ワタンは何を話したらいいのかわからなかった。離れていた一年の間に、ウマスとの距離が遥か遠く離れ、ふたりはまったく違った世界に生きているように感じた。

「チワス、ワタン、お前らは俺の最高の友だちだ。ふたりにプレゼントするよ」

ウマスはポケットから取りだした物をワタンに渡した。開けてみると、毛筆だった。ワタンは筆先の毛で軽く手の甲に字を書いた。また綺麗に包装された小箱をチワスに渡した。チワスは美しい小さなアクセサリーを取りだした。

「ウマス、なんてきれいなイヤリングなの、高いんでしょう?」

ウマスはちょっと笑った。

「高雄は大都市だ。なんでもあるよ。これは連れと街をぶらついていた時に、デパートでふたりに買ったんだ。俺が乗る船が戻ってきたら、俺は山を下りて遠洋に行くんだ。船会社の人の話だと、今回は一年間行くらしい、もうすぐ俺は船で世界をまわれるんだ」

ワタンはウマスの話を聞いていて悲しい気持ちになった。なんでも、ウマスの妹は売られて街で幼い妓女になっているらしい。妹は小学校を卒業しても中学校に行かなかったのだ。皆が知っていることで、山地郷では話せない秘密だった。

ウマスが彼が見てきた賑やかな海湾都市のことを話している時、チワスはしきりにワタンの方を見ていた。彼の心の中を見抜いているようだった。ワタンは彼女の眼を避け、頭の中に彼女とふたりきりでいたあの日の情景を思い浮かべていた。事実、ウマスが学校にいなくなってからは、チワスがだんだんウマスに代わって、クラスで何でも話す友だちになっていた。

ある週末、チワスは授業中にわざわざワタンにメモを残した。日曜日に彼女のところに来てほしいと言うのだ。彼女のところには貸してあげたい面白い本がたくさんあると書いてあった。その日の朝、ワタンは学校に模擬試験を受けにいかねばならないと叔父を騙して、やっと叔父のバイクを借りた。

ワタンは教職員宿舎に向かった。宿舎に着いたが、チワスがどこに住んでいるのかまったくわからなかった。適当にその中の一軒をノックすると、親切な女の先生が出てきて応対してくれた。そして、後ろの少し大きな家を指差して、チワスの家はあそこだと言った。ワタンは、思い切ってその家の前に行きドアを叩いた。中から中年男性の低い声がした。

「どちらさん?」

「僕はチワスさんの進学クラスの同級生です。チワスさんと宿題についてお話したいことがあります」

網戸がさっと開いて、中年の男性が出てきた。ワタンはチワスの父親だろうと思った。その人は大変優しくワタンを中に招き入れ、それから家の中に向かってチワスと呼んだ。チワスは急いで出てきてワタンに挨拶した。手にはケーキを持っていて、ワタンはよだれが出そうだった。

「あなたはどこに住んでるの？」

ワタンが頭をかきながらババウ（Babaw、中奎輝（ケイフィ））部落だと言うと、父親は驚いたようにババウはここからとても遠いねと言った。彼らはケーキを食べながら気楽に雑談したが、ワタンは、はじめて、読書人はなんと教養があり礼儀正しいんだろうと思った。同じ年代のタイヤル族の人たちと天と地の差がある。チワスが、ワタンは全郷で書道が一番だと言った時、彼女の父親はしきりに彼を褒めたが、ワタンはふっと褒められ方もなにか違うと感じた。

チワスはワタンを誘って校庭に散歩に出ると、ブランコに乗って軽くこいだ。太陽の光がちょうど彼女の部落と山谷を照らしていた。

「あなたはきっとこんなにきれいなところを見たことないでしょう」

ワタンはとんでもないという表情を浮かべて言った。

「ここで育ったからもちろんきれいと思うんだろうけど、俺も俺らの小学校がきれいと思うよ」

「いいえ、わたしたちの小学校が全郷で一番きれいわ」

ワタンは彼女ときれい、きれいじゃないと言い争う気はなく、ただ本を持って早く家に帰りたかった。

「俺に貸してくれる本は？　俺を呼んだのはこの小学校を見せるためじゃないだろう。それなら俺、家に帰って山の頂上に瞑想に行くよ」

もうすぐ太陽の光でいっぱいになりそうな運動場を見て、チワスが突然立ちあがり、ワタンの手を引いて教室の方に歩きだした。

「あなたをある場所に連れていくわ」

「どこだよ？」

チワスは教室をあけ、電気をつけると、戸棚からなにかを取りだした。切り抜き帖のようで、中にたくさんの写真が貼ってあった。なんと国語文の大会〔国語としての中国語普及政策のために政府主導で実施された大会〕の時の写真だった。チワスはその中の一枚の写真を指差して笑いながら言った。

「これは六年生の国語文の大会の会場よ、お父さんがあなたが字を書いている所を写したのよ」

ワタンはちょっと見て、ハハハと大笑いした。

「あの時の俺も男前だな！　この写真、俺にくれないかな？　持って帰って俺のヤパとヤヤに見せてやるよ、息子も大変優秀だってね」

「いいわよ。でももう一度、書道の競争したらね」

「ああいいよ、格下さん」

チワスは戸棚から画仙紙、硯、毛筆を取りだして机に置いた。ワタンは硯を持って外の水道に行き、水を入れてくると墨を磨りはじめた。すると、淡い墨の香りが一気に室内に広がった。

ワタンは墨の香りをかぎながら、小学校で練習していた頃に戻ったように感じていた。チワスは柳公権〔唐代の書家。七七八年—八六五年〕の字体を模写していた。ワタンは無造作に大文字用の筆を持ち、ある漢詩を考えていた。それらの字を、彼は子どもの頃から何万回と書いていた。チワスは字をいくつか書いたが、書けば書くほど満足できなくなり、気持ちも影響を受けはじめていた。ワタンは彼女の字を見て首を振った。

「手首が固いなあ。字をしなやかに書くべきところに、しなやかさが足りないな。筆先も充分締まっていないなあ」

ワタンは彼女が書いた字をもう一度書いた。チワスはびっくりして彼を見た。ワタンは彼の字がどうして行雲流水（こううんりゅうすい）のようになるのかを話した。

「チワス、習字の手本の形に頼り過ぎだよ。だから自分の手の感覚が一体化しないんだよ」

「手の感覚って、どのようにして感じるの？」

「実際のところ、ずっと手本通りには書けないよ。ただまねているだけだから、それを自信に変えることなんてできないんだ」

チワスは何文字か書いたがやはり満足できなかった。ワタンは彼女の後ろにまわって彼女の手をつかみ、筆画の通りに筆を走らせた。チワスは振り向いて奇妙な眼でワタンを見た。「あ、俺、彼女の手を握ってる」そう気がつき、ワタンはすぐに手を放して謝った。

「いいのよ。教えて」

ワタンは軽く彼女の手を握ったが、今度はふたりの手が激しくふるえるのを感じ、一画目を書こうとしてもまったく動かなかった。墨が一滴一滴ゆっくりと紙の上ににじんで黒い円になり、筆が傾いて長い線を書いた。ワタンは握っていた手を離した。ふたりは自分の感情をおさえた。

チワスは筆を置いて教室を出て行った。

「待ってて」

彼女は一冊の本をワタンに持ってきた。表紙は、髭もじゃの外国人だった。彼女は、あなたはこの本をきっと好きになるわ、これはノーベル賞作家の伝記文学なのよ、貸してあげるわと言った。チワスはさらに、ここにはあなたに貸してあげられる面白い本がまだたくさんあるわよと言った。

ワタンはチワスの手を握っていた時のことを思い出し、一瞬、口もとにかすかな笑みを浮かべた。その時、ウマスはワタンがニタッと笑うのを見た。

「ワタン、お前、なに考えてんだ、なにかあるのか？　お前、俺がいないうちにチワスをいじめているのか？」

ワタンは正面にいるチワスを見てばつが悪そうに笑ったが、急にウマスに対して少し後ろめたい気持ちになった。チワスがワタンの方をちらっと見る度に、その眼はワタンにこう言ってるようだった。あなたってバカね、私が好きな人はあなたよ、私たちの関係を早くウマスに言ってあげなさいよ。

ワタンは、わざと頭をさげ体の向きをかえた。ウマスは、やはりチワスが大好きなようだった。ワタンには親友を傷つける勇気がなかった。ふたりの眼を見て、ウマスはワタンとチワスの普通ではない関係を見抜いたようだった。ウマスはワタンとチワスの手を引っ張った。

「俺らはいつまでもずっといい友だちだよ。世界を周遊して戻ってきたら、金をどっさりもうけて、たくさんの国の土産を買ってきてお前たちにプレゼントするよ」

その時、風が吹き、小学校の両側のモミの木が風に吹かれてザワザワと音を立てた。冬の山地は暗くなるのがはやい。景色が一気に薄暗くどんよりとなり、彼らの姿もゆっくりと運動場に消えていった。

あの日、ウマスはワタンを訪ねてきた後、また霧のように姿を消した。今頃はもうこの太平洋の片隅の島を離れて、地球の海の上で風に乗り波を切っていることだろう。

学校に戻ると、チワスがプリプリと怒って、どうしてあの日私を無視して、私を見ようとしなかったのよとワタンに問い詰めてきた。ワタンは、見ようとしなかったわけじゃないと淡々と答えた。怒ったチワスは、しばらく彼をにらみつけた後、その場を離れていった。ワタンは彼女がなにを考えているのか理解できなかった。ウマスの名前は、すぐに毎日の緊張した試験の中でワタンから遠ざかっていった。

その後長い間、ふたりは冷戦状態にあったが、ワタンは誰かが突然なにも話さなくなっても気にもしなかった。この進学クラスの者は皆、変人で、話すか話さないかなんてことは大切なことではなく、試験に通って落とされないことこそが大切だった。

統一試験の日が近づくと、ワタンはチワスが感情的なだけでなく、クラスの雰囲気も息苦しくなったのを感じた。実際のところ、ワタン自身はそれほどプレッシャーを強く感じていなかった。彼の成績はずっと安定しており、特に大きな上下の変動はなかった。ある時、クラス担任のトラ婆が笑いながら彼に言った。ワタン、あなたの成績は農業学校に行くには問題ないわ、しっかりこのまま頑張りなさい。ワタンは彼女にこう反論した。「冗談じゃないよ、俺は第一志願を目指している！　農校を出てきて、この山で何の見込みがあるんだ」一方、チワスの感情はいつも波があった。ワタンは彼女の目標は師範専科学校〔一九八七年まで五年制〕の推薦入試だと知っていた。先生の子どもは先生になるというやつだ。ワタンは、自分の父親はどうして先生にならなかったのかといつも思っていた。少なくとも、一生山で苦しい仕事をせずにすんだろうに。ある先生がいつも彼らを罵る決まり文句はこうだった。

「人にはそれぞれ運命がある、君たちは天が山地人として生んだのだ」

11.

ワタンはいつもなにが「山地人として生まれた運命」なのか考えていた。まさかこれがタイヤル族の百年来の宿命なのだろうか？

ワタンは若い頃の楽しい情景を思い出し、思わず目に浮かんだ涙をぬぐった。

「チワス、ごめんよ、お前にいい生活をさせてやれなかったね。お産の時だって一番いい手当を受けさせられなかったし、お前をちゃんと守ってやれなかった」

チワスはワタンに優しく言った。

「あなたを知ってあなたにお嫁に行ったことは、私の生涯で最も幸せなことよ。これは私の宿命よ、私はもう充分満足してるわ」

ふたりはしばらく見つめ合っていた。森からはまた音が伝わってきて、ふたりは音のする方向を見た。大雪が降りつづけ、木には雪がますます積り、ドサッと音を立てて落ちた。

「ワタン、雪がますますひどくなったわ」

「天気予報が言ってたよ、百年に一度の覇王級の寒気だって」

チワスが興奮して立ちあがった。

「ワタン、森がすっかり銀白色の雪国に変わったわ、外に出て雪だるまを作りましょうよ」

チワスはワタンの手を取ると、ふたりは手を取りあって広々とした空間を歩いた。ワタンはまるで少年時代に戻ったように感じた。チワスがいたずらっぽくワタンを押すと、ふたりは追いかけっこをはじめ、地面に積もった雪をつかんで投げつけ合った。ワタンがチワスに飛びかかり、ふたりは雪の上を転げまわって離れなかった。

チワスが突然起きあがって、ある方向を指さした。

「ワタン、ほら」

ワタンが振りかえると、大きな木のそばで輝いていた明かりがゆっくりと暗くなっていくのが見えた。彼は自分が木の下に座っているのを見た。頭につけたヘッドランプの電力がゆっくりと消耗し、体はこわばって木に寄りかかっていた。猟銃は両足のあいだに置かれ、微かに開いた眼は前方の森林を見ていた。空から落ちてきた雪は、彼の頭髪をおおいつくし、体もゆっくり硬直しはじめた。

ワタンはいつのまにか老人の狩猟小屋に戻っていた。老人が酒を取りだして、少し地面に注いだ。ワタンは盃をとってひと口飲んだ、ふたりは地面に座ってたき火を囲み、ワタンはポケットからタバコを取りだして火をつけた。老人はタイヤル語を喋りながら、櫛を取りだして髪をとかしている。老人の動作はゆっくりとして優雅だった。その時、ワタンははじめて、眼の前の老人は決して普通の人物ではないと意識した。

「ワタン、わしらは不慮の死を遂げたので、虹の橋を渡って、本当のタイヤル人になることはできない。この山の亡霊になるしかないのだ、これがガガだよ」

漆黒の森林は静まりかえって老人のブツブツとしゃべる声しかしなかった。ワタンは老人の暗い眼を見ていた。

「俺はあんたの話を聞きたいね。俺はあんたの名前さえ知らないんだ」

老人はため息をついて言った。

「ワタン、わしらは違った体制の下に生まれたんだが、運命は大変よく似ているんだ」

ワタンは運命が似ているなんて信じられなかった。ふたりはしばらく見つめ合っていたが、老人がようやくボロボロの背広のポケットから携帯電話を取りだした。画面にゆっくり映像があらわれた。黒い警服を着た男が事務室に座っており、入口の木の額にはこう書かれている。大溪郡警備隊事務室。

キラキラ輝く光線が山頂の稜線に沿って上昇し、太陽の光がちょうど木製の格子窓を通して外から部屋の中に差しこんでいる。陸軍守備隊長の源五郎は事務室の中に座り、振り向いて窓の外の山脈をしばらくじっと眺めていた。

その時、壁の時計が八回打った。彼は引き出しを開け、中から拳銃を取りだした。銃の下には一枚の写真があった。白黒の背景は和歌山の故郷で、この古都の雰囲気に満ちた地方はちょうど大雪が降っていた。写真の中では、彼と両親そして妻と子の家族全員が、大雪が吹き荒れる日に囲炉裏を囲んで日本酒を飲みながら楽しい時を過ごしている。鋭い眼が、写真を眼にした瞬間、柔和な表情に変わった。

守備隊長の源五郎は引き出しをしめた。拳銃を腰の革ケースに入れると立ちあがり、制服の裾を引っ張って整え、机の上に置いてあった黒いラシャの帽子をかぶり、壁からピカピカに磨かれた指揮刀を取り、腰をまっすぐ伸ばして事務室を出て行った。長い廊下で長靴と木の床板がコッコッと音を立て、ピンと張った後ろ姿にこの植民地に対する日本帝国の決意があらわれていた。

広場では日本の警察官たちが雑談していたが、源五郎の足音が回廊をぬけて正門の方に聞こえてくると、慌てて帽子をかぶり、巡査が大声で号令をかけた。

「気をつけ！」

全員が粛々と姿勢を正すと、支給されたばかりの真新しい一八年式村田歩兵銃が並んだ。隊員は背中に弾薬がぎっしりと詰まった革製の弾薬用背嚢を背負い、さながら二〇人からなる強力な武装した軍隊のようであった。隊長の源五郎は、集まった警察官に短く声をかけると、階段を下り、痩せたふたりの漢人の隘勇(あいゆう)〔清朝時代から日本統治の一九二〇年代まで、原住民族が住む山地を柵で包囲して隘勇線を設けていたが、そこを守る兵士を隘勇と呼んだ〕が担う輿に乗った。隊員は二列に並んで堂々と守備庁を出発した。途中、守備隊員は新式の歩兵銃を見せびらかし、多くの人々の好奇の目を引きつけた。

和服を着た日本人女性たちが次々と足をとめて見物し、腰をかがめて源五郎の隊列にお辞儀をした。こんな小さな田舎で、こんな大きな陣容の兵力が見られるなどめったにないことだ。一瞬のうちに、通りの両側は人でいっぱいになり、争って日本の警察の出陣の様子を見学している。

源五郎の守備隊は街を出て、山に向かうと、すぐにふたつの河が合流する地点に出た。近くの田畑で、裸足でボロボロの服を着た漢人が働いていた。彼らは貧しい小作人で、次々に手をとめて、うやうやしく田畑に立ち、目礼をして源五郎の部隊が通りすぎるのを見ていた。

源五郎は厳粛な面持ちで輿の上に座り、輿を担う漢人の隘勇は注意深く輿を高く上げて二本の渓流の合流点を渡った。渓流の水は底まで澄みきり、魚が群れを成して泳いでいるのが見える。しかし彼は、この大自然の美しい景色を鑑賞する余裕もなく、傍らでうやうやしく礼をする漢人にも無関心だった。一行は合流点の浅瀬を渡った後、小山の山頂に進んだ。路傍に木碑が立っていた。それは清朝の劉銘伝が開山撫番[2]（山を開き、番を撫す）を行なった際に撫墾局（台湾山地行政を扱う機関。清朝末期の巡撫、劉銘傳によって設置される）が設けた土牛溝（漢番境界の土丘）で、木碑の表面にはまだらになった漢字が並んでおり、字はかすかだが読むことができた。

「許可なき者は、生番の地に入ることを厳禁す」

土牛を過ぎると、そこは清朝統治時代の隘勇線の終点地だった。部隊は小さな道に沿って雑木林の中に入っていった。樹林にはシマサルスベリの木の白い花が咲き誇り、源五郎は隊員にシマサルスベリの木の下で休むように命令した。多くの人が木の下で汗をふき、水を飲んだ。地面にはシマサルスベリの白い花がいっぱい落ちていて、小さな花はまるで夏に特別に降った初雪のようだった。

警部補の森田が望遠鏡を手にして、高い場所に立って前方の山々を見渡した。眼下は鬱蒼たる密林で、山は険しくて見通しが悪く、渓谷の両岸には断崖絶壁が数か所あった。

この時、森田は前方のおおよそ海抜五、六百メートルの山を指しながら、隊長に報告した。

「報告致します。眼の前の隘勇線を越えれば、角板山社、チクトウカタ（竹角頭）社、ケイフイ（奎輝）社の蕃界に入ります」

源五郎は輿を下りて土牛まで歩き、望遠鏡を持って平たい高地に立ち山々を見渡した。山々は幾重にも重なり合って遠くまで果てしなく続いている。そばにいた警部補が清国撫墾総局作成の隘勇線の地図を広げ、入山のルートをざっと描いた。源五郎は地図を見ながら、懐中時計を取りだして時間を見た。時計の針は一〇時を指していた。

すぐに源五郎は輿に乗り、大漢渓谷沿いに枕頭山（ちんとうざん）〔桃園市復興区、標高六四八メートル〕の側面に沿って林に入った。山谷の澄んだ渓水には、鱗を輝かせて泳ぐ魚が群れを成していた。遠くまで目をやると、流れ全体がキラキラと光る銀色の水の帯になっていた。

阿姆坪を過ぎると、道はさらに狭くなった。先を歩いていた警手が絶壁に木のはしごが掛かっているのを発見した。はしごは、カラムスで木の枝をしばってつくった簡易な縄ばしごで、はしごの上端の崖の上にも少し鑿（のみ）のあとが残っていた。

警部補の森田が、漢人の通事〔通訳〕に、先にのぼって道を探すように命じた。道案内の通事がためらう表情をみせると、森田はすぐに容赦なく激しい平手打ちを食らわせた。

「バカヤロウ！」

通事はやむなく思い切って上っていった。しばらくすると、通事は転げるように滑り落ちてきた。顔は真っ青で、唇をブルブル震わせながら言った。

「上には……上にはタイヤルがいる」

森田は銃を構えて、肝っ玉の小さい通事を大声で罵った。「バカヤロウ！」

通事の報告は間違っていなかった。上の林では本当に多くのタイヤル族が待ち伏せしていた。彼らは簡単な鳥の鳴き声で連絡し合い、高所にうずくまっている中年の男が手で静かにするように合図し、全員が待ち伏せして敵を攻撃する準備ができていた。

漢人の通事はうなだれ、恐怖に満ちた眼をしていた。最初によじ上った時、くりくりと動く丸い眼が、木の後ろに立って彼を見ているのが見えたのだ。長年タイヤル族を相手にしてきた通事にはわかっていた。相手が子どもとは言え、子どもは彼らを監視する専門の番兵だ。彼らの行動はとっくにタイヤル族につかまれていた。彼は大慌てで日本人に知らせようと思ったが、日本の警察の傲慢な態度を見て、知らせれば自分に面倒がふりかかってくるだけだと考えると、なにも喋る気になれず、仕方なくまた上っていったのだ。

神秘的な林には、タイヤル族がひっそりと隠れていた。彼らは巧みに偽装して岩壁に囲まれた茂みの後ろで待っていた。木におおわれた猟道には陰気な空気が漂っていたが、素足で、顔に刺青を入れたタイヤル族には、静かに待つことは出草〔首狩り〕前の儀式だった。

源五郎が時計を見ると、一二時までにはまだ三〇分あった。守備隊員は少し疲れており、たまらず胸のボタンをはずし、袖でしきりに額の大粒の汗をぬぐっている。森田は休まずに前方の山を越えて直接蕃社に向かい、武力掃討を行って、後方から兵站を担う警手が食糧を運んできたら、その場で昼食を取ることにした。

一行は銃を担ぎ、沿路無防備に密林の中を進みながら、心の中で、ここの土蕃は皆家にこもっていて、彼らがやって来たことをまったく察知していないと思っていた。そこで一気に蕃社に突撃をしかけてタイヤル蕃を掃討するつもりだった。突然、前を歩いていた通事がまったく動かなくなり、両足をふるわせてその場に立ちすくみ、怯えた眼で前方を指さした。大きな恐怖に見舞われたようで、口はブツブツとなにか言いながら震えている。通事はたくさんの黒い影が林の後ろに隠れているのを見たのだ。彼の後ろにいた巡査はびっくりしたが、われに返って、静まりかえった林を見ると、足をあげて力いっぱい通事の尻を蹴りつけた。蹴られた通事はそばの林の下に転げ落ちた。巡査は大声で彼をどなりつけた。

通事が今度は縄はしごを上っていった時、皆は下で涼を取りながら、通事が上っていくのをのんびりと見ていた。

「役立たずの犬め、こんな時、どこからタイヤル蕃が来るんだってんだ？　奴らはわが大日本帝国の警察が来ると聞いて、皆、恐ろしくて家にすっこんで出てこれないんだろう」

そばにいた守備隊の隊員がそれを聞いてハハハと大笑いし、通事を笑いものにした。その時、崖の上方からなにかが飛んできた。ヒューッという音がして、細長くて鋭い竹製の矢がひとりの隊員の胸に突き刺さった。隊員はギャッと一声叫んでしゃがみこむと、痛さのあまり呻き声をあげた。そばにいた人がその様子を見て彼の傷口を押さえてやり、その他の人は慌てて銃を取って、頭をあげて上方の茂みをうかがった。

「ヒューッ！　ヒューッ！」

突然、林の後ろから矢が雨のように飛んできた。誰もが何事が起ったかよくわからず、引き金を引いて反撃する間もなく、次々に矢に当たって倒れた。ある者はそばの林に逃げこみ、ある者は地面に腹ばいになって頭を抱えて木の茂みにもぐり込んだ。

一瞬のうちに、鋭い矢が上から雨のように源五郎の輿に向かって放たれた。下にいた連中は慌てふためき、輿の担い手は混乱の中で別々に逃げだした。源五郎も輿からころげ落ちた。拳銃をケースから取りださないうちに、胸と腹には矢が当たり、激痛のあまり地面に倒れこんだ。

タイヤル族が、次々と崖から藤の縄をつたって飛び降りてきた。まるで獰猛なスズメバチの群れが巣を飛びだしてきたようだった。道案内の通事は、全員が飛びだして来たのを見ると、驚いて何歩も後ずさりし、崖を転がるように下りた。通事は頭を抱えて、混乱する殺し合いの場で右往左往するばかりだった。見たところ、二〇人の武装警察が一気に半分に蹴散らされ、大半の警察官が慌てて林の中に逃げこんで身を隠していた。

巡査の後ろを歩いていた森田は、体に二本の竹の矢を受けていた。彼は銃のケースから拳銃を取りだすのが間に合わず、苦痛で地面にしゃがみこみ、顔を真っ赤にして必死に眼を見開いていた。わずかに銃声を二、三発聞いた後は、もう銃声は聞こえなかった。彼は横たわり、口と鼻から鮮血がドクドクと流れでた。近くにいた巡査を見ると、頭と喉に矢が刺さっていた。

微かに二、三発の銃声が聞こえた後は、すべての音が消えた。矢を受けて負傷し、地面に横たわる源五郎の胸から血が噴きだし、瀕死の両眼は何人かの真っ黒い足を見つめていた。誰かが警部補の森田の首を下げて近づいてきた。源五郎は凄まじい声で哀願した。

「やめてくれ！」

源五郎は地面に横たわって苦しそうにのた打ちまわり、瞳孔がゆっくりと開いていった。頭には、今回の事件の起因となった数日前のことが浮かんでいた。もとはと言えば、樟脳社の社長たちが、彼の事務室に慌てて駆けこんできたのだ。真っ青な顔をした社長たちの顔には汗が流れ、彼らは森田を囲んで言い争っていた。誰もが書類の入ったカバンを提げ、熱い鍋の上のアリのように焦っていた。

源五郎は樟脳社の社長たちと、役所で午後いっぱい相談した。彼らの強い要求を受けて、源五郎は通事を遣わしてタイヤル族の頭目を訪ね、守備隊を呼びだして和解を進めるつもりだった。しかし最後は、山地の脳寮を襲った凶蕃を武力行使で懲罰することにし、警備隊から最精鋭の二〇人の武装中隊を出して、蕃社を掃討することに決議したのだった。

総督府が民営の樟脳採取を開放して半年、これらの商社は以前の清朝時代の撫墾署が設置した隘勇線を次々と突破し、さらに山の奥へ奥へと入っていった。彼らは山に入るためにあれこれ策を弄し、警備隊の警察官を賄賂で買収して護衛をさせたり、さらには私的な警護をさせたりした。山の脳寮の数も急速に増え、樟脳の木を伐る範囲もますます広がっていった。

クスノキが広範囲に伐採され、タイヤル族の大嵙崁溪の伝統的な猟場がしだいに破壊されはじめた。ラハウ蕃社は広大な山区に入る要衝にあり、商人らが入山して得る大きな利益を押さえていた。幾度となく、タイヤル族は出草して脳丁の首を狩り、彼らの領域に進入してはならないと警告した。しかし、商社は日本の警察の保護に頼って取り合わなかった。タイヤル族が山の脳寮を攻撃する事件は頻繁に起こったが、商人たちはこの得難いチャンスをやすやすと手放そうとはせず、蕃社を除けないのが残念でしかたなかった。そこで、商社は連合して森田の守備隊を脅してこの事件に介入し、首尾よく武力で掃討して、一気に蕃社の問題を解決しようとしたのだ。

源五郎はどうすればいいかわからなかった。この脳商らを助けて蕃社を掃討することは、脳商のために広大な山地の背後にある無限の商機を切りひらくことだ。脳商はいったん樟脳というこの重要な戦略物資が政府の専売になれば、自分の出世や金まわりも期待できる。

源五郎は心の中でこれらの商人の手前勝手な思わくがよくわかっていた。大溪郡守隊長を引き継いで以来、あの山地のタイヤル族と接触しなかったわけではない。何度も、タイヤル族が山を下りて換蕃所（物品交換所）に来たり、撫墾署に日本人が懐柔の目的で与える「恵予品」を取りにきたりした時に、隊員が酒に酔って街で叫んでいるタイヤル族を何人か捕まえた。源五郎は、隊員がタイヤル族を牢屋に閉じこめ、畜生のように虐待し、最後には、息絶え絶えになっているタイヤル族を川に放りこんで、溺死させるのを黙認していた。彼はタイヤル族をまったく人間と見ていなかった。彼の凶悪さのために双方の衝突はますます激しくなり、タイヤル族が騒いで脳寮を破壊する事件が次々に拡大していった。

今、重傷を負って地面に横たわっている源五郎は、痛みにあえぎながら、前方の真っ黒い裸足が、林の後ろから出てきてゆっくりと近づいてくるのを見ていた。彼らは皆、手にギラギラ冷たく光る長刀を持っていた。そのうちの何人かは巡査のそばにしゃがんで、まるで獣のように吼えていた。しばらくすると、男が巡査の首を提げて彼の方に歩いてきた。巡査の肉づきのいい両頬が垂れ、眼が微かに開いて彼を見ていた。彼はまわりに人がますます増えてくるのを感じた。源五郎は、突然、引き出しの中の写真と和歌山の生家を思い出した。彼は遠く故郷を離れてはるばるこの地にやって来たことを後悔しはじめた。当初、自分は優越した大和民族であると想像していたのとは異なっていた。

その時、喉がひんやりするのを感じ、許しを請うような哀切な声を出した。中年のタイヤル族のウパハが源五郎の首を持ちあげ、それを背に負っていた背負い袋に入れた。皆に向かって叫び声をあげると、全員が一斉に応え、しゃがれた雄叫びの声をあげた。

「マガン　ムトゥヌ！（magan mtunu、敵の首を獲ることは大勝利を意味する）」

ウパハは、そばの小さな木や茅草に結び目をつくった。草の結び目は、死体を収容に来る人への警告である。ここは彼らの領域であり、ここに来た者の末路は、地面に転がる首のない屍と同じになるぞと警告しているのだ。

林まで上って道を探った通事が全身をふるわせて地面にうつぶしていると、若い族人が突進してきて、長刀で通事の首を取ろうとした。しかしウパハに大声で叱責された。

もともと族人は、いつも山を下りて彼と物々交換していたのだ。ウパハはこの通事は信用できる漢人だと感じていた。日本人が来てからは、これらの漢人の生活も族人たちほど良くはなく、ウパハも日本人はいつも彼らをバカにしていると見ていた。彼は漢人のそばに座り、肩を叩いて彼に言葉をかけた。

「金富よー、この頃はどうだい?」

漢人の通事はタイヤル語でうなずいて言った。

「ロカ(Lokah、いいですよ)」

ウパハは通事を引っ張って、地面にしゃがんでいる人々に近づき、生の肝臓を一切れ切り取って彼に渡した。

「呷(ジャ)(食べな。福佬語)」

ウパハは、実は福佬語〔台湾語〕ができた。これは彼を殺さないという好意を示していると知っていたので、金富はすぐに血が滴り落ちる肉の塊をつかむと、のみ込んで頬をふくらませて食べた。ウパハは笑った。そばにいる男たちも大声で笑い、金富もにっこり微笑んだ。

早く清国の撫墾局時代にふたりは知り合っていた。ウパハは子供の頃父親について彼の店に行ったことがあり、角や獣皮を生活用品と交換した。父親は金富にタイヤル族と仲良くして信頼し合い、友だちになるようにと諭した。金富は祖先伝来の膏薬を足の傷に塗ってやって、ウパハの家族を助けたことがあった。

ウパハは金富を見ながら、自分の足を叩いて感謝の気持ちを見せた。金富は胸元で手を組んで頭を下げながら、タイヤル語で言った。

「ヤサ、ヤサ(Yasa、Yasa、おそれいります)」

「あなたはいい人」

金富はタイヤル語で控え目にウパハに応じ、気をきかせて、店にはまだ差し上げられる薬膏がございますから、また私が薬をお届けにあがりますと約束した。ウパハは福佬語で「多謝（トーシャ）」と言い、見たところ、金富を傷つける考えはないようだった。最後にウパハは金富に、帰ったら日本人に次のように伝えよと言った。日本人は境界を一歩も越えてはならぬ、もし境界を越えれば、今日と同じ結果になるぞと。金富が丁寧にお辞儀をして引き受けると、ウパハはやっと皆を連れて去っていった。

彼らが去っていくのを見ると、金富は両足の力が抜けて地面に座りこんでしまい、しきりに額の汗をぬぐった。最後にぼんやりと立ちあがり、つまづきながら地面に横たわっている多くの首のない死体をまたいで越え、慌てふためいて山を下りて、郡の警部に通報した。

12

ラハウ部落では、女たちが自分の家の前で織物をしたり、アワをついたりしている。裸の子どもたちがあちこちで遊んでいるが、部落は静かで落ち着いていた。突然、見張り台から空洞の木を叩く音が聞こえてきた。

「トン！　トン！　トン！」

ふだんの見張り台の木鼓は部落に警告するためのものである。音は二種類あり、激しく連続した木鼓の音は、異民族が彼らの領域に入りこんできたことを意味し、部落の戦団は戦う準備をする。鼓声が不連続だったり、あいだに何度かゆるい音が入るならば、部落の戦団か狩猟団が帰ってきたか、出て行くかを告げている。

部落の女たちは、耳を澄まして、戦団が勝利して凱旋してきた鼓声だと聞きとり、次々と家から飛びだして待ちうけた。

男たちは歩兵銃をかつぎ、ものがいっぱい入った背嚢を背負って帰ってきた。中には日本の警察の制服を着ている者や、黒いラシャの帽子をかぶった者がいる。遠くから見ると、源五郎の守備隊が戦いに負けて、ほうほうの体で全面撤退していると錯覚しそうだった。その中のひとりが部落に近づいた時に歩兵銃を空に向けて放った。子どもたちは次々に駈けよって、踊りあがって戦団の男たちの服を引っ張り、大声をあげて興奮し、まっすぐに部落の集会所に入っていった。

大嵙崁蕃社の衝突事件はすぐさま総督府に伝わった。壮大な総督府には大日本帝国の日章旗が翻っている。新任の第五代台湾総督佐久間左馬太〔一九〇六年四月－一九一五年四月在任〕は、ぴんと張った軍服を着て、長い髭をはやし、厳かな表情で書類ばさみを開いて読んでいた。

大嵙崁タイヤル蕃、守備隊攻撃事件の報告、警部源五郎以下負傷者二名、死亡者一五名、武器弾薬すべて失う
佐久間左馬太は書類ばさみを閉じ、ゆっくりと大きな窓の方に歩き、総督府の展望のきく窓から、遥か遠くの暗い山脈を静かに眺めていた。

軍人出身の彼は、とっくに腹案を持っていた。山地の開発を早めるために、蕃地に隘勇線を設置する準備を進めており、警備線の部署が完成したら、すぐに大規模な武力制圧を発動する。ウパハの攻撃事件は、佐久間左馬太の武力制圧のタイムスケジュールを早めたのだ。

佐久間は事務大臣の久津〔モデル、警視総長の大津麟平〕を事務室に呼び、「理蕃」五年計画〔一九〇九年に開始された「北蕃討伐」計画〕を正式に実行するよう指示した。続く軍事行動は、大豹社〔現、新北市三峡区の大豹溪流域〕への隘勇線前進であり、部落に未知の運命をもたらした。

ウパハは源五郎の首を背嚢から取りだして棚に置き、この皮膚が白く、髭もほとんど生えていない日本人を、足を止めてしばらく見ていた。源五郎ははじめてウパハの部落に来た日本人ではなかった。ウパハは一〇数年前（一八九六年）に「台湾番地探検」のひとりの日本の人類学者[3]を知ったが、この学者には頭角社の頭目、副頭目、平地のタイヤル族に嫁に行った女（漢人は「蕃婆」と呼ぶ）、そして通事（金富）が随行していた。

人類学者は部落にやって来ると、土産を持ってウパハと父親を訪ねてきた。物腰が柔らかく教養があり、部落の人々は皆、彼を好きになって彼を取りかこんだ。日本の学者も持ってきた酒を一緒に飲んで楽しんだ。皆は日本の学者をかこみ、紙に筆で家や服や人の模様を描き、さらに奇妙な符号を書くのを見ていた。

ウパハはこの日本人は大変親しみやすく、会話も穏やかで控え目な、礼儀正しい日本の学者だと感じた。好奇心の強い族人は、キョンの肉と彼が持っている紙と鉛筆との交換を求め、彼も喜んでそれに応じ、彼らに鉛筆の使い方や字の書き方を教え、さらにその場で習ったタイヤル語でふたことみこと喋った。頭目のウパハは、親切に彼を部落に泊めてやり、皆で一緒に肉を食べ、酒を飲んで深夜まで過ごした。ウパハは彼を連れて近くの小さな部落を訪ね、その後、無事に帰れるように山の下の土牛溝まで同行し、それから自分の部落に戻った。こうしてふたりは深い友情を結んだ。

ウパハは眼の前の源五郎を睨みつけた。この無礼な日本の警察は、さまざまな手段で族人を虐待したと聞いた。族人を獣のように見なし、通りに引きずりだして辱め、隊員たちが好き放題に族人を殴り殺すのに任せていた。ウパハはずっと耐え忍んできた。大勢の樟脳の商人が守備隊の名を後ろ盾に彼らの伝統領域に踏みこみ、ほしいままに森林の樹木を伐採するようになってはじめて、ウパハはそれ以上怒りを抑えられなくなり、族人を率いて脳寮を攻撃し、彼らが山にのぼってくるのを阻止したのだ。

ウパハは源五郎に唾を吐きかけた。子どもたちも次々と地面の土をつかんで、棚の上の源五郎の首に投げつけ、さらに草を源五郎の口の中に詰めこんだ。

穏やかに暮らしていたが、山雨来たらんと欲して風楼に満つ（重大事件が起こる前兆があたりに満ちている）状況だった。漢人の通事の金富は何度も山に来て、ウパハに情報を伝え、早いうちに準備を進めるように促した。ウパハも大嵙崁流域のいくつもの部落を集めて大型の戦闘団を結成する準備を進めた。

総督佐久間左馬太は、日本軍に、全面的な報復行動を展開し、この山上に巣くうタイヤル族を必ず殲滅するように命じた。ウパハの大嵙崁のラハウ部落は「理蕃事業」のはじまりの地となったのだ。

半月も経たないうちに、各地で召集された日本軍が大溪郡の守備隊前の広場に集結し、強力な武器が公開された。台北近衛師団の砲兵が持ちこんだ最新の山砲は最も目立つ場所に整然と並べられた。二百名の精鋭部隊の銃剣が太陽の光の中でキラキラと光っている。

一〇時ちょうどに出陣のラッパが鳴り響くと、日本軍は隊を編成し、兵隊は二手に分かれて堂々と山地を前進した。先導する陸軍部隊は、双溪口の渓谷に沿って水路を前進し、側面からは大砲部隊が迂回して、ウパハのラハウ蕃社を挟撃する予定であった。

その頃、部落の生活はいつもと変わらず、男は山で木を伐ったり、新しい耕地を焼いたりして、作物を植える準備をし、女は主食のアワや甘藷やイモなどの作物を植えていた。ウパハと妻のリムイは、柵の中で集会所の仕事を整理していた。

昼頃になると、小型の飛行機が部落の上を飛び、上空を何度も旋回した。ウパハが頭をあげ、機体に赤い丸が描かれているのを見ていると、飛行機はまもなく山の下に飛んで行った。

ウパハは大急ぎで見張り台に上り、力いっぱい木鼓をならした。部落の男たちはその音を聞くと、仕事をやめて、次々と四方八方から集会所に駆けつけた。

遠く清朝の撫墾局時代に、ウパハはまだ少年であったが、父親について劉銘伝の清軍と戦った。清軍は最後には、ほとんど神出鬼没のタイヤル族によって広大な山区で消滅させられ、とうとう父親とウパハたちのタイヤル族に妥協せざるを得なくなり、土牛溝の境界をつくって、お互いに侵犯しない協定を結んだ。

タイヤル族は何度かの清軍との戦いの経験の中で、しだいに監視を置き、動員をかけるしくみを発展させた。中でも男子の戦団の編成は、いっそう迅速で、すばやく戦闘位置につけるようになった。

正午頃、ウパハが山頂の稜線に設置した見張り台にいた子どもが、日本軍の隊列を発見した。子どもはすぐに木から飛びおり、猿のように茂みの中に消えた。その時、ウパハもちょうど何人かの長老と集会所で、先ほど空を旋回していた日本の飛行機について話し合っていた。

子どもは息せき切って集会所に駆けこんでくると、日本人の一隊が渓谷の下流に出現したことを身振り手振りで伝えた。彼は真っ青な顔で一〇本の指を何度も動かして、たくさん、たくさんの人が来たと示した。ウパハは部落じゅうの男たちを集め、三〇人近い男を残して部落を守らせ、自らは二〇人の武装した男たちを連れて部落を飛びだし、渓谷に沿って前進してくる日本の軍人を待ち伏せした。

しばらくすると、別の見張りの子どもがまた慌てて駆けつけ、もう一か所にも日本軍があらわれたことを伝えた。すぐに長老が部落に残った男たちを連れて、そちらにあらわれた日本軍の監視に向かった。

ウパハは族人と偽装して渓谷のそばの林の中に潜伏していた、制服を着た日本軍人が渓岸にあらわれた時、ウパハは鳥の鳴き声で潜伏している人々に知らせた。ウパハが弓をいっぱいに引いて矢を放つと、先頭で敵情を偵察していた軍人に命中した。日本軍は突如茂みからあらわれたタイヤル族に驚き、銃を構えてタイヤル族に向かって発射した。ウパハも負けずに反撃した。

激しい遊撃戦が渓谷と林のあいだで起こった。ウパハ側の猛烈な攻撃を受けた日本軍は、自然の要害を利用して戦うタイヤル族の激しさにかなわず、次々と撤退し、後方百メートルの位置で再び隊列を整えて前線を構築した。ウパハは山地の地形を熟知している優勢さを盾に、山の険しさを利用し、勇敢に四方八方から敵に襲いかかり、一〇度余りも白兵戦となった。

これまで一度も山地で戦ったことがなかった正規軍は、次々と襲いかかってくるタイヤル族の遊撃隊の陽動作戦によってたちまち瓦解した。

一時間後、銃声はしだいに止み、日本軍の前進指揮官は、渓谷に沿って撤退し山を下りるように命令した。今回の戦闘で、ウパハは、水路を潜行して部落を攻撃しようとした日本軍に重大な打撃を与えた。

続く二度目の攻撃は、一度目の時のように容易ではなかった。ウパハの相手は、日本軍の精鋭の大砲部隊だった。日本軍は地勢が険しい絶壁の山谷に潜伏していた。二門の山砲は威力を発揮し、直接山壁を狂ったように砲撃した。ウパハが鞍部に見張りに出した子どもたちは、砲弾でこっぱみじんになった。

ウパハは山砲の攻撃を受けて、族人と四方に逃げたが、さらに歩兵の掃討に遭った。ウパハは林の中で指揮を立て直し、他の部落から来た戦団も戦闘に加わった。

午後三時近くになった。

高台から銃口はすべて一歩一歩近づく日本軍を狙っていた。歩兵の先頭部隊が気づいた時、山谷に銃声があがった。日本軍が方向を見失うと、ウパハは六人一組で前後から包囲攻撃する遊撃戦に戦術を変えた。これまで全体での戦闘を得意としてきた日本の正規軍は、突然の遊撃戦に壊滅的な打撃を受けた。ウパハの族人は、山の険しさを利用して速やかに移動し、攻撃は破竹の勢いで展開された。

日本軍の歩兵隊は大いに乱れ、やりたい放題の目に遭っていた。その時、後ろについていた大砲指揮官の石野大尉は、冷や汗をびっしょりかいていた。大砲でどこを狙えばいいのか、わからなかったのだ。

日本軍はタイヤル族の抵抗能力を軽んじていたために、短時間の攻撃では順調に挽回できず、散発的な戦闘となった。指揮官の石野は、要塞をつくり、塹壕や地下道を掘るように命令し、大きな岩がそそり立つ山域で攻防戦を行う決断をした。

初日は、双方は接近戦となり、激しい白兵戦がくり返された。戦闘団の主な目的は、まず散り散りになった日本兵を壊滅させることだった。ウパハが指揮するタイヤル族の頑強なゲリラ的抵抗によって、枕頭山高地を攻撃した日本軍は無惨な代価を払った。死傷者は百十七人に達し、日本軍に枕頭山の渓谷の関門をとうとう一歩も越えさせなかった。

二日目は、すべての大砲の設置が完了した。石野の山砲は、定位置からタイヤル族が出没する道に狙いを定め、機関銃と四斤山砲(よんきんさんぽう)〔野戦砲〕で山上に向けて攻撃した。強大な威力を発揮する大砲は、ウパハのゲリラ活動に大きな反撃を与えた。

日本軍の二隊は枕頭山に閉じこめられ、双方は塹壕を掘って戦った。日本軍の銃砲は役に立たず、手榴弾攻撃も効果がなかった。双方の戦いはしだいに膠着状態に陥った。

続いて、台中や南投庁から来た警察が武装部隊の支援をはじめ、山区の土地を手当たり次第に砲撃した。増援の武器や弾薬が次々と送られ、劣勢で、山の険しさに阻まれていた日本軍は逆転攻勢に転じた。

四〇日余りの激戦の後、日本軍は着々とウパハが山壁に構築した拠点に迫り、次々にウパハのゲリラ攻撃を打ち破った。砲撃に遭って、負傷した族人はバラバラになって次々に部落に逃げ帰った。

夕刻、ウパハは部落に戻り、負傷者や帰ってこない戦闘員の様子を見て、今後は日本軍の攻撃は、これまでのように簡単には片づけられないことがわかった。ウパハはなにも言わず、うなだれ、疲れ切って家に帰った。

ウパハが家に近づくと、松明が家全体を赤く照らしていた。家の中から鋭い叫び声が聞こえ、部落の女たちが慌ただしく家に出入りしていた。ウパハは、この時、やきもきしてどうしていいかわからず、しきりに窓の方に首を伸ばして様子をうかがっていた。

ヤパがそばにしゃがんでタバコを吸っていた。ウパハは集会所のところでしゃがみ、疲れて柱にもたれた。老人は息子を見たが、なにも言わなかった。

「ヤパ、明日、皆を連れて後山の親戚の部落に避難してもらいたいんだ」

「土地が泣くのが聞こえたよ（砲声）」

老人はウパハを見やった。その声から彼が戦闘に弱気になっているのがわかった。タバコをひと口吸うと、ゆっくりと煙を吐きだし、息子のウパハを慰めたが、その眼には、父親の慈愛が滲んでいた。

「気にせずに敵と戦えばいい。ほかの事はわしがやるから」

　ウパハはヤパの表情を見ながらうなずいた。その時、部屋の中からはっきりした子どもの泣き声が聞こえてきた。

　部落の祭司が家の中に入っていった。彼らは、まずこの子どもが部落にどんな兆しをもたらすのか、判断するのだ。もし不吉な兆しなら、祭司は悪霊（子ども）を連れていって、森の中に捨ててしまう。タイヤル族は、双子と五体不満足な子どもは、部落に不吉な兆しをもたらす悪霊とみなしているのだ。

　家の中にいる女が、鋭利な竹片で子どもと母親をつなぐへその緒を切り、それから熱湯で煮沸した麻糸でへその緒をしばり、傷口に木炭を塗った。そして赤ん坊を洗って、きれいな苧麻（ちょま）でくるむと、家の真ん中にいる祭司のところまで抱いていった。赤ん坊の泣き声は大きく響き、四肢も健全だった。祭司は老人を見て吉兆だとうなづき、くるんだ布の端を引っ張って、口の中でブツブツと唱えはじめた。

「万能の祖霊よ、この子どもはもうこの土地にやって来ました。この子を病気から遠ざけ、ゆっくりと成長させて下さい、ご先祖様の英知を賜り、成長の後には、この家族の勇気と能力を受け継ぎ、将来は賢く徳のある女を娶らせ、この子を本当の人間に成らせて下さい」

　老人もまた赤ん坊に向かって言った。

「お前の曽祖父の名をお前のために頂き、マリク・ワタンと名づける」

それから、ウパハが家の中に呼ばれた。祭司は彼の頭に手を置いて、父親の責任を尽くし、子どもの面倒をよくみて無事に育て、嫁を娶らせるようにと唱えた。ウパハは振り向いて、この赤くつやつやした、うごめいている小さなものを見た。ヤヤ（母親）が嬉しそうにこの初孫を抱いて、家の中を行ったり来たりしながら、時には口をとがらせて手に抱いた赤ん坊をあやし、絶えずマリク・ワタンという名前を呼んでいた。

朝、皆でこの新しい家族となったマリクのために誕生の祭儀の準備をしている時、突然、ドーンという轟音がこの山域全体を揺り動かした。ウパハは、強い揺れでベッドで目を覚ました。この時、日本軍の山砲は陣地を移動し、制高点を見つけ、部落への砲撃を準備していた。発砲ごとに、砲弾の着弾点はふたつの山谷に挟まれた部落にますます近づき、爆発の強大な威力は部落の地面を振動させた。多くの人々が砲声の中で次々と四方に逃げだした。

ウパハはそばの赤ん坊と妻を見ながら、歩兵銃を持って立ちあがりリムイに言った。

「リムイ、すぐにマリクを連れていくんだ。ヤパがお前たちを後山の部落に避難させてくれるよ」

リムイは眼に涙を浮かべ、頭を横に振って「いやよ」と言ったが、リムイが言い終わるのを待たずに、ウパハは家を飛びだして集会所に行った。百人足らずの戦士を集め、何組かに分けて日本軍を迎え撃つ準備をした。老人たちも、一五歳以下の男子と老人、女性と子どもを部落から連れだし、皆で後山の親族の部落に身を寄せる準備をはじめた。

山での大砲の音が朝いっぱい続いたが、射程は部落に届かず、本物の攻撃というよりは威嚇の意味が大きかった。ウパハは妻のリムイのところに行くと、リムイは赤ん坊を斜めに胸に抱いていた。赤ん坊は母親の胸で、ぐっすり眠っており、彼は指で子どもの柔らかな顔を突いた。

「マリクを連れて先に後山に行ってくれ、俺が日本人を追っ払ったら戻ってくるんだ」

リムイはウパハの眼を見つめながら、名残惜しそうにうなずいた。老人は老弱男女を皆連れて出ていき、ウパハはなにも言わずに集会所に入った。彼は山の下の日本軍はアリのようにびっしりと山に向かっているところだと知っていた。今度の戦いは、この前のようには簡単ではない。彼はすべての男たちを集め、長槍と銃を持って、日本軍と決死の一戦を交えることにした。

見張りの子どもが慌てて、ウパハの所に走ってきて、泣きながら、仲間が大砲に撃たれてバラバラになったと言った。ウパハは彼の頭をなでて慰めながら、隊列について後山の部落に行くように言った。子どもは恨めしそうな顔をして、ここを離れたくないと言った。ウパハが銃を取って彼に渡し、銃の撃ち方を教えると、男の子ははじめて泣き顔に笑みを浮かべた。

ウパハは自ら指揮し、山麓に駐屯している歩兵兵舎を奇襲することに決め、出発前にすべての戦闘員に向かって言った。

「大昔、ふたりの兄弟が遥か遠くのビンスブカン（binsbukan。伝説で、タイヤル族が石から飛びでたという発祥地）から交代で猟銃を背負い、白雪が積もった山頂を越えてやってきた。母親は近くの小高い丘を指差して言った。子どもたちよ、あそこだよ、私たちの新しい故郷はあそこだ。ふたりの兄弟は、その場所で困難を克服して新しい故郷をつくったのだ。まさにこの祖先の土地を守るべき時が来たのだ。

皆はウパハの話を聞くと、悲しみと憤りで号泣し、土地を侵す敵と徹底的に戦うことを決意した。彼らは武器を高く掲げて大声で叫んだ。命をかけて族人が千百年にわたって生きてきたこの地を守るのだ。もう恐れる気持ちはなかった。

ウパハは言い終わると、残った若者を連れて急いで部落を離れた。山頂を迂回して山砲の射程を避ける道を選んで、夕方に日本軍が駐屯する渓谷の上方の稜線に達し、足もとの日本軍の野営地を見下ろした。

日本軍はわざわざ広々とした渓谷を選んでいた。ここは山域から距離があり、鉄条網を設け、トーチカや掩体（えんたい）の工事を行っていた。四方は大きく開けて、適時大規模な射撃ができ、タイヤル族の四方八方からの突撃を防ぐことができる。

ウパハは防禦設備を観察すると、夜陰を利用することにした。武術に優れたたくましい族人を数人派遣して、日本軍の駐屯地の上方に潜伏させ、奇襲をかける。六人一組の遊撃隊を組織して派遣し、別の方向から駐屯地を包囲し、同時に、日本軍歩兵の射撃火力を攪乱する。彼らはまるでスズメバチの群れのように、命令一下、全員飛びだすのだ。

空がしだいに暗くなると、人びとは皆静かに漆黒の林の中にうずくまって待機した。ウパハは、狡猾な日本軍の駐屯地が、夜間の防禦工事を強化したのを見ていた。タイヤル族が夜、再び奇襲攻撃を加えてくるとわかっていて、日本軍の多くは掩体の後ろに潜んで警戒していた。真夜中、塹壕の中の日本軍はしだいに疲れて居眠りをはじめた。

その頃、ウパハは鋭い眼をして高台に座り、ずっと動かずにいた。空がようやく明けると、あたりは薄暗くどんよりとしていた。

ウパハは突然立ちあがった。号令一下、六人一組を連れて、全速力で山林を走り、日本軍の掩体の前で陽動攻撃を行った。その時、別の隊が後ろから鉄条網を破壊し、日本軍の退路に突撃した。

日本軍は一晩の警戒のせいで、大多数の者が疲れて掩体にもたれてまだ眠っていた。突然、タイヤル族の攻撃を受けた時、一体なにが起こったのか、攻撃がどの方向から来るのか、わからなかった。目覚めたばかりでぼんやりしている日本軍は反応が間に合わず、数発の銃声の後に、眼の前にあらわれたタイヤル族に度肝を抜かれ、次々と武器を捨て、駐屯地の後方に向かって逃げだし、後方の山砲陣地に隠れた。

銃声がおさまると、ウパハは地面に横たわった族人の屍を見て涙を浮かべ、火を放って日本軍砲兵の前進観測所を焼いた。

続々と大砲指揮所に戻ってきた兵士たちは、砲営陣地の指揮官石野に報告した。石野はいきなり行軍用のベッドから飛び起きると、激しい怒りに燃え、すぐに高地に設置した大砲をぶっ放すように命令した。大砲は前進指揮所付近を激しく攻撃し、さらに威力のある強大な一二インチ迫撃砲を使って山越えの攻撃を行った。

石野の命令一下、一二インチ迫撃砲二門が同時に発射され、巨大な砲声が山谷に響きわたった。轟音が空で炸裂し、地面はまるで世界の終りのように震動した。朝、偵察機が一機、部落の上空を飛んでいき、続いて着弾点が密集した部落に近づいてきた。誰もが驚きおののいて集会所に集まった。誰もこんな大きな爆発音は聞いたことがなかった。

石野の大砲は、最初の砲撃で射程角度を修正すると、次の砲撃では正確に部落の範囲に落ちた。続いて、ウパハの集会所に砲弾が命中し、ちょうど集まっていた戦士たちがドカンという爆発音と共に吹き飛んだ。

ウパハも砲弾に当たって遠くまで飛ばされ、五臓六腑が砕けた。ウパハは、血を吐きながら、周りの負傷した族人たちが悲しく泣き叫ぶのを見ていた。次々に襲ってくる激しい砲火が彼の孤独な叫び声を消してしまった。破壊された故郷を見ながら、ウパハの頭に父親が言ったタイヤル語が浮かんできた。


わが子よ、われらの土地と家々を忘れてはならない、ここはわれらの祖霊の地だ。


午後、日本の軍人たちが静かな林から出てきて、部落で威圧的な掃討を行った。ある兵士は銃剣を振りあげてまだ息のあるタイヤル族の心臓を突き刺した。ある兵士はウパハの横を通った時、靴でウパハの頭を踏みつけ、ウパハの腹を力いっぱい銃剣で突き刺した。ウパハは目を大きく開いてその兵士を睨みつけた。

その時、日章旗を高く掲げた日本軍と傍らの日本の警察が大声で万歳と叫んだ。放たれた火が上から下まで、部落のあらゆる家屋を焼き尽くした。一瞬のうちに部落全体が火の海に包まれ、炎と濃い煙が一気に天空に立ちのぼり、一昼夜、燃えつづけた。

13.

携帯の画面が突然消えた。ワタンは、続いてなにが起こったのか見たくて焦ったが、老人はなにも言わなかった。

「俺、あんたのことをますます知りたくなったよ」

老人はワタンの意図を感じて、うまく答えた。

「わしが生まれたのは、日本が清の統治から変わった台湾の初期の頃だ。日本の公学校で学んだよ。しかし最後には反逆者になって馬場町〔台北市万華区。現在、馬場町記念公園がある〕で銃殺されたんだ」

老人がピストルの構えをすると、ワタンは驚いた顔で老人を見た。

「あんた、あんたは、あんたはあの共産党のスパイなのか」

眼の前にいるのは、なんと、ずっと不思議な人だと思っていた人物だった。道理でよく知っていると思ったはずだ。写真のあの人だったのだ。

「さっきの動画は、タイヤル族と日本人の初期の頃の戦いの話だ」

老人はまたポケットから櫛を取りだし、髪を整えながら自分の物語を話しはじめた。

「わしは子どもの頃、日本人に育てられたんだ。あの頃、わしはもう一〇いくつになっていたなあ。その頃は、ずっと日本総督府の専売物資の樟脳の集散地だった、新竹州大溪郡の角板山に住んでいたんだ。小さい頃は、台車の軌道で遊ぶのが大好きだった。山の太いクスノキを伐りだし、樟脳を角板山の収納所に送ってくると、商社が価格の交渉をする。その後軽便鉄道の台車に載せて大嵙崁〔大溪〕の船着き場まで運び、そこからまた台北の艋舺（バンカ）〔現、万華〕にある専売局まで運ぶんだ。その後、南門工廠樟脳製造所で加工して、高価な樟脳油を精製するんだよ」

老人は画面を見ながら話しつづけた。画面には老人が黒い制服を着て、角板山蕃童教育所を卒業後、成績が特に優秀だったので、日本当局に推薦されて台北市堀江町二七七番地の堀江国民学校〔現、万華区双園国民小学〕に送られ、高等科の一年で学ぶことになった様子が映っている。

「ほら、痩せていたわしは、一列目の机に座っている。教壇の先生の話を真面目にひと言漏らさず聞いていたよ。わしは同級生について口を大きくあけて大声で日本語の教科書を朗読していた」

ワタンは老人の顔が突然、厳しくなり、誇らしげに山の医療への貢献について話しはじめるのを見た。タイヤル族のラハウ社の頭目の子である彼は、一九二一年に台湾総督府医学専門学校を卒業後、公医として山地部落の医療衛生の仕事の責任者となったが、彼は日本式高等教育を受けた最初のタイヤル族であった。

「日本時代、わしは風雨を呼ぶ〔影響力が大きいことの比喩〕と言われ、タイヤル族でわしを知らない者はいなかった。日本統治のあの時代と言えば、わしは根っからの日本人で、大溪郡控溪〔現、新竹県尖石郷秀巒村〕、高岡〔現、桃園県復興郷三光村〕、角板山〔現、桃園県復興郷澤仁村〕、象鼻〔現、苗栗県泰安郷〕、尖石〔現、新竹県尖石郷〕などの部落で、タイヤル族のために働いていたんだよ」

老人は、若い時代の事を一つひとつ詳しく滔々とワタンに話して聞かせ、ワタンはぼんやりしてしまった。子どもの頃に部落で言われていた、極悪非道の反乱者とは天と地ほどの差があった。ワタンは我慢できなくなって老人の話をさえぎった。

「じゃ、その後なにが起こったんですか？　あなたは、どうして銃殺されたんです？」

老人は驚いてワタンを見ると、突然、喉をつまらせ、顔を手でおおって号泣した。その瞬間、携帯が地面に落ちた。

ワタンは老人の肩を叩いて慰め、地面に老人が落とした携帯を拾った。手でさっと拭くと、突然、画面があらわれた。老人はなにかを考えているようにじっと画面を見つめた。

画面には、立派な大講堂の会議室があらわれた。座席の札には台湾総督府評議員と書かれており、時は画面に一九四五年とあらわれている。老人は二二八事件で民族の権益を守るために、軽率に複雑な情勢に巻きこまれず、国民政府の賞賛と表彰を受けたのだが、日本統治時期にはすでに実質的にタイヤル族の最も重要な代表的人物となっていたのだ。

彼は、実は、日本が太平洋戦争で不利な状況にあり、台湾島内の政局が先が見えないことを知っていた。終戦になり、日本が降伏して、国民政府の軍隊が台湾島を接収すると、島内は混乱に陥った。

ワタンはテレビのドキュメンタリーを見たことがあった。ここ数年、政党が交代したことで当時の情況が大体わかり、老人の身の上についてもほぼ推測できていた。

国民政府の裏表のある態度により、老人は情勢を読み違え、国民政府は理性的な政権だと感じ、新しく来た国民政府は日本人よりずっと彼の族人を大事にしてくれると希望を持ったのだとワタンは思った。老人は、日本統治時代末期と国民政府初期という動揺の時代に、タイヤル族エリートの指導階層であり、そしてオピニオンリーダーとして、いつも表に出て、部落間の衝突を調整し、解消した。こうして彼は、当時の政府高官からも高く評価されたのである。

老人は、日本政府が占拠したタイヤル族大豹社の土地を速やかに返してほしいと希望したが、当局からはまともな回答を得られなかった。老人は挫けることなく積極的になり、議会に入って民意機関で原住民のために権益を争う方向に路線を転換した。一九四九年一一月、老人は省参議員に当選して、当時唯一の原住民代表となり、続いて第一期省議員にも当選して、当時の原住民の最高民意代表となった。老人はいつも省参議会で原住民自治について質問を提出した。

ワタンは画面で、老人が決然とした態度で万年筆で『台北県海山区三峡鎮大豹社原社復帰陳情書』[4]を書き、当局に祖先の土地を返してくれるよう要求しているのを見ていた。

老人は清国と日本の侵犯と圧迫を訴え、次のように書いた。

元来、我々台湾族（高山族）ハ、台湾ノ原住民族デアリ、往昔ハ平地ニ居住シテ居リマシタ事ハ、歴史ニヨリ明白デアリマス。（省略）八年間ノ抗戦ニヨリ、日本ガ降伏シ、台湾ガ光復シ、三民主義ニ則リ、民族平等ノ恵政ニ浴シマシタ事ハ（省略）台湾ガ光復シ、日本ノ為ニ奥地ニ追放サレタ我々モ、墳墓ノ地ニ復帰シ、祖父ノ霊ヲ祭祀シ慰メルノガ当然ノ理デアリ、光復シタ以上ハ、我々モ故郷ニ光復スル喜ビ浴スルノガ、明々白々ノ理デアラウト思ヒマス、左ナクバ、祖国ニ光復シタ喜ビ、何処ニアラウ

当時、老人は勇敢に「祖霊の祭祀」を行いたいとの陳情書を書いたが、すでに特務機関（保安司令部）が秘かに目をつけていたことを、彼はまったく知らなかった。彼は焦る心で切羽詰まって、土地を返せと訴えた。しかし、当時の権威体制の逆鱗に触れただけでなく、老人を圧しつぶした最後の決め手となり、保安司令部は彼を排除することに決めた。

一九五一年、老人は保安司令部の罠にはまって捕まり、彼を含め同案の六名の被告[5]が「高砂民族自治会」を組織し、原住民族の自治を勝ち取ろうと鼓吹したと罪を捏造されて訴えられた。軍事法廷の審理を経て、『懲治反乱条例』第二条第一款により死刑判決が出た。

四年近く収監された後、一九五四年に、台北憲兵隊から縛られて馬場町に送られ、銃殺された。馬場町に銃声が二発無情に鳴り響き、老人の悲劇的で伝奇的な一生が終わった。

老人はうなだれて酒を飲み、眼に涙を浮かべていた。ワタンはこの時間の速い流れの中で人々にしだいに忘れられていく老人を見ていて、恥ずかしくなって言った。

「あなたを、タイヤル族の孤独な先達、先覚者とお呼びしてよろしいでしょうか」

老人はただ笑ってなにも答えなかった。

「皆、過ぎ去ったことだよ」

言い終わると、老人はまた櫛を手に取って静かに髪を梳いた。ワタンは老人の様子を見ながら

思った。もし当時、彼が政治に迎合して政府に従っていれば、「二二八」事件の後も、官途の道を順調に歩み、晩年を安らかに楽しむことができたかもしれない。しかし、強烈な原住民族の使命感ゆえに、最後には「白色テロ」の耐えられない屈辱の中で、異郷で命を失うことになろうとは、全く思いもしなかっただろう。このような変転を嘆かずにはいられなかった。

老人はワタンにタバコを一本求めた。ふたりは一緒に座ってタバコを吸った。ワタンはたびたび老人を振りかえったが、心は疑問でいっぱいだった。

タイヤル族の後輩であるワタンは考えていた。老人が銃殺される最後の一瞬、故郷の角板山にいる妻や息子や娘のこと、さらに父親の世代が暮らした先祖伝来の地の大豹社のことを心配しただろうか？　彼の眼の光は、憲兵が引き金を引いたあの瞬間に、永遠に大時代の暗闇の中に消えていったのだろうか。

タイヤル語の「スコリャック（squliq）」は人の意味であり、「タイヤル（Tayal）」も、タイヤル族が自分の族群を呼ぶ語で、バライ　バライ　ナ　スコリャック（balay balay na squliq）「本当の人」という意味である。眼の前の老人も、自分の族群が新しい統治階級のもとで直面している苦しみを見て、当時の噂に怯え、恐怖に押し殺される空気の中で、タイヤル族の先駆者の役柄、バライバライナスコリャック「本当のタイヤル」を演じたのかもしれない。

ワタンには、老人は不屈の民族主義の性格から、使命達成のために、へりくだった言葉遣いで婉曲に新しい権力者に訴えたのだと思えた。「我々ハ、是ガ非デモ、故郷ニ復帰シタイ、願ハクバ、我々心中、御察シ下サイ、重ネ重ネ御願ヒ致シマス、タトヘ平地同様ニ課税サレテモ、墳墓ノ地ニ復帰スレバ、如何ナル苦痛ヲモ甘受スル覚悟デアリマス」と。しかし、皮肉なことに、老人が文章の中で述べた「如何ナル苦痛ヲモ甘受スル覚悟」が、彼が要求した中で唯一実現した条件（銃殺されること）になった。

ワタンは、何人かの人たちが荒々しく彼を家から引きずりだし、台北保安処の暗い小さな部屋に拘留するのを見ていた。すぐに鋭い叫び声が、暗闇の曲がり角から絶え間なく伝わってきた。彼は精神的、肉体的な苦しみをなめつくし、両手は責め具に挟まれて傷つき腫れあがって痛み、体は水をかけられ、電気を流され、めった打ちにされていた。

老人は静かに髪の毛を梳き、ブツブツと独り言を言った。

「私は反問せざるを得ません。自分の民族が行なうあらゆることに関心があれば、懲罰を受ける理由となるのでしょうか？　すべての苦痛は、私が受けるべきだというのでしょうか？」

二部　飛行士ワタン

1.

五時三〇分。龍潭（ロンタン）陸軍飛行基地の飛行待機室では、作戦司令官が号令をかけて解散して後、全員が待機態勢に入った。

早朝の曙光が、東方の山脈の稜線上の雲の層から微かに射しこみ、灰色の滑走路にかかった薄い霧がしだいに消えて、広々とした航空基地にもの寂しい雰囲気が漂いだした頃、ワタンは飛行服に身を包み、教官と一緒に長い滑走路を歩いていた。

整備長が飛行前の準備を終えた。ワタンは空気力学を結集した狭い操縦室によじのぼってしっかりと自分を固定すると、重い航空ヘルメットをかぶり、航空管制塔との無線通信プラグを繋いだ。ナビゲーターを務める後輩が操縦室の通話機を通じてデータ確認を進め、ATC〔敵味方識別記号〕を入れ、VHF〔超音波〕の周波数を固定し、ADF〔自動方向探知機〕を設定した。

飛行前のさまざまな油圧回路モニターと火器管制装置の検査、両眼の眼底の血管にあらわれた呼吸困難や睡眠不足のチェックなど、エンジンの爆音に伴って状況は緊迫してくる。さらにプロペラの影が空間の方向感覚を奪い、一瞬、自分は一体どこにいるのかわからなくなる。ワタンは軍官学校を卒業後、北部で最精鋭と称されるこの陸軍航空基地に配属されたのだった。

ワタンは注意深く計器を検査した。主旋翼、尾旋翼、油圧系統、旋回桿垂直安定器系統、武器回路装着などを三百六〇度にわたってチェックした後、飛行ハンドブックのＳＯＰ標準作業手順書を心の中で読みかえした。空中に飛び立ってしまえば、滑走路の路肩で救援を待つ機会はないだろう。

東の空の雲に微かに赤い光の輪ができ、元気づけるような光が射しこんできた。手にした航空地図は、演習区域が宜蘭の外海だと示しており、飛行士たちは、国道三号線に沿ったC航線を一時間、編隊飛行する。外側の草地では、黄色いベストを着た整備長が、忙しくエンジンの情況を確認し、指を空中に高く上げて振り、何度も円を描いて、電源車が最大量の電流を放出し、スイッチがふたつのエンジンのアイドリング位置にあることを伝えている。地上作業員が皆ゆっくりと飛行区域を離れていく。

ワタンは顔をあげて、最後に全景三六〇度を確認すると、操縦室の窓越しに外を見た。二枚の主旋翼がゆっくりと頭の上の影を切りさいている。操縦桿を少し引くと、鋭い吸気音がして、燃料に点火し、機体全体が振動しはじめた。整備長が親指を立て、エンジンが順調に始動しはじめたことを伝えている。

管制塔の気象官は、無線で離陸時の天気状況を知らせてきた。雲層の視度や風速、気温から見て、今日は飛行に適した好天気になるだろうとのことだった。

無線で離陸指令が伝えられた。

隊長機、一号機、二号機、三号機、四号機、五号機は、応答せよ。了解！　隊長機は、隊を率いて、離陸待機位置まで移動した。

ワタンは整備長に挙手の礼をして、握った操縦桿を軽く引いた。回転翼が動きだすと、瞬間、気流が大きな揚力を生みだし、二トンもの重さの大きな鉄の鳥が一瞬地面から浮きあがると、隊長機の指揮官について、北滑走路で命令を待つ準備を終えた。

基地では、吹き流しが西南の風が吹いていることを示していた。どの機も管制塔からの離陸許可を静かに待っている。

ヘッドホーンの無線通信にしきりに決まった呼びかけが伝わりはじめた。離陸の準備時間だ。ワタンは操縦室の通話ボタンを押し、隣りの飛行士と航路を確認すると、航空図上にびっしりと引かれた線の内、どの航空路線が軍事あるいは政府の管制空域に属しているかを確認した。

「航空管制塔からの通報、当地は風向三五〇度、最大風速五ノット、当地の温度は二五度です。雲層の分布は高度二〇〇〇フィート、A型機隊五機、北滑走路より離陸せよ」

管制塔の離陸指令を復唱し終えると、「空勤五三一ラジャー〔了解〕」と返信した。

指揮官の隊長機が先頭を切り、北滑走路の端から逆風の中を飛びたった。続いて彼の前に待機していた二号機が滑走路に出た。操縦室のガラスを通して外を見ると、他の部隊の各中隊も整然と離陸命令を待っている。

六時四〇分。龍潭空域では、年に一度の漢光演習〔中華民国の武装部隊が行なう全国規模の防衛作戦の軍事演習〕の実弾射撃の準備が行われていた。

この時、任務についた飛行機は、全国の学生が全国体育大会に参加するかのように、号砲が鳴ると次々に滑走路から飛びだした。ワタンがスロットルを操作し操縦桿を引くと、激しい震動が猛然と操縦室の周りに起こった。ふたつのタービン発電機が、雄ライオンが吼えるような爆音をあげ、体が押されて激しく揺り動かされた後、北方の空に飛びあがった。

体がぐっと座席に押しつけられて、眼下の風景がゆっくりと小さくなっていく。レーダー高度に進入した後、編隊飛行をはじめ、指示に基づいて、最初の検査点に向かってVFR有視界飛行を行う。速度計は安定した巡航状態を保ち、渡り鳥のように整然と並んだ飛行隊が北台湾の静かな朝を横切り、島の東北端の海域で軍事行動を行おうとしていた。

基地の航空管制塔の管制範囲を出ると、高速道路に沿って北に飛行する。

北台湾の上空より見ると、北には、大屯山〔台北市西北端に位置する標高一〇九三メートルの火山〕の麓に尖塔が寂しく聳え立っている。麓の街は灰色の景色に包まれている。ワタンは足もとの高速道路のまばらな車の流れを見下ろした。街には信号灯が寂しく点滅している。この島の大多数の人々はまだ夢の世界にひたっているのだろう。

戦術管制レーダー（松山）移動天気予報。

「航空管制区、風向き三五〇度、最大一二ノット、霧雨、高度一二〇〇フィートに散乱した雲の層が分佈、高度二〇〇〇フィート、空のほぼ半分が雲の層におおわれている。一二〇〇フィートから一六〇〇フィートの間、断続的に風あり、方位三〇〇から吹き、風速最大二二ノット、突風最大三三ノット、にわか雨あり。視界、四〇〇〇フィート以下、一一時より、三時間毎の気温は、摂氏二一度、二三度、二一度、二五度なり」

ワタンは足もとの景色を見ていた。低空域のヘリコプターの操縦士にとって、戦術管制気象官の気象予報は、実にわかりにくいし、理論的過ぎる。何ノットの風が上昇してどんな乱気流を形成するのだろう。雲層の遮蔽率と計器飛行には、どんな潜在的な危険があるのか？ これらは皆、高度一万フィート以上の空で、常に青天乱気流に遭遇する空軍戦闘機や、国内の民間航空のパイロットに聞かせる気象用語だ。

ワタンたちのような中低空域の航空機は、足下に木の枝や高電圧鉄塔などの障害物があるかどうかだけに関心があり、注意して避けられればそれで十分、さまざまな高空気流層の風速の変化を慌てて計算する必要はないのだ。

この二年間、共産軍による南海防空識別区空域での妨害のために、このような演習は部隊の常態となり、日常茶飯事となった。

七時一〇分。隊長機が最初の検査点に入り、新店〔新北市〕C10航路に方向転換しようとした。

戦闘機編隊は、すでに新店上空の目視航路に向かって旋回し、海抜三八〇〇フィートの高度に上昇して、雪山山脈〔中央山脈の北西に位置する台湾五大山脈のひとつ〕を越えて、蘭陽平原〔宜蘭県〕境内の方に向かおうとしていた。

数百年来、この島の人びとは海と戦ってきた。原住民として、奥深い山中で暮らす族人たちも、遠洋漁業が盛んになった六〇年代には、狂ったような金儲けブームに巻きこまれ、若者は次々と猟銃を捨てて部落を出ていった。眼の前のこの海で多くの人々の愛憎や情欲が繰りひろげられたのだ。

ワタンは、高校生の時にある作家の本を読んだが、そこにはこう書いてあった。この島は漂流する監獄のようだ、さまざまな境界での試練にもまれ、陸地や沿岸や近海、さらには陸地の足跡から海上の航跡にいたるまで、この島の幅広い多元性を発見できる。このことは、島の人びとの海への尽きない貪欲さや痴情を証明している、と。ワタンは、この作家の鋭い観察力に本当に驚いたが、若い頃にこのような島国の再生を読んだのだ。

軍官学校で学んでいた頃、ワタンは映画スターのロビン・ウイリアムズ〔一九五一―二〇一四〕に魅せられ、いつも映画『グッドモーニング、ベトナム』〔一九八七年〕のことを考えていた。基地の滑走路では、UH-1Hヘリコプターの力強いエンジン音が響き、編隊が森林の上空を飛ぶと、ブルース歌手、ルイ・アームストロングの『この素晴らしき世界』〔一九六七年〕の低い声と響き合う。そのため、ワタンは夕陽の中を帰航する時にはいつも、空から見える美しい海岸線に深く感動し、ここは世界で最も美しいところであり、命をかけて守りたいところだと思ったのだった。

隊長機から縦隊飛行指令があった。三次元空間からは僚機間の高度位置がはっきり見えている。副操縦士の後輩はワタンに注意して避けるように言った。現段階では、飛行軌跡および天気予報によれば、高く聳えている何本かの放送電波塔と山頂の水平視界は少なくとも五海里はあり、見渡すかぎり紺碧の太平洋がすぐにも視野に入ってくるはずだった。

ワタンとナビゲーターの後輩は、のんびりと世間話を楽しむ時間を持てるようになり、これも空の旅団の緊張した軍隊生活の中の小さな幸せだった。

「教官、今度の三軍聯合（軍事演習「漢光」）の演習は尋常ではないと聞いております。演習は教官が想像なさるような楽なものではなく、少し難度があるようです」

ワタンはそっけなく答えた。

「任務で提示されているのは、海上の目標を攻撃するというものではないようだな。標的はちゃんとわかっているんだから、なにが怖いんだ」

「今日の科目は、実弾演習です。私たちは大砲演習では最初の船が登場したところです。つまり海岸で敵を殲滅するのですが、これでは私たちはかつての神風特攻隊ではありませんか」

「原住民に神風特攻隊になった奴がいるのか？」

「教官、冗談はやめてください！　こんな任務がどうして海軍や空軍にまわらないで、どうして私たちのような、もっぱら陸上の戦車を粉砕する低空域攻撃機にまわってくるのですか？」

ワタンはテレビの名キャスターをまねてからかった。

「買ったばかりの新しい武器で、海上の航空母艦を攻撃して、その威力を見せつけることもせず、お隣さんの白浪（パイラン）（漢人）をちょっと威嚇するだけだ。それで国民は満足するだろうか？」

「教官、方陣快砲って聞いたことがありますか？　一種の迫撃砲式の快速回転機関砲で、毎分三千発の銃弾が」

　後輩がなにを言おうとしているのかがわかった。火神鉄砲でさえ及ばないと嘆く手ごわい奴だ。

「教官、数年前に一度、海軍と空軍の海上実弾演習で、方陣快砲が、民間から借りあげた標的曳航機に的を絞って、二秒でその飛行機を粉砕してしまい、飛行士も見つかりませんでした。後ろの標的機が悠然と観覧台を通過した時、指揮台に座っていた三軍統帥〔陸海空の総司令官〕と指揮官は呆然としていたそうです」

　ワタンはそれを聞くと黙ってしまった。

「教官、私は教官をだます気はありません。先週の予行演習で、教官が方陣快砲に最接近した上空に我を忘れて飛びだされ、私はびっくりして冷汗をかきました。あの時はまだ方陣快砲は立ちあがっておらなかったので幸いでした（防水カバーはまだはずされていなかった）。しかし今回は実弾演習で、火器管制レーダーが起動するでしょう」

　彼にこのように言われ、ワタンは少し不安になった。方陣快砲に狙われると、アリに運ばれる死体の破片しか残らないのではないか。

「後輩、お前は飛行袋にいつもお守りを貼ってるな」

「教官！　あなた方原住民もこれを信じてますね」

　ワタンは敬虔なキリスト教徒だった。彼が言いたかったのは、飛行袋には航空図や大砲、射撃の空域図のほかに、あれこれ入れてあることだった。若い中尉を見、優美な勧世文〔詩歌のように謡って人の世の教えを説く〕のような音を聞きながら、キリスト教徒のワタンは虚勢を張って、さらに軍隊の階級制度の優越感を出して言った。

「漢人の神と高度な科学技術の武器は、どちらがすごいのだろうか？　誰もが知っているように、今、我々が果たしている任務は殺人機器（サタンの視角）だ」

「教官殿、心に誠意があれば願いは叶い、香を焚いてお願いすれば、神仏の助けを得られます」

「中尉、次回の飛行では指揮官に任務を出してもらわなくてもいいさ、魔よけの札を直接エンジンに貼り、我々の額に貼ればいいよ。ロケット弾は、放送機器と大悲咒（しゅ）〔観自在菩薩の大慈悲を表わした経典〕に換えればもっと良くないかな」

この時、中尉はすぐに嫌みに感じ、操縦室の無線通信がしばらく静かになった。突然、外部からの無線通信が気まずい雰囲気を破って、隊長機の指令が伝わってきた。編隊は雲の中に入れとのことだった。ワタンははじめて前方からまばらな雲が漂ってくるのに気がついた。雲幕高度五〇インチで、五号機に乗っている彼はすぐに返事をした。

「五号機、了解」

ふたりがゆるんだ気持ちを引きしめ、意識しはじめた時には、中尉は左側の景色がまったく見えなくなり、前の仲間の飛行機も見る間に雲層の中に隠れていった。

「教官、左側の雲がこんなに早く成長しています」

ワタンが振りかえって各機間の通話に集中すると、隊長機から各機に、飛行高度や編隊の位置が通報されてきた。ただ左側の低空の雲の層には触れていなかった。

太平洋の右側の上昇気流が雨雲を高く隆起させた。その巨大な層が蘭陽平原の上空を通過して彼らに襲いかかってきた。

ワタンはうつむいて計器の海抜高度二七七六、対地高度三八五の表示を見ていた。中尉が振り向いて左側の雲層を見て、ＩＦＲ〔計器飛行〕に移るかどうか尋ねた。「了解」と答えた後、後輩は航行の座標を設定しはじめた。

飛行機はその時、突然、雲に突っこんだ。周囲はたちまち真っ暗になり、操縦室の計器のランプが自動的に点灯し、若い中尉は操縦するワタンに注意を促した。

「教官、高度を上昇させねばなりません。私には僚機が見えません。目下、地障高度は海抜三三五七……接地に注意」

ヘッドホーンから、隊長機が機隊の現在の航向座標を戦術管制に報告するのが聞こえた。編隊飛行を解き、各機の間隔は高度空域で一〇〇インチ、最低空域では四五〇〇インチを維持せよと指令がきた。ワタンはこの時、僚機は一機も見えず、地平線もなくなり、空間感覚を失っていた。緊張して操縦桿を握って、計器の数字の変化を見ていた
もともと簡単な飛行が、突然の悪天候にぶつかったためにてごわい相手となり、一瞬のうちに細かい雨つぶがガラス窓いっぱいについた。今のところ、情況はまだコントロールできる範囲であるが、無線電波の周波数が変わって慌ただしくなってきた。

ワタンは後輩の中尉と、航路と燃料を確認し、さらにあとどれ位で雲を抜けられるか確認した。すべてＳＯＰ（標準作業手順書）通りに行なった。

着陸したら、自分の雲を抜ける技術は卓越していると吹聴してやろうと思っている時に、まっ

たく何の警告もなしに握っていた操縦桿がグッと引かれ、機体が谷に向かって急降下した。強大な角運動量がワタンに死に物狂いの力を発揮させ、機体全体の回転角度の水平化を試みて、無意識のうちに機首を引きあげて上昇しようとした。

しばらくの間、伝動桿はまるで魔がさしたようにずっと右に傾き、水準器は平衡を失って一辺に傾き、地平線が見えない中、ヘッドホーンには後輩の絶叫する声が伝わってきた。

「教官……高度をあげてください。エンジンチェック……モニターでは、エンジンN1の動力が落ちています。N1再起動」

「N1エンジン、起動せず、尾温異常、エンジンN1かかれ、ファック、……ファック」

この時ワタンは、まるで車の右の前輪がパンクしたように、ハンドルが効かず、機体がずっと傾いたまま投げだされたように感じた。

「隊長機、五三六緊急帰航、D2エンジン、チェック……」

二度回転して絶壁を曲がると、爆音が両側の山壁にぶつかってドーンドーンという音がした。この時、ほんの一瞬、雲のすき間からはっきりと地上の風景が見えた。ワタンは雲層を避け、山間の峡谷を出て、龍潭の基地に戻ろうとした。

「後輩……帰航の座標をくれ」

その時、遮断回路モニターに二号エンジンの故障を示す警告灯が、突然点灯した。後輩のヘッドホーンからいっそう慌てた声が伝わってきた。

「N2エンジンミスファイアー……ミスファイアー……」

飛行機が失速し、操縦室に低い警告が鳴り響いた。その瞬間、機体がまた雲層に入り、操縦桿にいっそう激しい振動が伝わってきて、ワタンは恐怖に襲われた。

「ファック……ファック……」

すべての緑のランプが一気に赤に変わるのを見ながら、ワタンの頭はもう緊急処理の流れを思い出せず、眼の前の状況にどのように対処すればいいのかわからなくなった。モニターに失速を示す警告灯がチカチカしはじめ、操縦室のあらゆる警告システムが鳴りはじめた。飛行機はすでにコントロール不能の状態に陥ったが、ワタンはそれでも必死に後輩を慰めた。

「後輩、姿勢維持推力を喪失して、機体をコントロールできなくなった……緊急着陸に入る準備を」

操縦室の警告ブザーが大きく鳴り響くのを聞き、操縦桿が激しく揺れ動いて、翼の揚力をコントロールできなくなり、ワタンはとうとう最終的な対応をせざるをえなかった。エンジンを切り、動力を解除し、オートローテーション飛行にした。燃料投棄バルブを開け、この高性能とうたわれる武器を放棄する準備に入った。

「教官！　姿勢を！　下降率が！」

モニターの針が止まらずものすごいスピードで回転している。残った飛行機の動力では、もはや飛行機が着地する軌跡を支えられない。その時、後輩はワタンが計器の数値を報告しているのを聞いて、彼が飛行機を起死回生させられるかもしれないとの望みを持った。ワタンは機体の姿勢を示すメーターが左右に激しく揺れるのを見ながら、緊急着陸のためにはもうなにもしないことにした。

すべての回復動作が効果がなかったために、飛行機は失速して谷に急降下し、ヘッドホーンにはとぎれとぎれに後輩と近くの航空管制塔の雑音が伝わってくる。やがて後輩の声がゆっくりとヘッドホーンの中に消えると、数秒間、ワタンの眼の前の風景がまるで人生のスローモーションのようにゆっくりと映し出された。

ワタンはブツブツとつぶやいた。

「緊急降下！ ビーコンをつけろ！ 救助要請！ こちら空勤五三六！ 緊急降下！ 繰り返す！ 救助要請！ こちら空勤五三六！ 緊急降下！」

――ザーッザーザーザー。

三秒後、突然ヘッドホンが静かになり、CVR（コックピットボイスレコーダー）の録音がとだえた。

台北松山飛行場作戦指揮センターの管制員が反応しない内に、本来慌ただしいはずの無線電信が沈黙し、空勤五三六攻撃機の敵味方識別符号の光点が、戦術管制レーダーの画面から消えた。

指揮センターは、すぐに次のように通報した。国家捜索センターは、通報を受けて緊急対応チームの設置を指示した。すぐに光点がレーダーから消えた座標が国家捜索センターに伝えられ、指揮官は資料が届くと、会議で簡単な説明と任務の配置を行った。今回の捜索の範囲は桃園県、新北市、宜蘭県の境界で、航跡が最後に消えた光点は、插天山（新北市烏來区、三峡区、桃園市復興区にまたがる）の海抜約二〇〇〇メートル前後にある。捜索のブラックホークヘリコプターで待機中の人名は次の通り。各県市の消防局にも通報して捜索を進めている。

2.

突然、ワタンの眼の前がひどく明るくなった。

ワタンは見慣れない森林に横たわっていた。眼の前の景色は灰色で、眼をこすって見たがなにも変わらず、激突した時に視神経を傷つけたのかもしれない。四方を見渡して飛行機が落ちた時の状況を振りかえってみた。あたりを見回した時、前にボーッと人影があらわれた。落ち着いて相手をよく見ようと前に出てみると、藤かごを背負った原住民の老人だった。

老人は無言で、体に合わない古い洋服を着て、ぶかぶかの革靴を履いており、猟人の装いとはとても思えなかった。ワタンは大声で老人に呼びかけたが、老人はまったく取り合わなかった。近づいていくと、老人は口の中でブツブツと言っており、まるで誰かと対話しているように聞こえた。

後輩は？　飛行機は？　どうして俺ひとりなんだ？　これは夢なんだろうか？　ワタンはまだ考えていた。一体なにが起こったのか？　まだやっているはずの演習は、どうしたらいいんだろう？　心の中は無数の疑問でいっぱいになった。

ワタンが前に出て、老人が話している言葉を聞いてみると、ずっとウットフ　クラハウ　ウットフ　クミクサン（utux krahu utux kinmkesan）と繰り返している。タイヤル族はウットフ　クラ

ハウ　ウットフ　クミクサンを信じており、それは森林に住む万物の精霊の名前で、善悪を主宰し、森林は彼らだけが強大な力を有している。

ワタンは顔をあげ、息を殺して老人が密林に入っていくのを見ていた。姿はすぐに薄暗い光の中に消えていった。ワタンは足がとまり、前に進めなかった。ワタンは老人の奇妙な動きを見て、不潔なものを感じた。彼は前を見ながら、進もうか進むまいかと考えた。手には石を握り、両足が思わず震えはじめた。

突然、よく知っている煙のくすぶる臭いがしてきて、白い煙が木の間に見えた。近くから煙が上がっている。ワタンが急に興味を覚えて近づいて行くと、眼の前に荒れ果てた古い狩猟小屋があらわれた。このような狩猟小屋は彼にとってはなにも珍しくなかった。彼が育った部落にも、大小いろいろな狩猟小屋があった。

ワタンが狩猟小屋の方に歩いて行き、眼を細めてすき間から中をのぞくと、煙と光がくっきりした影の変化を作っている。薄暗い室内には、老人が地面に座って藤かごを編んでいる姿しか見えなかった。次の瞬間、老人の顔がいきなりすき間に近づき、大きく見張った眼がワタンをじっと見つめていた。ワタンはびっくりしてよろよろ後ろに何メートルも下がり、タイヤル語で大声でどなった。

ワタンが体の向きを変えて逃げようとした時、老人がすでに後ろに立っているのに気がついた。

「お前はどうしてわしについて来たのだ?」

「私は……私は……私はあんたに聞きにきたんだ」

老人の顔には、なじみ深いタイヤル族独特の趣きがあった。ワタンはハッと、老人は想像したほど恐ろしくはないのだと気がついた。老人はなにも言わず、狩猟小屋に入っていった。

「ここは新北市ですか、それとも桃園市ですか?」

老人は下手な中国語で返事をしたが、言葉の中にはワタンが聞いてもわからない日本語が混ざっていた。

「新北、桃園ってなんだね、ここはケイフイシャ（奎輝社）だよ……」

日本語のケイフイ社と聞いたとき、ワタンはぽかんとなった。眼の前のこの身なりも挙動もおかしな老人は、頭に問題があるのだろうか。老人は地面に散らかった食器の中から、白いクブ（kubu、酒杯）をふたつ探しだし、背負いかごの中から黒い背の高い瓶を取りだすと、尖った歯で瓶の蓋を開け、酒を二杯、満々と注いで、ひとつをワタンに渡した。

「一杯やろう」

老人が手にした黒い酒瓶は、古い街で売っている骨董品のような年代物だった。ワタンは杯を受け取り、清酒の匂いを嗅いで、心で秘かに罵った。ワタンはひと口酒を舐め、左右をキョロキョロ見て言った。今、会っているのもやっぱり酒飲みのいかれた奴だ。

「私は今、国家の重要な飛行任務についており、即刻、部隊に帰隊しなければなりません。ご協力頂けますか? 私は上司に報告して、あなたに褒賞を頂くように致します。演習は戦争と同様で、いま台湾海峡は危険な状況にあります」

老人は笑った。

「キョウダイ、アンタハタイヤルカナ?」

老人が日本語で話す様子を見ると、どうやらワタンがタイヤル族かどうか聞いたようだ。どうしてこのようなことを聞くのかわからないでいると、老人は続けて言った。

「タイヤルジャナイヨウダナ」

この老人が言うタイヤルとは、彼が考えるタイヤル族なのだ。この多元文化の時代に、タイヤル族に単独での定義はまだあるだろうか? ワタンはこのあまり知識がない人に現代知識についてあれこれ説明する気はなかった。

「狩猟ぐらい、わかりますよ。部落の猟人学校で観光客のガイドをする時には、私も頼まれて、野外サバイバルの先生として、さまざまな技能を見せているんですよ」

ワタンは自信たっぷりに言った。老人はゆったりと酒をひと口飲み、またマッチを持って、ポケットからタバコの箱を取りだし、タバコに火を点けると、ひと口吸ってゆっくり白い煙を吐きだした。

「ワタン、あんたにあげよう」

ワタンは、老人が彼のタイヤル族の名前を知っているのを聞いて驚いた。小学校以来、誰も彼をワタンと呼んだ人はいなかったからだ。

「あんたはわしの若い頃とよく似ている。愛国者で、国家のために犠牲になることも厭わない」

老人がそう言った時、ワタンは一緒にいた若い中尉を思い出した。

「私の後輩は元気ですか? 一緒に乗っていたあの……後輩……もしかしたら今は別の呼び方が

あるのかな」

「元気だよ。彼の招魂儀式は、わしらタイヤル族のよりずっと趣きがあったね。漢人はやっぱりもっともらしい恰好をつける民族だね。彼は気持ちよくあの世へ行ったよ。ご家族がよくしてやってたね、それであんたよりかっこよく行ったね」

老人の他人の災いを喜ぶような表情を見て、ワタンは泣くべきか、笑うべきか、まったくわからなかった。

「これを見せてあげよう」

老人はズボンのポケットから携帯を取りだした。それを見てワタンの心に悲しみが湧いてきた。画面はまったく傷ついていなかった。店の人が言っていた、ガンダム並みの最強レベルの画面保護フィルムには少しの傷もなかった。ワタンは、携帯の中にはたくさんの美しい写真と思い出があることを思い出した。

「携帯は私のために最後の思い出を残してくれますか？」

「子どもよ、西洋のことわざにぴったりな言い方があるよ。あらゆるものは皆、塵は塵に、土は土に帰るってね」

ワタンは長い溜息をついて言った。

「唯一心残りなのは、革命軍人として、最後は戦場に死んで、国家のために力を尽くすことができなかったことです」

老人はワタンの肩を叩きながら言った。

「あんたは頑張ったよ！　原住民の子どもは楽観的だ」

眼の前の機体の白く砕けた数字を見ながら、ワタンは試しに空気動力学で最後の一瞬の角運動量を計算してみたいと思った。主旋翼はあの時、俯角小五度に設定されていたはずだから、飛行機は一〇〇余ノットの速度で木の枝に接触するはずがないのだ。機体全体が斜めに傾いて大木に突っ込んでいったのだ。あの日、もし插天山のどこかの豪華な農場の芝生に無事に緊急着陸していたら、今頃は国防部で英雄記者会見が開かれていただろう。残念なことに……もし……。

そんなことはどれももう重要なことではなくなったのだ。ワタンは、ただその場で後輩に黙禱し、また自分にも黙禱した。

夜、狩猟小屋は悲しい雰囲気に包まれていた。老人は画面のアプリを立ちあげ、ワタンの注意を引こうとした。画面のぼんやりした映像がゆっくりとはっきり見えはじめると、老人は絶賛しはじめた。ワタンの生前の軍隊での生き生きした生活がきっと彼を引きつけたのだろう。

「おお、ワタン、まだ動画が見えるよ」

「今はもう5Gの時代ですからね」

老人は画面をワタンの眼の前に置いた。このような科学技術はいたずらに悲しみを増すだけだ。

老人をちらっと見て、ワタンの顔にさっとなにかを疑うような表情が浮かんだ。彼はこの買ったばかりの最新の携帯でこのような動画を録った記憶はなかった。

「この部落は見覚えがあるなあ、僕が幼い頃に暮らしていたところにすごく似ている」

老人は笑いながら言った。

「これはあんたのヤパ（父親）とヤヤ（母親）の若い頃の様子だよ。その他の家族は、独特の祭祀で心の敬虔さを表わしている。そうすることで、あんたが生まれてから、この世で成長し、成長から生命の最後の一刻まで、本当のタイヤルになるようにとね」

老人は感慨深げな眼をしてそう言った。ヤヤの若い頃の様子や他の家族を見ていると、ワタンの記憶は突然、あの昔の部落に戻った。

「あなたもアプリが使えるんだ、すごいなあ！」

老人は携帯を持ってワタンに見せ続けた。ワタンは幼い頃の部落の情景を見ていて、急に拒否反応が起こった。父親が警察に捕まったことに触れられたくなかったのだ。それでも老人は携帯を彼の眼の前に置き続けた。

老人は上着から小さな櫛を取りだして髪の毛を梳きはじめた。ワタンは老人の奇妙な動作を見て、すぐに眼を画面の方に向けた。

3.

太陽がしだいに稜線に隠れはじめ、影がゆっくりと山の谷間に沈んでいった。女たちは腰をまげ、慣れた手つきでシイタケの菌種を、木の幹の穴にびっしりと開けられた穴に埋めていく。

軽トラックが一台、山のでこぼこ道をのぼってきた。中年の男が車から降りてくると、瓶に入った菌種を一瓶一瓶、車の後ろの荷台から下した。ひとりの女が仕事の手を止めて、腰をまっすぐ伸ばし、帽子の下のマスクを勢いよくはずすと、男に向かって叫んだ。

「黄さん、あんたには良心がないのかね、わざとわたしらを死ぬほど働かせて、それで満足かね！」

男は無表情に檳榔を噛みながら、ガラス瓶を一列ずつきちんと地面に並べていった。眼の前の女たちにどんなに甲高い声でいろいろとあてこすられようと気にしなかった。相手になれば、女たちの嘲笑が返ってくることがわかっていたからだ。

五〇過ぎの黄さんは、色が黒く風采が上がらなかった。干からびた顔は長年山で暮らしを立ててきた苦難を語っていた。若い頃は年配の人について、車で山地に雑貨を売りにいく商いをしていたが、後にはシイタケの山地生産を一手に請け負う商売をはじめた。彼はここの女たちがこのように騒ぎ立てるのは気にならなかった。何と言っても、自分の身なりは、都会でスーツを着ている老闆たちとはまるで違うことを知っていたからだ。

夕方になると、冷たい風で女たちの指がしだいにかじかんでくる。黄さんはタバコを吸いながらシイタケ小屋をまわり、それぞれの木に植えた菌種を調べた。彼がこのようにするにはわけがあった。初めの頃に、何度も悲惨な経験をしていたのだ。栽培をはじめたばかりの頃、部落の女たちを雇い、数千瓶のシイタケを植えたことがあった。ところが、時間が経つにつれ次々に枯れてしまった。後になってわかったのは、女たちは、菌種をただ適当に木の穴に置いただけだったのだ。それで大きな損害を被ってしまったのだった。

山の空は暗くなるのが大変速い。六人の女は腰を曲げて、菌種をすばやくしっかりと木の幹に植えている。しかしこの様子では、恐らく暗くなるまでには仕事を終えられそうにない。ひとりの女が口を大きく開くと、大声で車を動かしている黄さんに言った。

「黄さん、今夜は残業代払ってよ。夕食代も、あんたが持ってね。そうでなきゃ、村長さんに報告するわよ」

女性たちは仕事の手を止めてがやがやと騒ぎだした。黄さんは腕時計をちらっと見た。まだ数百瓶の菌種が植えられていない。仕方なくしぶしぶ答えた。

「いいだろう！　軽食堂のあそこで食べよう」

女たちは皆、歓声をあげた。彼女たちは、改めて薄暗い光の中で手を速めた。山は一気に暗くなる。黄さんは車のライトをつけて、シイタケ小屋を照らした。夜七時過ぎに、女たちが道具を片づけて、次々と黄さんのトラックに乗りこんだ。黄さんは彼女たちを乗せてでこぼこの産業道路をガタガタ揺れながら進み、彼女たちはトラックの後ろで飛び跳ねる車体をしっかりつかんでいた。黄さんは注意深くハンドルを握っていた。ちょっと気を抜くと、人も車も谷に突っ込んでしまう。公路に入ると、平坦な山道をフルスピードで疾走した。

軽トラックはすぐに道端に停まった。このパッとしないトタン小屋は、小さいけれど別天地だった。中は照明が明るく、歌を歌えるパブがあり、五色のミラーボールがまわっている。さらに奥には美しくライトアップされた個人用のボックス席もあり、周囲一〇キロメートル内の最高級の軽食堂と言えた。

女たちは荷台から飛び降りると、次々と頭の覆いを取り、水道の前で身じまいをはじめた。店の主人は黄さんを見て笑顔で出迎えた。この主人は、以前は賑やかな都会で演歌歌手をしていたことがあり、美空ひばりの歌を歌うのが大変好きだったらしく、話す時はいつもひと言ふた言、日本語が混じった。

女たちは店に入ると、冷蔵庫をあけ、ペチャクチャ喋りながらいろんなものを注文した。黄さんはそばに立っていたが、いくぶん険しい顔つきだった。店の主人は熱心に女たちに声をかけ、彼女たちと卑猥な話をはじめている。黄さんはやはり遠くに立っている。こんな時に出しゃばるのは愚かなことで、下手をすると女たちからの怒りを買うかもしれない。彼は隅っこに行って腰を下ろし、見て見ぬふりして、彼女たちを放っておいた。

彼女たちが入ると、店は賑やかになった。黄さんは紹興酒を開けて、ひとりで飲みはじめた。

「黄さん、こっちへお出でよ！　そこで私たちを監視してないでさ。あんたを食べるとでも言うの？」

そう言って、女はハハハと大声で笑いはじめた。黄さんは彼女たちが気晴らしをしていることを百も承知だった。彼は仲間に入りたくないわけではなかったが、ここではやはりよそ者は静かにしておいたほうがいいことを理解していた。彼女たちといつ衝突するかわからず、穏やかそうなバランス保たねばならなかった。

店ではふたりの女が歌のテープを奪い合って言い争いをはじめたが、最後は店の主人が出てきて、よく通る声でテノールの日本の演歌を歌い、それでようやく元の状態に戻った。

脂っこい料理と部落のうわさ話は、辛い一日を送った後の最高の慰めだった。

皆が十分飲み食いすると、黄さんが出てきてポケットから厚い札束を取りだし、指をなめながら今日の賃金を払いはじめた。誰かが酒の力を借りて黄さんに、少し慰労金を奮発してくれるようにと駄々をこねた。黄さんはすぐに冷たい表情を浮かべて、この食事だけでもう十分予算を超えとるよ、皆からその分出してもらわないとなと言った。それを聞いて女たちは、今日の賃金と帽子を手にして、振りかえりもせずに次々とトラックに飛び乗った。

黄さんは、店の主人に支払いを済ませると、フラフラと軽トラックの運転席に戻った。店主は九〇度のお辞儀をして送りだした。黄さんはアクセルを踏み込むと、フルスピードで山道を飛ばした。車外の風がヒューヒューと鳴り、女たちは互いに支えあって、トラックの後ろに固まっていた。黄さんは部落ごとに決まった場所で人を下ろし、最後の部落に住むヨウマがひとり残ると、窓から顔を出して前の座席に座るように声をかけた。

ヨウマはすぐに荷台から飛び降りると、前の座席に乗りこんで、日除けのマスクを取った。彫りの深い整った顔があらわれた。くっきりした二重瞼だった。黄さんはギアを入れ、続いてオーディオのスイッチを押した。車はすぐに音楽で騒々しくなり、黄さんはわざと暖房を最大限にあげた。

ヨウマは羽織っていたコートを脱いだが、黄さんがなにかムード作りをしているように感じたので、コートで膝をおおった。黄さんはチラチラとそばのヨウマの盛りあがった胸を盗み見していた、

黄さんはギアを切りかえる時、そっと手を伸ばし、ヨウマの太ももの上に置いて撫でまわした。

ヨウマはすぐに彼の手を払いのけた。黄さんの軽トラックは公路を離れて産業道路に入ると、ますますスピードが落ちた。エンジンが止まりそうになった。彼の右手はしきりにギアを切り換えていたが、まるで彼の股間の生理的欲求を満足させているようだった。

「なにしているの、黄さん」

「トラックが壊れたみたいだ」

ヨウマは黄さんがなにを考えているかわからないわけではなかった。薄暗い室内灯の下で、黄さんの表情はいやらしかった。黄さんはさっさと車を停めると、直接金で交渉をはじめた。

「あんたの旦那は監獄だし、家では金が必要だって聞いてるんだがね」

ヨウマは酒の勢いを借りて反撃した。

「バカな黄さん、私がどんな人間だと思っているの？」

黄さんの表情は、笑っているようないないような顔つきになった。

「ここじゃあ、皆わしに金があることを知ってるがね。あんたの亭主は、林務局の木を伐って、シイタケを植えて捕まったってな。生活、困ってるんだろ。こんなに遠くても、あんたを助けてやってるんだ（仕事をあげて）、でもなあ、世の中にただで食べられる昼飯はないぞ。そうだろ」

黄さんの言葉にヨウマはためらった。彼が言う通りだ。資本主義の権化の黄さんは、山地では金を持っているから、政商の受けが大変良い。ヨウマは心で葛藤していたが、夕食を欲ばって食べたせいで理性と判断力を失っていた。

黄さんは上着のポケットから折りたたんだ緑色の百元札の束を取りだし、ふたりの間の座席に投げ出し、ヨウマの顔の微妙な変化をうかがった。黄さんはこの道に通じた老練なやり手で、もし相手が座席の上の金を見て貪欲な表情を浮かべたなら、獲物が大人しく罠に落ちるのを待つだけだった。車の中の空気が熱っぽくなってくると、黄さんは我慢できなくなって飛びかかった。その狂暴さは、昼間の山地での善人ぶった様子とは全く別人だった。彼はまるで野獣のようで、長年劣悪な環境で暮らしを立ててきた苦しみを思う存分吐きだしているようだった。

4.

中学校の事務室は静まり返っていた。張先生は自分の椅子に座って読書に集中していた。朝の自習終了の鐘が鳴ると、三年忠組の新任のクラス担任の鴻文先生が、張先生のそばを通り、足を止めて言った。

「先輩、主任試験の準備してるんですね！」

張先生は顔をあげ、鴻文先生を見て言った。

「先輩なんて言わんでほしいね！　君より二年早くここに来ただけだからさ。ここはもう慣れましたか？」

鴻文先生は肩をすくめ、来たからにはゆっくり腰を落ち着けてやりますといった表情をした。

張先生はまわりをうかがいながら、声を抑えて、謎めいた表情でささやいた。

「本当のところ、もし三年の任期でなけりゃ、こんないまいましいところはとっくに出て行ってるよ。やっぱり早めに人生設計をして、先に出向し、都会の学校に通り、それから主任試験に受かれば、それがベストだね」

「ここは、環境がよくないですか？　私の大学の同級生なんか皆、私がここに赴任したことを羨ましがってますよ」

張先生は鼻の眼鏡をちょっと押し、せせら笑うような眼をした。

「鴻文先生、ここは、ほとんどの人は三年勤めた後は、都会の学校に行くか、主任になるかです。ここはステップボードなんだからしっかり利用するべきだよ。ここは点数が高いから、自己研修にはいいところですよ」

授業開始の鐘がなると、張先生は教科書と分厚い参考書を持って教室に向かった。出て行く時、鴻文先生に眼で今話した話をよく考えるようにという合図を送った。ここは鴻文先生がはじめて赴任した学校で、同級生からはいつも県内の最高学府（海抜が最も高い）だとからかわれていた。全校で一五クラス、五百人余りの生徒がいたが、半分の生徒が交通が不便で、通学距離が長すぎるために、寮に住んでいた。

ここに来たばかりの鴻文先生は、確かにあまりにも環境になじめず、大学の時に想像していた教育環境とはまったく異なるために、第三世界に教えに来たような錯覚を抱いた。最初の一か月が過ぎた頃、彼は自分はやって行けるのだろうかと懐疑的になった。

宿題の添削に集中していると、突然、隣から大声で言い争う声が聞こえてきた。顔をあげて時計を見ると、朝の一時間目だった。彼はすぐに教科書を置いて飛んでいった。見ると、張先生が自分のクラスの生徒と衝突して、クラス中が大騒ぎになっている。張先生がひとりの生徒と教室の中で取っ組み合いをしており、机も椅子もめちゃくちゃになっていた。そこに生活教育管理組長が飛んできて、張先生と力を合わせて生徒を訓導処に引っ張っていった。

訓導主任、生教組長、授業担当の先生、担任が、訓導処で生徒を取り囲んでいる。授業を担当していた張先生が興奮しながら事情を訴えると、主任が間違いを犯した眼の前の生徒を大声で怒鳴りつけた。

「またお前か！　なにをしでかしたんだ」

訓導主任は受話器を取って、補導室に電話をかけた。

「王組長、ちょっと来て頂けませんか？　ちょっと処理して頂きたいことがあります」

電話を切ると、主任は手で壁を指差した。生徒に壁際に行ってひざまずくようにという意味だ。

その時、張先生が腹立たしそうに主任に言った。

「ワタンは、授業中ずっと山の言葉を話すんです、どのように授業したらいいんですか！」

主任は、新しく来た半人前の担任に向かって、我慢ならないというようなという口調で言った。

「鴻文先生、他のクラスと比べて、このクラスは進学クラスで指導が楽でしょう。そのクラスに一体どんな問題があるんですか？」

そばに立っていた鴻文先生はどうしたらいいかわからず、慌てて主任に謝った。そして、張先生の気を静めるように、ホームルームの時間を使って方言を使ってはいけないという指導をしっかりやりますと言った。さらに張先生の前で、眼の前の生徒をクズと罵った。

生徒は壁に向かってひざまずいており、訓導主任や張先生が最も厳しい体罰を与えようと声高く言い争っているのを聞いていた。そこへ女性の組長がやって来たので、ふたりは言い争いを止め、入ってくる組長を見た。

組長は入ってくると、生徒のそばに行って話しかけようとした。すると、張先生が血相を変えて言った。

「不良分子はどこまでも不良分子だ」

組長は冷笑を浮かべた。

「落ち着いてください、先生方が私をお呼びになったのは、形式的に済まそうってわけじゃないんでしょう。山地人の事は私たちの手に負えませんよ」

そう言うと部屋を出て行った。鴻文先生はそばに立って状況が落ち着いてくるのを見ていたが、壁際にひざまずいている生徒が時々顔をあげて窓の外に浮かぶ白い雲を見ているのに気がついた。それはまるで外の山の風景こそが生徒の本当の教室であるかのようだった。

授業が終わる鐘が鳴る前に、張先生と主任の意見が一致した。先生に逆らったことを重大な過失として記録し、藤の棒で五回叩きの処罰を加える。さらに、授業中は方言を話さないと千回書き、教室でクラスの皆の前で張先生に謝る。

昼休みの時、担任の先生が級長を呼んで廊下のそばの階段のところで話をした。

「級長、先生に教えてくれないか、ワタンは授業中、一体なにを話して張先生をあんなに怒らせたんだ」

級長はプッと笑った。まるであれは想像されているような、先生を口汚く罵って、先生にたてつくというような、そんなひどいことじゃありませんと言っているようだった。級長の表情を見ていると、先生は頭の中が疑問でいっぱいになり、一体なにが本当なんだろうと興味を覚えた。

「そんなに面白い事かい！　こんなに大変なことを、君は級長として止められなかったんだぞ、先生は失望しているよ」

級長は笑うのを止めたが、すぐに興奮したような表情になった。

「張先生は、全然授業をされません。時々、私たちに自習させますが、クラス中が大騒ぎになります。さっきは、ワタンは皆に騒ぐな、もし皆が静かにするなら、物語を聞かせてやるよと言ったんです。それでクラス中がいっぺんに静かになってワタンの話を聞いたんです。話はこんなふうでした。ある日、部落の賢い猟人が介壽山〔角板山。蔣介石行館を諷刺〕に狩猟に行って、森で飛び跳ねている一匹のユンガイ（yungay、猿）を見つけた。猟人が狙いを定めた時、ユンガイが突然飛び降りてきて、猟人の猟銃をつかんで止めた。そして猟人の肩を叩きながらこう言った。張さん、張さん、僕らは同胞ですよ。それを聞いて、クラス中の皆が笑ったんです。先生はクラス中が笑っているのをご覧になって、癇癪を爆発させたんです」

先生はなにかを悟ったようにうなずき、わかったと言った。そして、立ちあがって離れようとすると、級長が先生を呼びとめ、あのう、となにか言いたそうにした。

「先生、先生にお話ししていいのかどうか、よくわからないのですが……」

「どうした！」

「先生、最近、ワタンはおかしいんです」

「どうしたんだ?」

「彼はいつも、銃があればいろんなことができる、あいつら憎らしい奴らを殺すことだってな、って言ってるんです」

先生はそれを聞いて険しい顔になり、少しどもって言った。

「い、い、い、いい加減なことを言っちゃいけないよ、誰かを殺したいとでも言ってるのか?」

級長は首を振って分からないという表情をした。沈黙が数分続いたが、先生はまずいと考え、また級長を呼びもどした。

「級長、今、君が言ったことは本当かい?」

級長の真剣な眼つきを見ながら、先生はしばらく考え、問題の重大性を意識した。

「すぐにワタンを事務室に来させなさい」

先生はなにかよくない予感がして、張先生のことが心配になった。学校で殺人事件が起こったら、どんな大ごとになるか? うまく処理しなければ、自分の身にも厄介なことが起こるかもしれない。

5.

ある日、静かな部落によその部落から女が来てヨウマの家に押しかけ、小さな部落が大騒ぎになった。女はヨウマを見るや、何の権利があって人の男を盗るんだと激しく彼女を罵った。ふたりの女は黄さんを巡って、家の外で派手にやり合い、つかみ合い、追いかけて殴り合った。その時、ヨウマの姑がほうきを持ちだし、揉み合ってるふたりの女を何度も打ちすえた。彼女はブツブツとこう言っていた。

「ヤカイ・ガガ（yakai Gaga）、汚れもの、汚れた奴！」

騒ぎを見に駆けつける人がますます増え、村長と幹事がふたりを引き離した。女は玄関先で大声で喚き、怒鳴りつづけた。そして、会う人ごとに泣きながら、ヨウマに男を盗られて、もう生きていけないと訴えた。周りの村人は、激しく泣きわめく彼女を見て笑った。人ごみの中にいたワタンは、他人のあざ笑うような眼を見て、両手をぎゅっと握りしめていた。

ある日の授業中、ワタンは突然、椅子を持ちあげて窓に投げつけ、狂ったイノシシのように何度もぶつかった。ついには母親のヨウマが学校に呼びだされ、教室で鴻文先生、ヨウマ、ワタンの三人が面談した。

ワタンは頭をさげて、ときどき眼を窓の外に向けた。ヨウマは、まるで犯罪人が裁判官の最後の判決を聞くような悲しそうな眼をしていた。

6.

長い年月を経て、総統民選〔台湾では一九九六年三月二三日に初の総統直接選挙が行なわれた〕の時代になっていた。子や孫に恵まれた雅芬と鴻文は居間でテレビを見ながら、時事問題について言い争い、屁理屈を言い合っていた。雅芬は画面に、最近の大陸からの台湾への軍事行動のニュースの字幕が、次々と流れるのを見て大変心配になり、立ちあがって不安そうに言った。

「お父さん、今、台湾海峡の情勢は、すごく緊張してるんじゃないのかしら？」

「杞憂だよ、なにを怖れてるんだい……」

鴻文はお茶をひと口飲み、他のニュース番組に切り替えた。ちょうど『台湾陸戦蛙人（中華民国陸軍特種部隊のひとつ）』のドキュメンタリー番組が放送されており、隊員がごろごろした石を敷いた五〇メートルほどの長さの「天国への道」に挑戦している。彼らは歯を食いしばって「総合試験週間」、または「苦難週間」とも称される九週間に耐え、五泊六日の不眠不休の非人道的な訓練を堪え忍んで、最後に「天国への道」の試験に挑むのである。

雅芬が台所から果物を持ってくると、画面には陸戦隊の過酷な場面が映っていた。彼女は感動して言った。

「まあ、この原住民の子たちは本当に勇敢ね、国を守るこの子たちがいてくれて、本当に良かったわ」

鴻文はテレビの中の隊員たちの真剣な眼つきを見ながら、一気に時空の渦の中に落ちていった。

一九八三年の教室では、鴻文とワタンとヨウマの三人が向き合っていた。ワタンは目尻に涙が溢れ、ヨウマは犯罪者が裁判官の最後の判決を聞いているように、眼に深い悲しみを浮かべていた。若い鴻文は、ワタンが学園の調和を破壊した深刻さを述べ、国家、民族、社会への危害を与えるものだと述べている。彼はまた、時には行為の野蛮性を強調したり、適当に山地同胞への心の広さを語ったりしながら、自分の威厳や正義感や愛情を強く印象づけている。

対話はすっかり平行線をたどり、互いに交わらず、一方通行の会話となっていた。本来なら上から下への洗脳のはずが、まるで無線通信が接触不良を起こしたように、互いにとぎれとぎれに言葉を交わしていた。とうとうヨウマが無理にぎこちなく単語をつないで言葉を発した。

「先生……軍事学校、あそこはどのように志願して兵隊さんになるんですか?」

ヨウマの言葉は、その時代の公務員のコネに触れたもので、先生も人二室〔人事室第二事務室。保防教育を管轄。後出〕の審査に通る成績を連想した。

「軍隊に入るのは、山地同胞が国家のために尽くす最も良い方法のひとつですね。今は、国家がまさに人材を必要としている時であり、今は、共産主義がまさに崩壊に直面している時です。台湾は世界の民主的な自由中国の砦ですから、ワタン君がもし下積みからしっかりとやれば、今後、国家の中堅になることができ、将来は将軍にも……三民主義で中国を統一するまでには……」

ヨウマは鴻文の話をさえぎり、振りむいてワタンの方をちらっと見て、口ごもりながら言った。

「この子の爺ちゃんも……やっぱり兵隊で……南洋に行って日本の兵隊になった部落のたくさんの若い子たちと同じようにね」

鴻文は一瞬ぽかんとなり、しばらくして気を取り戻した。ヨウマが言っているのは高砂義勇隊のことなのだ。

「それは日本の軍夫だね。私たちは中華民国の国軍で、三民主義を護持し、台湾、澎湖、金門、媽祖を守る正義の軍です。日本人は我々の八年の抗戦〔一九三七年七月七日の盧溝橋事件から一九四五年八月一五日まで〕に敗けました。今は国民政府の時代で、三民主義で中国を統一する時代です。国軍こそが国家の軍隊で……」

ここまで言うと興奮し、気分が高揚して手を振りあげた。

「恥をそそいで国を復興する、わが山河を返せ、莒（きょ）にあるを忘れることなかれ[7]、ただ反共こそが中華文化を光復し……中共が一日存在すれば、我々には永遠に民主がなくなり……三民主義は全世界を発揚できなくなる……」

眼の前で気持ちを昂ぶらせている先生を見ながら、ヨウマはずっとうつむいていたが、彼女のお辞儀で、保護者面談が終わった。ワタンは教室を出ると、肘で頬の涙をぬぐった。母親と息子の影は廊下のつきあたりに消えていった。

鴻文は夜の自習授業の準備をすると、軽い足取りで宿舎に戻り、風呂に入って夜の生徒の自習を見る準備をした。突然、誰かがドアをノックした。鴻文がドアをあけると、美術と音楽を教えている美如先生だった。びっくり仰天したが、すぐに気を取り直して親しく挨拶した。鴻文は、実は美しい美如先生が彼に何度も秘かに秋波を送っていることを知っていた。

「鴻文先生、良ければラジオをお借りしたいのですが」

「あります……あります……あります」

彼はどもりながら「あります」と連発した。実はこのヒッピー風の洋装をしている先生に、彼はかなり前から気があった。そこでこの機会に、勇気を出して街に出て夕食を一緒に食べましょうと誘うと、彼女も心よく承諾した。ふたりは街の角板山公園をブラブラし、コネを使ってあの警備の厳しい行館にも行った。ふたりは静かな部屋で部屋の造りや将来の人生の夢などについて語り合った。行館を出ると、ラーメン店に入って腰をおろしたが、美如は突然見覚えのあるふたりの人影が去っていくのを眼にした。

「どうしましたか？」

「先生のクラスのワタンと彼のお母さんを見たように思うの」

鴻文は肩をすくめて相手にしなかった。店のおばさんが親切にふたりに滷味（ルーウェイ）〔台湾の煮込み料理〕をふるまってくれた。ふたりは丁寧にお礼を言った。山地では、教師は一種の尊敬の象徴だと言えた。一般の平地人は、山地管制区を自由に歩きまわることができないが、彼らは教師という身分を利用して、これまで多くの部落や森林の秘境を訪ねて遊んできた。

一台の軽トラックがラーメン店の前を通りすぎ、後ろの荷台にヨウマとワタンが乗っているのがぼんやり見えた。鴻文はちらっと見て、美如の整った顔の方に眼をやった。大学を卒業したばかりの鴻文は、黒縁の眼鏡をかけて、中国学科の風格を漂わせているが、芸術を学ぶ美如の眼には無邪気な子どもっぽさを帯びているように見えた。

「ここに来て半年あまりね、もう慣れました？」

鴻文はちょっとうなずいたが、なにか言えないことがあるようだった。美如は彼を見てそっけなく言った。

「ここでは私とあなたは部外者なのよね」

鴻文は少しあっけに取られた。美如は、冷蔵庫からビールとコップをふたつ取ってきて、栓を抜いた。鴻文は彼女の動作を見て少し驚き、慌てて口実をつけてアルコールの誘いを断った。

「今夜はまた夜の自習で、あの子たちの省中聯合試験の問題の復習を手伝ってやらねばなりません」

美如は笑った。

「これは心配事を忘れるためにいいわよ。先生は中国学科でしょ?」

美如はビールを飲み干した。鴻文はあまり酒が飲めず、ちょっと唇をうるおしたが、苦い味がして戸惑った。封建的な学校生活では、美如の興味の赴くままの自由な個性は、鴻文には魅力的だった。

美如はコップを挙げて、また一杯飲み干し、そばでラーメンを食べている鴻文をびっくりさせた。彼は思い切って息を止めてビールを飲み干し、男の気概をみせた。美如は彼がもう少しで窒息しそうな困った様子を見て笑った。

「私、次の学期はここにいないわ」

「僕より一年早いんでしょ? まだ三年にならないのに、どうして転勤を申請できるのかな?」

「私、もううんざりなの」

「おお……」

鴻文は羨ましそうな表情になった。

「おめでとう……苦海を抜けだせて……」

美如は彼の眼をじっと見た。ふたりは向かいあっていたが、口にできない息苦しさを感じた。

鴻文はうつむいてラーメンを食べつづけていたが、彼女を慰められる言葉を思いついた。

「僕にもわかります、ここの生徒は教えにくいですよね。何と言ってもあの子たちは僕らと違う、本質的に大きな違いがありますね。お疲れ様でした」

美如は声をあげて笑いだした。

「バカね、ここの子どもは教えやすいわよ。単純で純粋で善良よ。あなたはまったく間違ってるわ、ここは人間関係がやりにくいのよ。中国学科では『官場現形記』〔李宝嘉作。清末官界の腐敗を描いた長編小説〕は読まなかったのかしら？　実際、私はここの子どもたちは大好きよ。皆、音楽と芸術の分野で天分があるわ」

「どんな天分かな？　言葉や文字のレベルが大変低いし、成績に加点せずに推薦したら、省中に入れますか？」

「あなたの考え方って偏見に満ちてるわね。大学で教育理論を学んだのかしら？」

鴻文は美如をちょっと見た。この自分と年齢の変わらない女性は、自分よりしっかりした考えを持っており、ごく短い時間でも彼の子どもの頃からの思想理念にぶつかるのだ。美如の言葉は彼の価値観を揺るがした。

「あなたたち女性に、なにが国家の大事かわかりますか」

美如はまたビールを飲んで言った。

「ショービニズムね」

「主義を論じないでください！　ここは山地管制区で、いたるところで監視されています。私たちの身分は大変敏感なんですよ」

「あなたは文学を学んだのではないのかしら。ここでは人は管理できるわ、でもあなたの思考能力はどうかしら？」

「それはまた別問題だよ。酔っぱらいましたね」

「酔っぱらったわ、あなたたち男の人が望んでいることじゃないの？」

　美如の言葉は、まるで挑発しようとしているようだった。彼は相手にしないことにして、ひたすら陽春麺〔具を入れないラーメン〕を食べ、おかずをつまみながら平然さを装っていた。彼女に余計なことは言いたくなく、「男の人が望んでいる」という言葉を押さえこんでいた。彼は芸術を学ぶ人には、西洋思想から来る自由さがあることに気づいた。話し方は非常に率直で、役人の世界のようにまわりくどくない。

　しばらくの間、ふたりにはなにも話題がなかった。一問一答で終わるささいな話題も見つからなかった。酒が三巡した頃、美如は笑っているのかどうかよくわからない表情で、彼を言葉でからかいはじめた。

「私、見てしまったんだけど、あなたの大学の成績、とってもいいわね」

　美如は彼を見たが、美如の眼には言い表わせない崇拝感があった。

「あんなに勉強して、当然、少しは正義感があるんでしょう」

「正義感って？」

「あの授業をしないバカが、まさか見えないの？　学校が彼をかばったらそれまでだけど、あなたは先生よ。見て見ぬふりをするの？　彼は授業をせず、生徒は先生に授業を求める。あなたは生徒を罰するの手助けしたのよ。こんなやりかたは、教育学で高得点を取ったあなたの専門性にそむくんじゃないの？」

「生徒が先生に逆らうのは間違いですよ。先生を尊重し先生の教えを重んじるというのは基本です」

「あなたの先生はあなたを評価して、子どもの教育に対してこの上ない情熱を持っているって書いていたわ」

美如の言葉は、彼の心の弱みを突き刺した。鴻文はビールを飲み干すと、しばらく黙っていたが、はじめて自分の苦しみを話しだした。

「張先生には、軍の背景があることをご存知でしょうか。校長と彼のことを話したことがあるのですが、校長でさえ彼を動かす勇気がありません。私は一介の教師に過ぎません、どうすることもできません」

鴻文はまたビールを一気に飲み干した。

「それじゃ、前回、あの主任が酒に酔ってあなたたちのクラスの女生徒を犯したことは？」

鴻文は明らかに少し沈みこんだ。美如は鴻文の意気地なさを見て、軽蔑したように言った。

「地方のボスと豚を殺すのよね（仲直りさせる）、そうでしょう？　あなたもそこに行って和解のお酒を飲むのよね。よくやるわね！」

鴻文は美如の鋭い眼つきを見ながら、彼女の辛辣な言葉を否定しなかった。確かに彼は上司に歩調を合わせて、成績を持ちだして親を脅し、和解を取りつけたのだった。ずっと彼は全校で協力度ナンバーワンの半人前教師なのだった。

美如の言葉は、鴻文の心の中の最も醜悪な一面を暴いたが、彼はまだ自分は生徒の期待に背いていないし、少なくとも真面目に授業をしていると考えていた。しかし、教室を出れば、制度によって手足を縛られた操り人形だった。美如に詰問されて、しだいに耐えられなくなり、いらいらと落ち着かなくなってきた。

「あなたは、どうしてあの人たちとぐるになって悪いことをするようになったの?」

「僕は……僕は……ただ世の中の情勢を知ることが得意で」

鴻文の脆弱な心の守りがしだいに崩れていき、そのうえまだビールを注ごうとしているのを見て、美如はさっとそれを取りあげ、ふたりは睨みあった。

「こんな党政軍〔国民党・政府・国民党軍〕の管制区では、僕らは制度の犠牲者なんだ」

「あなたもバカではなさそうね」

美如は鴻文をあざ笑った。鴻文は酔いがまわり、美如への言葉も軽々しくなった。

「僕もあなたがあの人たちと酒のつき合いをしていることを聞いていますよ」

美如は負けずに言い返した。

「あなたもただの臆病者のようね。ハハハ、私とあの口を開けば仁義道徳を唱えている、言行不一致の偽善者たちとのことを聞きたいのかしら?」

鴻文は恥をかかされたように思い、立ちあがってカウンターに金を払いに行ったが、清算はもう美如が済ませていた。鴻文は勝手に金をカウンターに投げだし、店を出た。ふたりは前後して、別々に違う道を通って宿舎に帰った。鴻文は真っ暗な宿舎の玄関の灯りの下で待っていた。彼は先ほどの衝動的な行動を悔やんで美如に謝った。

「すみません、飲み過ぎました……先ほどは失礼しました」

「いいえ」

数分の沈黙の後、美如はお金を鴻文に渡した。

「お互いに貸し借りなしね」

「あなたが言う通りだ。ここでは僕たちは部外者ですね」

ふたりはお互いの眼を見ていたが、この時、欲望がふたりの弱い理性をゆっくりと呑みこんでいった。酔いがまわった勢いで鴻文が美如に抱きつくと、彼女は拒まなかった。燃えあがったふたりは、宿舎の狭い部屋で体に火が着いたように熱くなった。鴻文は焦って飛びかかった。その荒々しい動きは昼間の事務室での偽善的な姿とはまるで別人だった。彼は猛獣のように半年間の山で抑圧されてきた苦悶をほしいままに発散した。

鴻文と美如は、こうして権威主義体制下で毎晩会って激しく求めあい、最も原始的な感情で自分たちの体制への不満を発散させた。

7.

ワタンは顔をそむけ、もう画面を見ようとしなかった。老人は携帯をしまうと、また櫛で髪を梳かしながらワタンに尋ねた。

「自分がタイヤル族であると信じてるかな？」

「何族だろうと、僕は自分たちの国家と政府に忠誠を尽くしますよ。中華民国国民として、当然、自分たちの国家に忠誠を尽くさねばなりません」

老人は笑った。

「国家は、わしらの民族にとっては代名詞にすぎん、タイヤル語には国家という言葉はないんじゃよ。あるのは侵略者だけじゃ」

ワタンは少し腹が立ってきた。革命軍人のプライドから挑戦されるわけにはいかなかった。

ふたりはそれぞれの立場から口論をはじめた。

「別の話を見せてあげよう」

老人は櫛で髪の毛を梳かした後、携帯を取りだしてワタンに見せた。ワタンはこの老人が頭がおかしいように感じ、あまり見たくない様子だった。

老人は彼の忠党愛国ぶりを見て、少しおかしかった。

「どうせわしらには時間がいっぱいあるんだから……ゆっくり話し合うとして、先に動画を見よう」

画面に一組の母子が部落から山を下り、景美軍事監獄〔新北市新店区。現、国家人権博物館白色恐怖景美記念園区〕に父親に会いに行く場面があらわれた。ふたりが遠い山道を歩いて、部落から下山し、街に着いた時はもう暗くなっており、バスターミナルの外で一晩寝るしかなかった。翌日の朝早く、何度もバスを乗り換え、たくさんの人に道を聞いて、やっと警備のものものしい新店の軍事監獄にたどり着いた。

ワタンはここまで見て口を出した。

「止めて、止めて、止めて他のに換えてもらえるかな？　白黒の映像は見ていて楽しくない。映画はありませんか？」

ワタンの言葉は老人をちょっと不機嫌にさせた。

「今、選ぶかね」

ワタンはポケットからしぶしぶタバコを取りだした。

「ただ言ってみただけですよ。こんな悲しい話を見なくてすむかと思って。前半を見ただけで泣けてくるよ、続きを見たら僕はもうおかしくなってしまう」

「だめだ、あんたにはもっと部落の人たちのことを知ってほしいんだ」

ワタンはもうそれ以上意地を張らずに、黙ってそばに座っているしかなかった。画面が少しずつあらわれるにつれて、タバコを吸いながら、横目でじっと黙りこんで見ていた。

画面には母親と息子があらわれた。ふたりは玄関の守衛室で長く待っていた。午後になって、ようやくひとりの人が彼らを連れに来て、迷宮のように鉄門をいくつも通って、ガラスで仕切られた部屋に着いた。幼い男の子はガラス越しに父親を見た。父親の顔は頬がやつれ、窪み、眼は憔悴していた。最初、母親はそばにいる看守（指示に従う）をじっと見ていた。男の子は母親の後ろに隠れるように立ってじっと父親を見ているだけだった。規則によって国語〔中国語〕でしか話ができなかった。母親はあまり国語が話せず、うっかりタイヤル語を口にしてしまい、すぐに看守に制止されて、電話を切られてしまった。

ガラスの向こうの父親も看守に大声で叱責され、まるで小学生が間違いをしたかのように、立たされた。それから、木偶の坊のように面会室を出ていった。男の子と母親も追い出され、母親は帰り道ずっとなにも言わなかった。ワタンには、母親が彼の前で涙を流したくないのだとわかっていた。

8.

当時まだ幼かったワタンは、いまはもう六〇歳を超えていた。父親のカマンが政治犯だという記憶は、ワタンの心の永遠の痛みであり、生涯他人に知られることを深く怖れる苦悩となっていた。だから誰とも父親の過去について一切話すことはなく、自分を神に捧げ、宗教の信仰によって、国家の罪人から救われたいと願っていた。

ある日、ワタンは妻と教会に礼拝に行き、タイヤル中会〔台湾キリスト長老教会の総会のひとつ。苗栗県大湖郷大寮村〕の礼拝堂で、彼を手招きしている白髪の長者〔徳望のある老人〕に会った。ワタンはそれまでこの人に会ったことがなかった。ふたりは肩を並べて坐ったが、ひと言も話さなかった。静かな礼拝堂には、牧師が教えを説く声だけが響いていた。

礼拝の最後に、皆は次々と立ちあがって詩歌を歌い、長者はうつむいて静かにタイヤル語の歌集に眼を落していた。礼拝が終わると、長者は穏やかな口調でワタンに話しかけた。

「ワタン、わしは今日は特にあんたに会いに来たんじゃが、話していいかね？」

ワタンは眼の前のこの人がどうして特に彼に用があるのかわからなかった。長者はすぐに手提げかばんから書類包みを取りだして、落ちついた表情でワタンを見ていたが、ふたりは会釈を交わしただけだった。長者はタイヤル中会の大変声望が高い人権牧師で、生涯、原住民の平等権を勝ち取る運動にたずさわっていた。

礼拝が終わると、長者はワタンと夫人を牧師の休憩室に招いた。ワタンは最初は笑みを浮かべながら遠慮がちに話していた。

「ワタン、あんたに真実を話す時がきたよ」

長者は包みを取りだしてワタンに渡した。包みの差出人は「国家人権博物館籌備処〔準備処〕」だった。ワタンが何だろうと包みを開けると、表紙に『台湾警備総司令部審判庭判決書』と書かれているのが眼に入った。ワタンはサッと顔色を変え、気が動転したが、しばらく考え込んでからこう言った。

「私は政治には興味はありません」

ワタンはすぐに長者を拒否し、彼とは政治に関わることはなにも話したくなかった。

「子どもよ、わしはもう長くない。神がわしにこうすることを望んでおられると思う。わしはあんたにお父さんのことを話してあげたいと思っている」

ワタンは妻を見て、それからそばにいる長者の落ち着いた眼を見た。しかし彼は、長年封印してきた昔のことに触れたくなかった。それで淡々とした口調で言った。

「私は今、静かに暮らしています。私の生活を乱されたくないのです」

「ロカ　タ　コラウ（Lokah ta kawra、公平と正義のために一緒に頑張りましょう）」

ワタンの妻が長者に言った。

「私たちは信仰に支えられています。『聖書』は、私たちに勇気を持って苦難に立ち向かい、すべては天の慈悲深い父にゆだねるように教えています」

長者はうなずいてワタンを見ながら、書類挟みを取りだし、それから『台湾警備総司令部審判庭判決書』を取りだした。判決書を眼にして、ワタンの手は無意識のうちに震えだし、そばにいる妻がワタンの手を握った。彼の記憶は、突然あの恐怖の時代に戻っていった。

ワタンははっきりとあの日のことを覚えていた。何人かの知らない人が彼の家にやってきて、父親に村の公安局の分局の会議に出るようにと言いにきた。その日から、父親はもう帰ってこなかった。あの年、あらゆるものが差し押さえられ、彼も学校の宿舎から追い出されて、辺鄙な山地にある母方の祖母のぼろぼろのトタンの家に身を寄せた。

半年後、母親は、父親が桃園警察局の保安処から青島東路〔台北市〕にある台湾省保安司令部軍法処に移されたことをはじめて知った。もともと父親のカマンは学校の代理校長だったが、あの年、国民政府が台湾に移ってきてから実施した凄惨な清郷行動〔政府が実施した戸口調査で、反政府分子のあぶり出しを目的とした〕の中で、スパイだと密告されたのだ。

突然の判決で、父親は一瞬のうちに反逆者となり、静かに暮らしていたワタンの一家は激しい変化に見舞われた。父親が入獄して半年後、母方の祖母が悲しみのあまり亡くなり、翌年には長兄が嘲笑に耐えきれず農薬を飲んで自殺し、家庭は崩壊した。
長者は気を高ぶらせたワタンの表情を見て彼を慰め、その手を握って、共に祈りを捧げ、神の力によってワタンが本当のタイヤル族になるようにと祈った。
ワタンは父親の手書きの陳述書を読むと、突然泣きくずれた。妻はワタンを抱いて慰めた。

陳述人は逮捕されて後、軍法処の看守所から軍人監獄に移され、差別的な待遇を受けただけでなく、強制労働で長時間、洗濯作業をさせられ、そのため今なお健康は極めてひどい状況にあります。出獄後、生活は極度の困窮に陥り、人生に望みもなく、わずかに余命をつないできました。『戒厳時期不当反乱暨匪諜審判案件補償条例』に基づき、あるべき補償を十分に与えて頂き、過去に着せられた冤罪の苦しみの万分の一でも埋め合わせをして頂きますようお願いします。

ワタンは父親の陳述書を手にしていた。最終的には、父親は「名誉回復」の審査の通過を待たずに、半年後に忽然とこの世を去った。

9.

ワタンの父親の事件は一九六八年七月に起こった。[6] 皆に尊敬されていた高山国民学校の代理校長が、一夜のうちに、「スパイ」や「反乱分子」などの罪名で懲役一二年の刑に処せられたのである。ワタンの家族にとっては、青天の霹靂だった。純朴で閉ざされた山地の部落にスパイがあらわれるなどとは、なんとも想像もできない事件だった。

ニュースは山地の部落を驚かせ、壁に貼りだされた公示やさまざまな集会で、カマン校長のスパイ行為が悪辣な事例として宣伝された。カマンの家族は部落の嫌われ者となり、親族は皆、災いに巻き込まれることを恐れて、次々と縁を切った。

警察はさらに彼の家に来て母親に言った。これからは家族は行き先を説明し、事前に届けなければならない。そう言うと、テーブルに『台湾警備総司令部審判庭判決書』を放りだして、帰っていった。

ワタンは、父親が警備総司令部に拘禁されていた頃の家庭の様子を思い出していた。彼らは貧困とさまざまな差別環境の中で成長した。長兄は高山国民学校で学んでいる時、ちょっとした過ちで、当時の校長に容赦なくげんこつで殴られ、鼻筋を折られた。兄はいつも死にたいと考えていた。「スパイ」の父親がいるために、兄弟たちは皆、自暴自棄になり、アルコールが自分を麻酔させる最良の薬になった。この心理的要因のためだろうか、長兄と次兄は少年時代に、不幸な事故で亡くなった。

当時、家の家計は父親が代理校長をして得た薄給に支えられていたが、父親が拘禁されてからは、一家は特殊な身分となり、母親を雇おうとするものは誰もなかった。家計はいっそう逼迫し、生活は困窮した、幼い子どもたちは三食食べられなくなり、山の水を飲んで飢えをしのぐしかなかった。

ワタンの父親は一二年服役した後、刑期満了となって部落に帰ったが、家庭が崩壊した悲しみに向き合わねばならなかった。彼は教育局に手紙を書き、よく知っている教育の仕事に戻れないかどうか尋ねたが、教育局からは教師の資格はすでに抹消され、永久に採用されないという無情な返事が返ってきた。これは彼にとって晴天の霹靂だった。

父親カマンは気を取りなおして、毅然と家のために働こうとしたが、派出所の警官が三日にあげず家に来て、一日の行動を調べあげていった。山の下の漢人の社長が臨時工の求人にきても、彼が反乱罪の罪人だったと知ると、驚いて逃げ帰った。そのうち、ワタンの父親は、部落では疫病神のようになり、誰も恐れて近づかなくなった。父親は家を一歩も出ず、終日、戸口に座ってぼんやりと山を眺めているしかなかった。彼の体は、牢獄にいる時に拷問を受けて、さらに過度の労働を強いられたせいで後遺症に苦しみ、原因不明の様々な痛みに襲われていた。

部落で長く蟄居生活を送った後、カマンは悪運はもう過ぎ去ったと思い、勇気を出して積極的に部落の村長選挙に出て、自分の畢生の才能で族人に貢献しようと思った。しかし、白色テロの暗い影響で、カマンの特殊な背景はすぐに他の立候補者から疑われた。反乱罪を犯した者がどうして公務員になれるんだと言われ、妻もまた「共産党徒の妻」と嘲笑された。

部落には、「気をつけろ、スパイがお前の身近にいるぞ」という囁きが広がっていた。志ある人間が故意に辱しめられる状況で、カマンの妻はその恥辱に耐えきれず、投票の前夜、農薬を飲んで自殺した。カマンは、壁の角にもたれて冷たくなった妻を見ながら、手でそっと妻の頬を撫でた。人生で二度目の大きな挫折だった。突然の事態に、カマンは、絶望して家の門口に座りこんだ。もう巨大な国家体制に立ち向かう力はなく、それ以降二度と世の中のことに口を出すことはなかった。年老いて病気がちの彼は、部落のみすぼらしい小さな家に引きこもった。

ワタンは父親の憔悴した姿を見ていると、何とも言えない悲しみに襲われ、その後はずっと遠く離れて辛い思いで都会に出て働いた。

ワタンは何度も自問した。なぜ、国は自分の父親にあのようなことをしたのか？　長者が真相を書いた手書きの原稿を彼に渡してくれた時、父親が書いた次の一節を見た。

あの頃、山地の知識人は、誰もが日本統治時代の皇民化運動による言語や文化の絶滅について憂慮していた。そして光復後は山地の経済が崩壊して、周りの同胞たちは皆安心して生活できない状況にあった。

ワタンはやっと、父親がひどい環境（日本から中華民国に変わったこと）で、心が矛盾と葛藤でいっぱいになっていたことがよく理解できた。とりわけ国民政府の接収後、あの時期に新政権が行なった逸脱した行為が、次々に眼に浮かんだ。父は理解できず憤りのあまり、晩年は酒を飲んで酔うといつも、激しく人にからむように語った。

国民政府の軍隊って、まったく地方の悪辣なボスじゃないか。接収にやってきた役人は土匪ばっかりで、公共機関の物を自分のものにし、医療所の薬品は平地に売っぱらい、そのせいで山地の部落の族人には病気を治す薬が残っていないんだ。山地全体の部落がまるで根こそぎ略奪されているような有様だ。タイヤル族として、自分の運命を決める力がなく、部落には当時、恐慌や不満などさまざまな矛盾した気持ちが蔓延していた。こうして族人は選択できないまま、日本人から中国人に変わっちまったんだ。

ワタンは、長者が父親のために整理してくれた手書きの原稿を一頁一頁めくっていたが、あの年、国民政府が山に来てからの父親の心の屈折や憤りや不満、さらに最後の判決に対しても絶望し、まったく理解できなかった様子が見えるようだった。

ワタンは、父親が生前、山を下りるたびに、いつも林老先生と話をしていたこと、さらに林老先生は若い頃民族運動に参加した英雄だったことを知った。父親はその後、林老先生の「蓬萊民族自救闘争青年同盟」に関わったとして、ふたりは前後して特務機関に逮捕され刑罰を受けることになった。ワタンは、民族が「自分の運命を支配できない」タイヤル族に変わってしまったやり切れなさを感じた。特に日本の皇民化の国語家庭から、中華民国政府の横暴な接収まではそうだった。

静かな夜更け、ワタンは長者が整理した資料をひとり読みつづけた。事件発生の一部始終が詳しく書かれており、林老先生が担った重要な役割も述べられていた。

林老先生は、角板山のタイヤル族で、一九三〇年に生まれ、一九四九年に建国中学〔前身は台北第一中学校。現、建国高級中学〕で学んだ。この時期に、台北師範学校〔前身は台北高等学校。現、国立台湾師範大学〕の趙さん（サイシャット族）や高さん（タイヤル族）と、「蓬莱民族自救闘争青年同盟」を結成して、山地経済を発展させ、原住民文化などを保護し、「自覚」、「自治」、「自衛」を具体的に実践しようと、当時の原住民知識青年の団結と自力復興を訴えた。

ワタンの父親は、その年、特務によって無実の罪を着せられた。林老先生の「蓬莱民族自救闘争青年同盟」を匪賊組織の符号と見て、当時の山地のエリートたちを粛清したのだ。

ワタンは分厚い資料の山を読んで、以前は恥ずかしく思ったスパイの父親は、実際は台中師範学校を卒業した後、不穏な時代に直面した、自立した思想を持った知識人だったのだと知った。ワタンは苦しい気持ちで跪き、あの頃父親を仇のように恨んだ罪を許してくれるように神に祈った。

ワタンは、父親は一方で台湾を接収した新政権の体制に従いながら、その一方で当時の知識人（多くは師範学校の学生）と議論しながら解決の道を追求し、集会では自分の意見を述べていたのだと思った。当時、タイヤル族の知識人は、山地全体の時局についてはやはり憂慮しており、林老先生が呼びかけた「族群前途自決論」でしだいに雰囲気が醸成されると、こうしたタイヤル族のエリートたちは、新政府は理性的にタイヤル族に対応するだろうと考えたのかもしれない。しかし、実際は形勢を見誤っており、このような議論は当時の政権から受け入れられず、後の悲劇の発生をもたらしたのである。

今日から見ると、ワタンの父親は理想を抱いたインテリ青年だった。長者は資料の余白に赤字でこのように書いている。「あの頃、自分の族群の未来の運命の困難さが苦境にあると感じた時、当時の劣悪な環境のもとで（族群アイデンティティの上で）、タイヤル族の知識人は、次々と族群の前途自決の思想を中心に反省して、まず自覚し、その上で族群の未来を決定した」と。

ワタンは資料にびっしり書かれた注記を見ながら、長者の推論にも道理があると思った。

林老先生が設立した「蓬莱民族自救闘争青年同盟」は、族群を宣揚して自力復興させようとする組織だが、長者は林老先生を訪問した際にも当時の様子について話し、次のように書いている。「私は知識を後ろ盾とし、文筆を道具として、政府に建設的な山地政策の方針を提供し、理性的で平和な手段で意思疎通することを望んでいた……自救闘争青年同盟は、最初から最後まで学生運動の段階に止まっていた」

ワタンは突然、当時父親は、単純にただ民族自決だけを考えていて、判決書に書かれているような「匪〔ここでは共産党を指す蔑称。以下同〕」のために宣伝し、匪軍の台湾攻撃を待って、政府を転覆し、共産国家を建てる」などといった不合理な言葉は言わなかったのだと思った。それに比べると、白色テロの初期の犠牲者のタイヤル族のエリート林医師（林老先生の叔父。〔ロシン・ワタン〕）は、その強烈な民族意識にはいっそう悲壮なものがあり、最後には馬場町で命を落としたのだ。

長者は、名誉回復のための書類にタイヤル語でオットフ　シェマプン（Utux smpun）「真理の裁判」と書き、さらに細かく不公平な裁判に整理を加えていた。

10. ワタンの父親の自白。

一九六八年七月九日、私は理由が知らされないまま、桃園県警察局保安処にだまされて（会議を理由に）、大溪分局に来たが、分局に着くやそのまま逮捕され、その日の内に、台北保密局に送られて取り調べを受けた……その間、厳しい拷問にかけられ、一九五〇年七月、台中師範学校に在学中に「台湾蓬莱民族自救闘争青年同盟」に参加し、一九五四年七月に「山防隊」の組織に呼応し、一九五〇年七月と一九五二年七月には、該校の学生食堂で会議に参加したとして告発された……以上の告発は、いずれも無実の罪であり、私は上記の告発事項を断固として否認致します。

ワタンも口述にある「台湾蓬莱民族自救闘争青年同盟」と、警備総部の判決書に書かれた「蓬莱民族自救闘争青年同盟」ではいささか違いがあることに気づき、台湾という二字が多いことから、いろいろ考えてみた。長者は、警備総部の言うこの組織の名前は、軍事検察官ですらよく知らない名前かもしれず、でっちあげられた罪名だと見ていた。

父親が台中師範学校で加入したのは、復興郷の同窓生を中心とする「大新竹同郷会」であり、しかも卒業後に発令を受けて着任して、学校で忠誠度審査が行われた時に、自発的に学生時代に「大新竹同郷会」に入っていたことを説明し、桃園県警察局保安処にも報告している、とワタンは思った。彼は新たな疑問を抱いた。「大新竹同郷会」は、「蓬莱民族自救闘争青年同盟」の隠れみのだったのだろうか。

後にわかったことは、父親は若い時にその組織を創設した林昭明[8]〔前出、林老先生〕と、よく知った仲だったことだ。ところが、軍事検察官は、父親のカマンが台中師範学校で学んでいる時に加入した「大新竹同郷会」は、「蓬莱民族自救闘争青年同盟」の匿名の名称で、主な目的は匪のために宣伝工作を行なうことだったと捏造したのである。

ただし父親の話では、「大新竹同郷会」は純粋に師範学校在学中に、同じく復興郷のタイヤル族の同級生たちがつくった親睦会だった。学生時代の経験を話し合ったり、互いに励まし合ったりして、先輩、後輩の関係を深めるための親睦会だったのだ。後に卒業して赴任してからも、この名称で集まったり親しく連絡を取っていた。

父親は憤って言ったことがあった。自分が判決理由について答弁した時、「大新竹同郷会」について反論したが、最後に軍法官に「被告は大新竹同郷会の名義で集会を開き、山地の言語、文化、土地、および経済問題について語り合い、広く関心を寄せていたと述べているが、実際は狡猾で責任逃れの言辞で、この自白は信用できない」と退けられてしまったと。

判決文の事実認定では、カマンをリーダーとする「大新竹同郷会」の目的は、組織を発展させ、匪のための宣伝工作に従事することだったが、同件の被告の台中師範の同窓の葉君が拷問を受けたのち、カマンをリーダーとして捏造されたものである（葉君は、新竹県尖石郷のタイヤル族で、拘束された時は欣楽国民学校の六級教員〔主任クラス〕だった）。

長者は大変不合理だと考えていた。当初、父親のカマンが桃園県の警察局保安処に、学生の頃に「大新竹同郷会」に入っていたと報告した時、桃園県警察局保安処はどうして問題にしなかったのだろう。すぐに尋問し、拘引し、逮捕することはしなかった。明らかに保安処は、当時、「大新竹同郷会」を単なる番族〔原住民族の蔑称〕学生の親睦組織だと考えていたのだ。

調査後、カマンが逮捕されると、桃園県警察局保安処の調査によって、「大新竹同郷会」は全員が復興郷籍の同級生で、その中には尖石郷の出身者はいないことがわかった。さらに証拠として同級生全員の集合写真が押収された（後、軍法官はこの写真があることを否定した）。

長者は、明らかにその年の入学で、「大新竹同郷会」に参加していない尖石郷の葉君が拷問によって自白を強要され、それで彼がカマンと連帯して、匪のために組織を発展させ、匪のために宣伝工作に従事したと偽りの証言をした可能性がある、と推論している。

「戒厳時期不当反乱暨匪諜審判案件申請補償審査」で認められた葉君の補償理由によって、最初の判決書には確かに矛盾するところがあることが証明されている。審理の主な理由は、次の通りである。

判決の事実理由から見れば、第一審では葉君が「蓬莱民族自救闘争青年同盟」の反乱組織に参加した証拠資料を認めているが、わずかに葉君の取り調べでの供述や同件、別件の被告の証言によるのみで、その他の具体的な証拠資料がなく、明らかに証拠不十分である。葉君は審理の際に、上記の反乱組織に加入したことはなく、またいかなる集会にも参加したことがないと抗弁しており、そのため葉君が反乱組織に参加したことがあることを証明することができない。補償に相当する。

だからワタンは、父親は何の証拠もない中で、同級生の葉君が拷問されて喋った不利な証言と、さらにはふたりが「蓬莱民族自救闘争青年同盟」に加入していることから、おそらく軍法処も何の証拠もないまま、張の帽子を李にかぶせる式にいい加減に罪をなすりつけて無実の罪に陥れたのだと思った。

ワタンはまた、「蓬莱民族自救闘争青年同盟」を設立した林老先生が、率直に当時の様子（建国中学で学んでいた頃）を振り返って、自救同盟を組織したのは、自分たちの力で民族を救うことを望んだからで、いかなる外部の人間や団体の援助（台湾における共産党の組織を指している）も受けていないと語っているのを見つけた。

一九五二年、林老先生は学生時代に逮捕され、カマンは一九六八年、代理校長の時に逮捕された。ふたりが逮捕された時間には一六年の開きがあるが、ワタンは父親は林老先生の「蓬莱民族自救闘争青年同盟」の巻き添えになったものと推論している。

さらに、判決文では、父親が「蓬莱民族自救闘争青年同盟」に加入した時間に言及しているが、それもつじつまが合わない。

一九五〇年七月、台中師範学校の学生であった時期に、林匪〔林昭明〕が主宰する「蓬萊民族自救闘争青年同盟」に加入したが、林は次のように意見を述べている。今の政府は腐敗して無能であり、われら山地青年は団結して立ちあがり、共産党に呼応して、共産国家を組織しなければならない。同月同地点で再び林匪（復興郷タイヤル人、台北師範生）が会議を主催し……一九五二年二月にまた該校の教室で集会を行い、廖匪（復興郷タイヤル人、台中師範生）が、互いに団結して随時連絡を取り、政府への反抗を準備するよう指示した。

ワタンはこの文書から、その当時、学校との往復に要する時間について正確でないと長者が推論しているのを知った。「七月と二月は学校の夏休みと冬休み期間で、復興郷の後山（三光、高義、巴陵）と台中師範学校の距離は天と地ほど遠く離れており、当時の交通事情では往復三日はかかる。まして六月、七月は部落の農繁期である。タイヤル族の師範学生が、ただ一回の『政府を転覆する』会議のために、復興郷の後山からはるばる台中に戻り、しかも会議の開催場所に人が行き来する食堂や教室を選んでいる」からである。

資料の中で、カマンも自己弁護する際に、次のように述べている。

判決書で、私がそれぞれ「台湾蓬萊民族自救闘争青年同盟」に参加したとされている時間は、私の記憶では台中師範で学んでいた時期であり、冬休みや夏休みに学校にいることはまったく不可能でした。当時、起訴された理由は事実ではなく、しかも証拠に欠けています。

ワタンはでたらめな証拠資料を読みながら考えていた。あの頃の台中師範生（全員復興郷籍）は、冬休みや夏休みには、故郷の神秘的な山林で自分の理想について大いに議論をしていただろう。どうしてまた三日も時間をかけてはるばる学校に戻り、さらには人の行き来する食堂や教室で反動的な思想や言論を宣伝するだろうか。このような行為は人に怪しまれるだけではないか。一歩退いて考えると、当時の軍事検察官は、どのように推論して、父親が冬休みや夏休みを利用して、学校の食堂や教室で会合を持ったと証明したのだろうか。それならこう聞きたくなる。あの頃の学校で宿直に当たっていた先生や守衛は名ばかりの存在で、学生が校内で非合法の集会を開くことを放任していたというのだろうか。

こうして見ると、当時の軍事検察官は取り調べをおろそかにし、根も葉もない噂話に頼っていたことがわかる（本件は、桃園県警察局が外部からの通報により摘発）。当時の白色テロの雰囲気の中で、桃園県の警察は外部からの通報により摘発する方式で事件を処理していた（検挙して拷問にかけ供述を取る）。これでは広い世界でどんなことが起こっても不思議ではない。

ワタンは、長者が「山防隊」の組織について疑問を出しているのを眼にした。（『台湾警備総司令部審判庭判決書』の起訴理由部分によれば、「山防隊」は山地青年を組織し、共匪が台湾を攻撃してきた時に、蕃刀、弓矢、手製の猟銃で山地警察の派出所を攻撃し、山地全体を占拠して反乱を起し、共匪に呼応する任務を負っていた……。）

『軍事法廷判決書』の告発には、「山防隊」はまるで山地に潜伏し、内外に呼応して、政府を転覆させようとする武装ゲリラ部隊のように書かれているのだ。言い換えれば、桃園県警察局保安処は、カマンとその仲間が北部タイヤル族版の二回目の霧社事件〔一九三〇年一〇月二七日、現在の南投県仁愛郷で発生〕を起そうと準備していると予見していたことになる。

その中の判決書の理由部分に、ワタンは父親は「山防隊」に加入後、匪のため宣伝活動を行ったと、軍検が告発しているのを発見したが、その内容は常軌を逸していた。

一九五四年九月と一九五五年に、被告カマンは、二度にわたって高山国民学校国語文民教班の授業を利用して、張氏や廖氏等七、八〇人の前で、政府は汚職ばかりで無能、共匪は武力が強大となっている、我々は組織を立ちあげて政府に反抗し、共産党に呼応して、共産国家を組織しなければならない、というスローガンを発表した。

これもまた桃園県警察局の摘発によって検挙されたが、ただ時間について見れば、二回の国語文の授業はそれぞれ一九五四年と一九五五年に行なわれている。父親は一九六八年になって桃園県警察局に逮捕され、保密処に移送されて尋問を受けている。この間一三年もの時間の隔りがある。しかも当時の山地管制区の監視は大変厳格で、もし七、八〇人もいる場で共産主義云々と宣揚すれば、その場で誰かに告発されるに違いない。このような反動的な言論が、どうしてこんなに長く放置されてから、ようやく桃園県警察局保安処に摘発され、警備総部の軍事検察官に報告されたのであろうか。

一般人の常識的な考えから見ると、教師であった父親にこのように大げさに共産党のために宣伝する必要があったのだろうか。あの頃の時代背景では、学校の人二室（学校の政治を偵察防衛する責任を負う特務担当者）の前で、敢えて政府は汚職ばかりで無能だ、共産党は武力が強大だ、我々は組織を立ちあげて政府に反抗し、共産党国家を組織しなければならない、などと言う人がいるだろうか。だから、父親は故意にやった、それともあふれんばかりの熱意に燃えていたとでも言うのだろうか？

判決書の告発によれば、父親は続けて二度、活動を行っているが、どうしてその時すぐに密告する人はいなかったのだろうか。この事件は一三年も経ってから、はじめて桃園県警察局に察知され、さらに告発する人があらわれたのだ。ワタンはこう尋ねずにはいられなかった。この時間と場所を利用して、おおっぴらに匪のために宣伝するような愚か者がいるだろうか？ もし父親が本当に教室で（匪のために宣伝を）行ったとしたら、偽装の演技が大変うまかったか、誰も熱心に話を聞いていなかったのだ。

それにしても最も奇妙なのは、判決書の指摘によると、父親は一方では学校での集会の活動を利用して反動的な宣伝を行いながら、その一方では教員、教務主任、後には国民学校の校長代理（一九五四年から一九六八年まで）に昇格していることだと、ワタンは気がついた。大胆に両方やってのける能力に、不思議なものを感じた。しかも当時の父親に対するワタンの理解では、このような表と裏のある性格と、朴訥で真面目な父親とは、実際のところ一致しない。

ワタンが仔細に判決書を検討したところ、事実は桃園県警察局が父親のカマンの罪状を補強するために、当時活動に加わっていた人を探しだしてきて、一三年前に行なった活動は匪のための宣伝であったとして検挙したのであった。ずいぶん昔の出来事なので、被告の記憶は曖昧で、小細工の余地が非常に大きかったのだ。

この他、仰々しく「以上述べたところにより、被告が弁明したこと、およびその弁明の意図は等しく採用するに足らず」と書き、警備総司令部軍法処軍法官の「有罪」の推論をひけらかしている。

当時の起訴から裁判所での審理まですべて形式に流れ、法廷の軍法官も関係者に事実を問いただして調べることもなく、また被告にとって有利な証拠（軍法官は被告の言い逃れの言葉と考えている）を採用することもなく、単に検察側の言い分だけで罪を決定したのは明らかである。起訴理由はいい加減で常軌を逸しており、あきれてものが言えないほどだった。このような判決書は、前後に矛盾があるだけでなく、事実とも相反していた。

長くこの事件に関心を抱いてきた長者は、ワタンにこう言った。

「わしは幼い頃からあんたのお父さんを知っているよ。お父さんは真面目で、まっすぐな、飾り気のない寡黙なタイヤル族の小学校の先生だった。お父さんはわしに言ったんだよ、私にはどうしても考えられないんだってね。あの頃、警備総部の検察官は私に『台湾蓬萊民族自救闘争青年同盟』と『山防隊』の組織に参加したことを認めろと強要してきて、我々が大陸の共産党の軍隊と手を組んで国民政府をひっくり返そうとしたと言ったんだ。さらにとんでもないのは、私は銃を持つことさえできないのに、なんと私は『山防隊』のゲリラ隊の隊長だったと言うのだ。これは私を罪に陥れる手段だったんだとね」
ワタンの頭の中は疑問でいっぱいになった。もし父親が本当に「山防隊」を組織したのなら、「山防隊」はどうしてできたのか？「山防隊」の任務は何だったのだろうか？　判決書の中には、とんでもない回答が記されていた。

一九五四年七月、邱匪はその岳父――すでに反乱罪で銃殺された高匪（大渓警察局巡査長）の復讐のために、「山防隊」を組織し、山地同胞に呼びかけ、共匪が台湾を攻撃した時に、共匪に呼応して共産党国家を建設することを企図した……九月、邱匪はメンバー（台中師範学校の同窓生）に呼びかけて集会を開き、同時にそれぞれを担当地域に派遣した。カマンは高山地区の責任者となり、邱匪らが組織を後山から前山へと発展させることを提案した。邱匪らは一致してカマンをリーダーとして派遣することに同意した。

ワタンは思った。軍検の認定によれば、「山防隊」は教師たちによって指導された反乱組織とされている。しかし考えられないのは、もし判決書が告発するような理由ならば、彼らは組織を発展させねばならず、そのためには、緊密に連絡を取るのが当たりまえだ。どうして一三年も何の動きもなかったのか。その間ワタンの父親は、ひたすら昇級を目指して正式の校長になるための準備をしていたのだ。

判決書に列記された時間に照らして見ると、「山防隊」は一九五四年七月に成立し、ワタンの父親は同年の九月に加入、一九五五年には父親は二度、高山国民学校の国語文民教班の授業を利用して理念を宣伝した。一九六八年になって保安処に逮捕されている。成立一三年後（その間、集会や活動はなく、判決書にも記載がない）の一九六八年になって保安処に逮捕されている。この事件での被告は五人だけで、名簿や武器、弾薬などは押収されていない（いずれも五人の供述で相互確認している）。

ワタンはこのような「静止した」ままの組織は、今日のマルチ商法の手法から見れば、もの笑いの種になるだろうと思った。判決書の告発は、あまりにも牽強付会で、父親をリーダーとする「山防隊」は、タイヤル族部落のウットフ　プハバン（qutux phban、攻守同盟）、つまり族群が協力し合う作戦モデルにも合致しないのだ。

霧社事件を例に取ると、タイヤル族のウットフ　プハバンは、各部落が利害関係によって近隣の各部落とつくる連合組織で、主に敵の部落や異族に敵対して結ばれた攻守同盟である。これらの攻守同盟が外族の侵略に同時に遭遇した時には、さらに大きなウットフ　レリュン（qutux llyung、ある流域の攻守同盟）を組織する。

早い時期に大嵙崁流域に居住したタイヤル族は、ムクゴガン（mkgogan）群とマスブトュヌ（msbtunux）群を自称している。この二大氏群は大嵙崁流域に居住していることから、大嵙崁族群と総称される。樟脳の開発が清朝時代から日本統治時代にかけて行われ、この地域は常に侵略の対象となってきたことから、マスブトュヌとムクゴガンの各部落はそれぞれ別々にウットフ　プハバンを組織した。

一八八六年から一八九二年にかけて（光緒一二年から一八年）、大嵙崁流域では毎年戦いがあり、マスブトゥヌ群とムクゴガン群（前山、後山の二大族群）は行動を共にして、勇敢に大砲や鉄砲などの科学兵器を擁した清朝の正規軍に何度も抵抗した。

ワタンは推論する。父親をリーダーとする五人のゲリラ隊の「山防隊」は、族群全体の性格の脈絡から、当時の国民政府を転覆することが可能だっただろうか？　軍検はタイヤル族のウットフプハバンもわからずに、ただゲリラ隊の概念だけで判決したのだ。

事実、一九四九年に国民政府は山地を接収した後、大規模な山地清郷行動を進めたが、当時の殺伐たる背景の中で、タイヤル族の族群主義が濃厚な邱氏や父親らのインテリ青年達（台中師範学校の同窓生）は族群の未来について討論したに違いない。一九五四年から一九六八年までは何の活動も行なわれず、メンバーの増員もなく、組織の規定（委員や書記）もなく、ただ桃園県警察局保安処に逮捕された五人（判決書によれば、最初は邱の家で会合を持ち、そこに台中師範の同級生らが引き込まれた）がいただけだった。

この五人の中で、父親は「山防隊」の事件で最も重い一二年の刑を受けたが、それは父親が建国中学を卒業した林老先生の「蓬莱民族自救闘争青年同盟」と地縁関係があったからである。さらに、山地ゲリラ隊の基本要件は、先ず組織を発展させ、さらに人員、武器、弾薬の供給をはかることである。明らかに、当時、父親らタイヤル族のインテリ青年達が話し合っていた「山防隊」を告発したのは、罪名をでっちあげる口実にすぎなかったのである。

「雑談」が、なんと白色テロの時代には刑罰を受ける理由になったのだ。明らかに、当時の軍事検察官や軍法官は、原住民の問題に向き合った時、インテリ青年が自覚的な主体性を獲得しようとしたことを頭から無視し、タイヤル族の生存や文化を守ろうとする彼らの基本的な立場をねじ曲げたのである。

ワタンはタイヤル語のバライ（balay）「真相」とスバライ（sbalay）「和解」について考えていた。彼はただ真相と和解を得たいと思い、何度も判決書を手に取って、長者と深く語り合った。

> 桃警局〔桃園市警察局〕は、被告のカマン、邱君、曽君、葉君、高君らの反乱事件の期間を捜査して処理し、決して拷問にかけて自白を強要したり、誘導したり、疲労させて尋問したりはせず、正当に調査を行った。該局（58）安仁（調）三字の0245号代電附巻[9]によって調べることができる……被告カマンはすでに犯罪を認めているが、それは自由意志に出たもので、いっそう信ずるに足るものであり……自ずと罪を問う基礎となる。

ワタンはいつもこれは一体どんな時代なんだろうかと考えた。人は良心に背いてこのように書けるのだろうか。

> 被告カマンはすでに犯罪を認めているが、それは自由意志に出たもので、いっそう信じるに足るものであり……自ずと罪を問う基礎となる。

当時の司法は、独裁者が人権を迫害する道具となり、さらには、原住民エリートが自由意思で族群の未来を考えることを許さなかった。原住民自決を追求する主張を行えば、残酷で粗暴な拷問によって自供を迫られ、「反乱」の名で束縛されて、戒厳令時代の独裁者とその共犯者の犠牲者になったのである。

ワタンはまた国民小学校を卒業した時に、母親と軍事監獄に父親に会いに行った場面を思い出し、思わず声をあげて泣いた。家では父親から面会できるという手紙をもらい、はじめて父親に会うために多くの人に道を尋ねながら、二日かけてやっと台北の新店にある軍事監獄にたどり着いたのだった。

ワタンはうつむいて手にしたでたらめな判決書を見ながら、心に悲しみがこみ上げてきた。父親の一生を振りかえると、長い冤罪の生涯に耐えたが、その間、国家の茶番劇のために一家は崩壊し、家族を養う重責はすべて母親ひとりが担っていた。

ワタンは長者の追悼文に、次のように書かれていたのをまだ覚えている。

山で一日忙しく働き、疲れた体を引きずって山を下りました。途中、北部横貫公路の格偉蘭〔タイヤル語、漢名は高義里〕部落を通りましたが、そこで白色テロの犠牲者カマン先生が数日前に危篤となり、不幸にも亡くなられたことを聞き、大変驚きました。

沈んだ気持ちで霊安室に入りご挨拶致しました。その後先生の三番目のご子息が客間に案内して下さり、そこで分厚い公文書の袋（封筒には大きな「総統府」の三文字が印刷されていました）から二幅の輓聯〔追悼用の対聯〕を取りだされました。眼の前には、副総統の「徳範足式」と中国国民党省党部主任委員の「高風安仰」〔いずれも声望の高かった人物に弔意を表す時に使う用語〕があらわれました。

タイヤル語には「スピヤン（spiyang）」という言葉があります。故意に大げさにする、虚偽、わざとなどの意味です。私は善良なる大兄にお伝え致します。国民党は「スピヤン」にも二幅の輓聯を届けてきました〔国民党が故意に大げさにして、あの時の加害者としての残虐さを打ち消すことを隠喩している〕。

尊敬する先生、私たちタイヤル族の後輩はこれからも強く生きていきます。どうぞ安らかにお眠りください。

ワタンは窓の外の霧雨が薄暗い山谷に消えていくのを見ていた。あたりは静まりかえり、長者が彼に語った言葉がずっと渦巻いていた。

「たとえ、私達がようやく少しの名前や行為を知ったとしても、たとえ、私達がようやく真相を少しばかりつかんだとしても、私達が知った遅すぎる正義は、それはもはや正義ではないのです」

11.

携帯の画面がゆっくりと暗くなった。

老人は櫛を取りだして頭の髪を梳いている。古くてぼろぼろの洋服を着ているが、外見を大変重んじるように見えるこの人について、飛行士のワタンも少しずつその全体像がわかってきたが、国家はなんとこんなことを行なったのだ。眼の前のこの老人は、かつてタイヤル族の伝統領域のために尽力したのだ。

飛行士のワタンは、尊敬をこめて尋ねた。

「あなたは、動画の、馬場町で銃殺されたあのワタンさんですね？　私にはわかりました」

「あんたは本当に賢い子じゃね」

ワタンは、うやうやしく老人の杯に酒をなみなみと注いだ。

「これが私たちタイヤル族の宿命なんでしょうか？」

「もともと、タイヤル族には自らの生命観があるのじゃ。ところが現状は、わしらの民族の生命は他人の手に握られておるのじゃ。あんたの命が強い嵐と機能しなくなった機械に左右されたようにな。立派だったね！　あんたは飛行機を安全に着陸させようと試みた。あんたと猟人のワタンは、同じようにこの土地のために努力したんだよ」

飛行士のワタンは、中華民国の国旗の腕章を剝ぎとり、手に取ってしげしげと見た。老人もポケットからきちんと折りたたんだ小さなハンカチを取りだした。広げると、なんと日本国の国旗だった。ふたりは顔を見合わせて笑った。

「ワタン、あんたにわしらの『鎮魂歌』を歌ってあげよう……」

老人は立ちあがり、咳払いすると、タイヤル語の歌をものさびしい声で歌いはじめた。

わが愛する子どもたちよ、わしはお前たちの祖先だ、山河大地の霊になって森のどこにもいる。夜には暗闇の中からわしの声が聞こえてくるかもしれない。だが、子どもたちよ、恐れることはない。これはわしがお前たちに会いに来て、お前たちに小さな声で昔のことを語り、祖先はずっとお前たちのそばにいて見守っていると告げているのだ。

【訳注】

〔1〕いくつかの説があるが、孫大川によると、高砂義勇隊は一九四二年三月から一九四四年一月まで計八回実施され、約四千二百人が派遣されている。「譲渡を迫られた身体——高砂義勇隊に反映された意識構造」（孫大川著・下村作次郎訳『台湾エスニックマイノリティ文学論 山と海の文学世界』草風館、二〇一二年一二月収録）参照。

（参考文献）林えいだい編『台湾第五回高砂義勇隊 名簿・軍事貯金・日本人証言』文栄出版、一九九四年一二月、林えいだい編著『証言台湾高砂義勇隊』草風館、一九九八年五月、菊池一隆『日本軍ゲリラ 台湾高砂義勇隊 台湾原住民の太平洋戦争』平凡社、二〇一八年七月

〔2〕「開山撫番」は、一八七四年五月にはじまった日本の台湾出兵（牡丹社事件）に危機感を抱いた清朝政府の欽差大臣沈葆楨が、その年の一二月に日本が撤退した後、「台湾後山請開禁」を奏上した政策で、翌年より実施されて、台湾の山地開発がはじまる。「台湾後山請開禁」とは、台湾統治以来「化外の地（中華文明の及ばないところ）」として統治してこなかった原住民族居住地開拓の解禁を願うことである。

〔3〕楊南郡著『幻の人類学者 森丑之助 台湾原住民の研究に捧げた生涯』（風響社、二〇〇五年七月）収録

の「森丑之助年譜」には次のようにある。

「一八九六年（明治二九年）満一九歳　一月　初めて台湾原住民居住地（「番地」）の大嵙崁に入り、タイヤルと接する。」

〔4〕この陳情書は、ロシン・ワタン（林瑞昌）が、中華民国三六（一九四七）年六月七日の日付で、中華民国政府に提出したものである。日本文は林茂成ほか編『桃園老照片故事2　泰雅先知――楽信・瓦旦故事集』（桃園縣政府文化局、二〇〇五年四月収録）から引用した。

〔5〕六名の被告とは、林瑞昌を含む、高一生（ツォウ族）、湯守仁（ツォウ族）、汪清山（ツォウ族）、方義仲（嘉義人）、高澤照（タイヤル族）の六人である。一九五四年四月一七日に処刑された。

〔6〕ワタンの父親の事件は、一九六八年七月一八日に逮捕された李義平がモデルとなっている。李義平は一九三二年桃園に生まれ、一九九九年に亡くなった。逮捕当時、桃園県高義国民学校一級教導主任（日本の教頭クラス）の任にあった。『懲治反乱条例』の第二条第一項「非合法の方法で政府転覆を意図し実行する」の判決を受けた。一九七六年七月一七日釈放。国家人権博物館「国家人権記憶庫」参照。

〔7〕莒にあるを忘れることなかれ。蒋介石の言葉。
訳者【解説】注（2）参照。

〔8〕一九三〇年、桃園県復興郷（現、桃園市復興区）角板山に生まれ、二〇一九年に亡くなった。一九五二年九月六日、桃園警察局に逮捕され、さらに一九五四年四月に、「台湾蓬莱民族自救闘争青年同盟林昭明等案」で、高建勝、趙巨徳らと共に再逮捕され一五年の刑に処せられる。国家人権博物館「国家人権記憶庫」参照。なお、林昭明に「白色テロ」などについてインタビューを行った研究に、菊池一隆

著『台湾原住民オーラルヒストリー　北部タイヤル族和夫さんと日本人緑さん』（集広舎、二〇一七年九月）がある。

〔9〕公文書番号を示す。「局（58）」は「調査局、民国五八年」、すなわち一九六九年を表わす。「安仁（調）」は事件の名称、「0245号」は作業番号、「代電附巻」は電報の写しである。

【作品の理解のために】
死者のまなざし

孫　大川
（パァラバン・ダナパン）

なにが「本当の人」かと問うのは、なにが本当のタイヤル（Tayal）かを問うことにほかならない。これはただトマス個人の問題ではなく、現代の原住民の魂の深層に関わる問いである。

読者の前にあらわれたこの新作は、トマスが自己の成長の経験と部落〔台湾原住民族の集落〕の大きな変化を折りこみつつ、前述の問いに対して行なった反省と回答である。物語の軸線は、一九〇七年の枕頭山戦役と白色テロから、今の族人が直面している苦境と苦難にまで及び、大嵙崁流域のタイヤル族の百年を描いている。

物語は二部にわかれている。ふたつの不幸な死亡事件が起こって、幽霊と幽霊の間の対話に進み、異なる時空を行き来して、幻想的かつ荒唐無稽な手法で、「携帯電話」に次々に映し出される映像を借りて、なにが本当のタイヤル（人）かというテーマを繰り返し追求し、論じ合うのである。一部の主人公猟人ワタンは、年齢が少し上の叔父パトゥと一緒に山に猟に行き、その間、猟人のガガ（Gaga）を守ろうとするが、途中で遭遇した現実は伝統の教えと大きくかけ離れていた。彼らは行方不明になった登山客を探している警察に出くわし、身を隠さざるを得なかった。なぜなら、今では山林はもう国家のものとなり、その判断の基準はもはやガガではなく、『森林法』、『野生動物保護法』、そして『鉄砲弾薬刃物管理条例』なのである。いちいち祖先の教えを持ちだしてくるワタンに対して、パトゥはたまらず次のように言う。


「ワタン、この山は今、捜索隊の天下だ。わしらがいる場所じゃないよ」

「お前、なにを深刻ぶってんだ。わしらは今はただのコソ泥だ、国家のものを盗むのはそんなに難しいかね」

「ワタン、お前の言うことは皆正しいよ。わしらが山の洞穴に隠れている今の状況を見ろよ。奴らはどの法律でわしらのガガを認めるんだ。わしらは人と戦ったことがあるか？　お前の言うモーナ・ルーダオ〔霧社事件の指導者〕は日本人に勝ったのか？　ワタン、時代は変わったんだ。タイヤル族にまだガガを信じている者がいるか？　わしらのガガはいくらになるって言うんだ。ショッピングセンターに行ってものを買ったり、車にガソリンを入れたりできるか？　裁判官はわしらのタイヤル族のガガを信じるか？」

「お前に正直に言うと、この山にやってくる老闆〔社長〕らは金も力もある。今わしらが見てる山は、もうわしらの百年前の祖先が見たあの原始林じゃないんだ」

これがワタンが直面した問題であり、彼はどのようにして本当の人（タイヤル）になるか悩んでいるのである。その後、ワタンは、祖霊が与えてくれた贈り物――白面のムササビ――を取ろうとして上った木の枝が折れて、谷に墜落して死亡する。ワタンの問題は彼自身の幽霊に託され、幻想的な過程を経て引きつづき追究されていく。

猟人ワタンの幽霊が最初に出会った「老幽霊」は、体に合わない古い洋服を着た老人である。後の文章から見ると、この老人は大嵙崁で日本側と戦ったラハウ部落の指導者ウパハの子で、白色テロ時代に冤罪によって銃殺されたロシン・ワタンが反映されている。この老幽霊こそが二部構成の物語全体を貫き、本当に物語を語る人物なのである。老幽霊は「携帯」を通じて、猟人ワタンに国民中学校で学んでいた頃の理想と抱負を振りかえらせる。そして最後には、大嵙崁戦役でのウパハが率いる族人と、日本の守備隊長源五郎との激しい戦闘を詳細に語り、祖先の土地を守ることこそが本当のタイヤル精神であることを強調する。ワタンの幽霊はまた、難産で早逝した妻チワスに出会い、若い頃のことや部落の同級生との様々な出会いを一緒に思い出す。互いにぶつかり合い、適応できないままに過ごしたが、ともに成長した友人たちはついには方向を失って、不安な社会の周辺をさまようことになる。まるで山の盗賊集団に引きこまれて、ヒノキを盗伐するはめになったふたりの若者のように、ガガを失い、本当の人（タイヤル）になれないのだ。

小説の二部は、主人公は飛行士ワタンで、漢光演習中に不幸にも山林で不慮の事故が起きる。よみがえった幽霊は、藤かごを背負い、体に合わない古い洋服を着た原住民の老人のあとをついて行く。一部と同じように、「老幽霊」は「携帯」で、飛行士ワタンが死んだことだけでなく、さらに彼の部落や両親の若い時の様子をワタンに見せる。
映像は女たちが腰を曲げて、シイタケの菌種を木の幹の穴にびっしりと植えていく場面に移る。話は老闆の「黄さん」と、彼が飛行士ワタンの母親のヨウマを金で誘惑する場面になる。ワタンの父親は、木を伐採して盗んだ罪で入獄していたのだ。それがワタン一家の他人に言えない苦しみとなり、少年時代のワタンは学校で先生たちの頭痛の種の生徒となっていた。幸い後に軍官学校に入り、戦闘機パイロットとなって、明確な国家意識を持つようになり、どの民族もみな国家と政府に忠実であらねばならないと考えるようになる。そのため、彼と「老幽霊」との間に言い争いが起こる。老幽霊は言う。

「国家は、わしらの民族にとっては代名詞にすぎん、タイヤル語には国家という言葉はないんじゃよ」

さらに老幽霊は携帯を取りだして、飛行士ワタンにもうひとつの国家アイデンティティを巡る話を見るように強要した。
話の主人公はカマンの息子のワタンである。カマンは、部落の人々が尊敬する高山国民学校の代理校長だった。台中師範を卒業したが、若い時に「台湾蓬萊民族自救闘争青年同盟」を設立した林昭明と知り合っており、「スパイ」の罪名を着せられて、一二年の刑に処せられた。そのため一家は生活と精神面で言い難い困窮と疎外感に陥った。林昭明はロシン・ワタンの甥であり、一九五二年に政府転覆を企てたとして、重刑に処せられた。その後一三年を経て、一九六八年にカマンが林昭明事件との関連で懲役刑に処せられた。判決理由には多くの不合理な疑問点があるが、戒厳体制〔台湾は一九四九年から一九八七年まで三八年間、戒厳令下にあった〕の影響により、申し立てができなかった。携帯の映像ではカマンの息子のワタンが六〇歳の時に、教会でひとりの白髪の長者に会う。その人はカマンの判決に関して収集整理したぶ厚い資料を広げて、事件の過程と真相を逐一説明する。ロシン・ワタン、林昭明からカマンまで、その悲惨な末路を照らし合わせてみると、国家というものは、ついにはタイヤル精神の拠り所とはなれないのは明らかである。

率直なところ、トマスのこの小説を読んでいて、挫折感でいっぱいになった。四人のワタン、すなわち猟人ワタン、飛行士ワタン、カマンの息子のワタン、さらにロシン・ワタンを反映した老幽霊、彼らは互いに引き合い、時空を超え、夢うつつの中を、自由自在に往来する。読者は交錯する物語の展開の中ですぐに道に迷ってしまう。しかし、またまさにこのようであるからこそ、作者トマスの心のためらいとあらがいが映しだされているのである。創作に費やした六年、思い悩み、なにが「本当のタイヤル」かを問いつづけることは、作者の存在そのものを動揺させたに違いなく、答え難い問いであっただろう。我々は、小説全体の対話の主人公は、幽霊あるいは幽霊の追憶であり、それは完全に幽霊の対話録であることに気づかされる。猟人ワタンは読書家で、なにが本当のタイヤルかについて本の知識と概念から考えている。しかし、彼は生前、一緒に猟に行った叔父のパトゥに嫌われ、民宿を開きたいと思っている息子に冷やかされる。死後は、老幽霊から挑発され、またヒノキを盗伐している族人と危うく衝突しそうになる。飛行士ワタンは、生前、父親が他人の木を伐採して投獄され、そのために抑圧された屈辱感が反逆的な少年の気質を形成した。飛行士になって事故を起こした後、ワタンの幽霊は老幽霊に出くわし、老幽霊から出会いがしらに聞かれる。「アンタハタイヤルカナ?」さらに、「自分がタイヤル族であると信じてるかな?」と問われる。彼は「家を保ち国を守る（保家衛国）」と応えて自己弁護をするが、老幽霊はカマンの息子ワタンの家族の悲劇をあげ、飛行士ワタンの証言を否定する。ではロシン・ワタンとして投影された老幽霊自身はどうなのか？　彼は非業の死（横死）を遂げたために、猟人ワタンの祖父で、南洋で戦死したユハウ・ワタンと同じように、虹の橋を渡ることとができない。彼らはただ森林の中をあちこちさ迷う幽霊に過ぎない。四人のワタンは、見たところ誰も「本当の人」にはなれないのである。小説の末尾で、作者のトマスはひとつの妥協的で、微妙でかつ不明確な答えを出している。飛行士ワタンが尋ねる。「これが私たちタイヤル族の宿命なんでしょうか？」トマスは幽霊の口を借りてこう答えるのである。

「もともと、タイヤル族には自らの生命観があるのじゃ。ところが現状は、わしらの民族の生命は他人の手に握られておるのじゃ。あんたの命が強い嵐と機能しなくなった機械に左右されたようにな。立派だったね！　あんたは飛行機を安全に着陸させようと試みた。あんたと猟人のワタンは、同じようにこの土地のために努力したんだよ」

その後、老幽霊は立ちあがって咳払いをし、もの寂しい声でタイヤル族の「鎮魂歌」を歌う。

「……わしはお前たちの祖先だ、山河大地の霊になって森のどこにもいる。……子どもたちよ、恐れることはない。……祖先はずっとお前たちのそばにいて見守っている」

なにが「本当のタイヤル（人）」かが、答えがたい理由は、まずそれはある種の「外在」する「もの」が、そこに置かれてあなたが取りにくるのを待っているのではないからである。それは内在する価値の呼びかけであり、あなたに生物的な存在を越えたある種の「憧れ」を導きだせるものなのである。それは既成の物ではなく、生涯を尽くして、死ぬまで努力をつづけるものなのである。わたしたち原住民は大部分がキリスト教徒だが、『聖書』の言葉を踏襲すると、たとえイエス自身であっても十字架に磔（はりつけ）にされ、命が絶える最後の瞬間になっても、依然として大声でこのように叫ばざるを得なかった。「エリ、エリ、レマ、サバクタニ？」と。意味はこうである。「わが神、わが神、どうしてわたしをお見捨てになったのですか？」（マルコによる福音書、第一五章三四）言葉を換えて言えば、私たちは「本当のタイヤル（人）」になったのだろうか？つまり「棺をおいて」はじめて「論定まる」（人の真価は死後にはじめて定まる）ということである。生きている時、私たちはただ「成る」（becoming）という旅の途上にあるだけで、力を合わせて前に進んでいるのである。トマスは四人の「幽霊」を配置して、繰り返しこの「問い」を振りかえっているが、彼にはやむを得ざる理由があるのである。私が長年使ってきた言葉で言うと、それはまさに「死の開放性」であり、「死」こそが「意義」のはじまりなのである。

その次は、価値のある「憧れ」はまた、架空の「理想」や「理念」であってはならず、それは具体的な時空に存在して、実践の対象にならなければならない。「内在」から出て、「外在」を求め、そのことによってさまざまな生命の姿や人格の表現、そして文化の内実や倫理規範（ガガ）が生まれるのである。これもまた、何故、猟人ワタンがしきりに人類学者がまとめた文化概念を持ち出して、「なにが本当のタイヤルなのか」はっきりと定めようとした理由である。パトゥは露骨な皮肉と問いで、すぐにこうした硬直した概念はすでにその活力を失っていることを私たちに理解させた。ガガは「功過格（コウカカク）（道教の日常の行為を功〔善行〕と過〔悪行〕に分けて点数化する考え方）」ではなく、内在の根源と具体的な現実との対話に戻って、新しい活力を求めねばならないのだ。だから、なにが本当のタイヤル（人）かは、ただ「過去」から答えを探すだけではなく、「現在」と「未来」に開かれなければならない。「ガガ」は「教条」あるいは「法律」ではなく、それは一種の「あたかも存在する」ものであり、その現実性は具体的な個人によって、実践を通じて、止むことなくそれを活かしつづけなければならないのである。それは民族文化の創造力の体現にほかならない。

このような解釈は、トマスの創作の意図に反するだろうか。作者が創造した幽霊との対話は、まるで一筋の光のように濃霧を払い軛（くびき）を断って、我々に自分たちの伝統を見直す機会をもたらしてくれたのである。


（本文は原書に収録された「推薦の序」である。）

【解説】

「百年の孤独」――大嵙崁渓のタイヤル族の哀愁

下村作次郎

この作品は、台湾の桃園市復興区（旧、角板山（カッパンサン））に住むタイヤル族の近代百年の歴史を描いた小説である。但し、歴史小説と言うには作風が一風変わっており、後述するように四人のワタンの身の周りに起こった事件を中心に描かれている。

原題は、『Tayal Balay 真正的人』である。「Tayal Balay」はタイヤル語で、「Tayal」は「人、人間」、「Balay」は「本当、真相」という意味である。「真正的人」は中国語で、「本当の人、真実の人」の意味である。日本語タイトルは、原題をそのまま日本語にして『タイヤル・バライ本当の人』とした。原書は、二〇二三年四月に台北の山海文化雑誌社より出版された。

作者のトマス・ハヤン（Tumas Hayan）はタイヤル族で、漢名は李永松である。一九七二年に桃園市復興区奎輝（ケイフィ）部落に生まれた。二〇一四年の行政改革により、桃園県が直轄市となって桃園市に、さらに復興郷が復興区と改称したものである。また、この一帯は古くは角板山と称され、日本統治時代は新竹州大渓郡に属した。トマス・ハヤンは、国立台湾師範大学国文研究所碩士課程を終え、大学、高級中学（日本の高等学校にあたる）で教育に従事しながら、作家活動を行っている。二〇一九年に『再見雪之国』で、鍾肇政文学奨長編小説首奨を受賞したほか、多くの文学賞を得ている。

ここにあげた解説のタイトルは、コロンビアの作家ガブリエル・ガルシア・マルケス（一九二八−二〇一四）の長編小説『百年の孤独』（一九六七年）から採ったものである。トマス・ハヤンは、原書の「後記」の中で、このように書いている。

「この『タイヤル・バライ　本当の人』は、確かに鍾先生の『挿天山の歌』に挑戦した面があるが、時間と空間は大きく広がって、政権の転換を含む百年間にまたがり、タイヤル族のポスト植民地期における様相を深く検証して、タイヤル族の百年の孤独を描きだすことを試みたものである」（傍点筆者）と。

ここに見る鍾先生とは、台湾文学界の著名な作家鍾肇政（しょうちょうせい）（一九二五−二〇二〇）であり、『挿天山の歌』とは、「台湾人三部曲」（第一部『沈淪』、第二部『滄溟行』）の中の第三部として、一九七五年五月に出版された長編小説である。作品は、日本統治時代に日本に留学して抗日の秘密組織に加わっていた陸志驤（りくしじょう）が、台湾に帰って後も日本の特高警察に監視され続け、故郷の山中を転々とする物語である。その故郷は新竹州大溪郡の霊潭（現、龍潭）であり、主人公が転々と身を隠すのは、『タイヤル・バライ　本当の人』の舞台である枕頭山（ちんとうさん）山中である。『挿天山の歌』には、逃走中に、奎輝部落（作品では鶏飛社。客家語）のタイヤル族の青年で、日本名川瀬を名乗るダキス・ピホに出会い、大嵙崁（だいかかん）溪（現、大漢溪）でアユ釣りやオオウナギを捕まえる方法を学ぶ場面が描かれている。このようにタイヤル族が住む山地を描き、しかもトマス・ハヤンの出身地奎輝部落の青年を描いた『挿天山の歌』は、作者の創作意欲を強く刺激した。こうして書かれたのが、『挿天山の歌』と同じ作品舞台で展開されたタイヤル族の百年、すなわち清朝時代から日本統治時代、そして今日の中華民国時代までの百年の歴史を描いた本書である。

前書きが長くなったが、本書に描かれたタイヤル族の「百年の孤独」とは、どのような世界なのだろうか。

まず作品舞台の地理を見てみよう。小説の舞台となる復興区は桃園市の南部に位置し、中心となる角板山は復興区の北部にあり、桃園市の中心部から車で一時間、標高は約六四〇メートルで盆地のように広がり、そこには小さな街が形成されている。中心には角板山公園や角板山行館（別称、蔣介石行館）がある。作品では、このあたりを登場人物のワタンとチワスや、鴻文先生と美如先生がふたりで歩いている。

下の写真は、角板山公園から東南の方向を眺望した景色で、渓流はかつては大嵙崁渓と呼ばれた現在の大漢渓である。渓流の下流にはワタンと叔父のパトゥが狩猟に行くためにボートで渡った石門ダムがある。また作者が生まれた奎輝部落は、この渓流の向こうに位

置し（ちょうどこの写真の中心）、向かって右側の山は、ワタンたちが猟をし、不思議な老人や元高砂義勇隊の青年に出会った枕頭山である。この山には、不幸な死に見舞われた人々の孤独な幽霊が住む。写真は、筆者が二〇二三年一二月九日に、作者夫妻に案内して頂いた時に撮った写真である。

今日、中華民国（台湾）政府が認定する原住民族は一六族である。原住民族委員会の公式ホームページによると、原住民人口数は二〇二三年度末五八・九万人、最も多数なのはアミ族の二二万人、次いでパイワン族の一〇万六千人、タイヤル族はそれにつぐ九万六千人で、「台湾北部の中央山脈の両側に分布し、宜蘭県、新北市、桃園市、新竹県、苗栗県、台中市と南投県にまたがり、台湾中北部の三分の一の山地を占める」広い領域に住んでいる。本書に描かれたのは、その一角、桃園市の角板山一帯に住むタイヤル族である。

では、この角板山を中心としたタイヤル族をめぐって、どのような歴史が展開されてきたのだろうか。為政者によって記録された主な歴史を簡単に見てみよう。

台湾史は、一六二四年にはじまったオランダ時代（一六六二年まで）から数えると、北部のスペイン時代（一六二六年―一六四二年）を挟み、鄭氏三代時代（一六六三年―一六八三年）、清朝時代（一六八四年―一八九五年）、日本時代（一八九五年―一九四五年）、そして中華民国時代（一九四五年―現在）と、今日まで四百年を数える。

ここで一七世紀以前から台湾に住む台湾原住民族の歴史に視点をあてると、文字を持たない原住民族の記録は清朝時代にはじまる。今見たように、清朝の台湾統治は、一六八四年にはじまったが、しかし、清朝政府は原住民族が住む山地を「後山」と呼び、「化外の地（中華文明の及ばないところ）」とみなして長く統治してこなかった。そのため、山地が歴史に記録されるようになるのは、一八七四年五月の牡丹社事件以降のことになる。

　牡丹社事件は、山地に住む原住民族にとって大きな転換点となる事件となった。この事件は、明治政府が成立した四年後の、一八七一年一二月に発生した宮古島島民遭難事件に端を発する。琉球王国の那覇に朝貢に出た宮古島の船が、帰路、台風で流され、台湾の東海岸の八瑶湾に漂着し、助けを求めて上陸した六六名の内、五四名が現地のパイワン族に殺害された。その後、明治政府は、その責任を問う名目で、二年半後の一八七四年五月に、西郷従道を都督とする軍を派遣し、恒春半島の四重渓の石門で牡丹社とクスクス社を攻撃した。事件は、一〇月三一日に、大久保利通と恭親王奕訢の間で「日清両国互換条款（清日台湾事件専約）」が結ばれ、日本は一二月に台湾から軍を引きあげて幕を引くが、当時、事件の成り行きを見守っていた清朝の欽差大臣（皇帝の全権委任大臣）の沈葆楨は、翌年一月に、台湾統治以来一九〇年余にわたって清朝人の渡台を禁じてきた「渡台禁止令」を廃止し、同時に「開山撫番（山を開き、番を撫す）」を実施して、山地への進出、統治に乗りだした。

　この「開山撫番」政策は、翌一八七五年、台湾の南路、北路、中路で同時に実施されたが、当初より大きな衝突を引き起こした。屏東県の射寮（現、社寮）からはじまった南路では、二月に淮軍を主力とする清朝軍とパイワン族の大亀文社との間に、最初の原漢戦争が引き起こされた。陳耀昌の『獅頭花』（INK、二〇一七年）は、この獅頭社戦役を描いた最初の台湾史小説である（筆者訳『フォルモサの涙』東方書店、二〇二三年）。こうしてはじまった開山撫番は、各地で衝突、戦争を引き起こしながら、清朝、そしてそれを継承した日本は、強力に山地に進出していった。

本編は、「一部　猟人ワタン」、「二部　飛行士ワタン」の二部構成となっているが、物語は、墜落した山中で不思議な老人に出会うストーリーとなっている。そして、ふたりが出会った老人は、共に「体に合わない古い洋服を着て、ぶかぶかの革靴を履いており、猟人の装いとはとても思えな」い格好で、「荒れ果てた古い狩猟小屋」に住んでいるのだ。このことからふたりが出会った老人は、同一人物であることがわかる。ふたりはこの老人から、老人が持つ携帯電話の画面で、それぞれ自分たちの子供時代や学校生活、家族の様子や貧困、またかつてのタイヤル族の頭目の勇姿や日本警察との戦争、さらには知りたくないことや知られたくないこと、はたまた歴史的事件の真相などを見せられるのである。

物語は、こうして冥界、死者の世界に住む老人が持つ、携帯の画面に映しだされる動画によって展開されるのだが、この方法は言葉の壁を難なく乗り越え、世代間の意思疎通を図るツールとして使われている。日本統治時代の初期に生まれた老人の言語はタイヤル語と日本語であり、現代人の猟人ワタンや飛行士ワタンの言語は中国語と若干のタイヤル語で、明らかに意思疎通には大きな困難が伴うのだが、こうした言語の壁をなんなく越えて、タイヤル族の歴史を共有するために用意されたのが携帯の画面であり、小説の手法としては、ガルシア・マルケスの魔術的リアリズムが援用され、角板山一帯に展開されたタイヤル族の近百年の歴史が、過去と現代を縦横に往来しつつ語られるのである。

さて、冒頭で述べたように、この小説は四人のワタンを中心に物語が展開する。

一人目のワタンは、一部に登場する猟人ワタンである。猟人ワタンは、中学校時代に、角板山の国民中学校でウマスと優等生のチワスに出会う。ウマスは勉強に熱が入らず、チワスへの片思いにふけり、一方でキリスト教の信者で真面目なワタンを性の目覚めへと誘う悪友でもある。またウマスの家は極貧の母子家庭で、母は病気で寝つき、妹は小学校を終えると売春業者に売られていく。そしてウマス自身は落第して中学校二年で退学し、稼ぎのいい遠洋漁業につく。まさしく一九六〇年代から七〇年代の台湾の極貧家庭、特に山地の原住民社会に広く見られた現実が反映されている。

話は前後するが、一部の五章では、盗伐や密猟で何日も山にこもっている同じ部落のふたりの男に出会う。一九五一年五月より敷かれた「台湾省山地地区銃器管理法」は、原住民族の伝統的な生業である狩猟を奪い、そのため違法な行為をよぎなくさせている。また、南洋に高砂義勇隊として出征した猟人ワタンの祖父が、成仏できずに故郷の山地をさ迷う青年として登場する。

一部の一一章と一二章に入ると、老人は猟人ワタンに自分の父親が戦った日本の警察との戦争を語って聞かせる。角板山では、福建台湾省（一八八五年設置）の初代巡撫劉銘傳（りゅうめいでん）が、一八八六年から一八九二年にかけて、前述した開山撫番政策で大嵙崁事件(1)を起している。戦場となった大嵙崁は今日の桃園市復興区であるが、クスノキが繁茂し、樟脳（しょうのう）（二〇世紀にはセルロイド等の原料となる）が盛んに生産された地域であり、劉銘傳はここに撫墾総局を設立して樟脳を専売にした。日本統治時代もそれをそのまま引き継ぎ、そのため一九〇〇年から一九一〇年にかけて、再び大嵙崁事件が起こっている。

本編では、ラハウ部落のウパハと大溪郡警備隊陸軍守備隊長の源五郎が戦った一九〇七年の枕頭山での戦役が描かれている。さらに、総督府でこの戦いの報告を受けた台湾総督佐久間左馬太が、「理蕃」五年計画を実行する決意を固める場面が出てくるが、作者は、この戦役を佐久間総督が一九〇九年にはじめた「五カ年計画理蕃事業」のきっかけとなった事件として描いているのである。

一部の終章の一三章に入ると、老人はラハウ社の頭目ウパハの息子であることが明かされ、老人の過去について語られる。この老人は、一九二一年に台湾総督府医学専門学校を卒業し、長く公医として山地部落の医療に従事したエリートである。戦後は台湾総督府評議員となり、さらに省参議員に選出され、一九四七年に原住民族の土地返還を求める『台北県海山区三峡鎮大豹社原社復帰陳情書』を提出する。この陳情書は、父祖の地である大豹社（今日の新北市三峡区南部の山区）への復帰を訴えたものである。その後、老人は一九五一年に保安司令部に逮捕され、一九五四年に『懲治反乱条例』により処刑される。小説では最後までフルネームは明かされていないものの、その足跡からロシン・ワタン（一八九九－一九五四）であることがわかる。つまり、ラハウ社のウパハは、この老人が陳情書で復帰を望んだ大豹社の頭目ワタン・シャツ（Watan Syat、瓦旦・燮促、一八六二－一九〇八）がモデルとなっており、小説では、その息子のロシン・ワタンが、二人目のワタンとして描かれ、そして、全編を通して登場する主人公として描かれているのである。

三人目のワタンは、二部の主人公の飛行士ワタンである。彼は軍事訓練のために軍用ヘリコプターを操縦し、龍潭陸軍飛行基地を飛び立った後に、異常気象のために山中に墜落してしまう。そして彼もまた、猟人ワタンが遭遇した老人に出会うのである。

飛行士ワタンもまた貧しい家庭に育った。幼い頃、父は「林務局の木を伐って、シイタケを植え」、そのために罰せられて刑務所に収監された。生活はシイタケ栽培で働く母ヨウマひとりの肩にかかり、その上、ヨウマは好色な老闆（ラオパン）（社長）の黄さんに目をつけられて家庭は壊れていく。ワタンは荒れた中学校生活を送る問題児となり、先生に眼をつけられ、学校を退学し、軍官学校に進んで優秀な職業軍人となる。飛行士ワタンは、職業軍人の道に進んだ多数の原住民の姿を反映している。そんな飛行士ワタンを襲ったのが、演習中の軍事ヘリコプターに起こった墜落事故だった。

四人目のワタンは、二部の八章に登場するカマンの子のワタンである。ワタンの父のカマンは、台中師範学校を卒業したエリートで、在学中に大新竹同郷会を結成した。卒業後は山地に帰り、高山国民学校の代理校長として平穏に勤めていた。ところが、一九六八年七月に、突然、桃園県警察局保安処に呼びだされて景美軍事監獄に収監され、一八年前の一九五〇年七月、台中師範に在学中に「台湾蓬莱民族自救闘争青年同盟」に参加したという容疑で、懲役一二年の刑に処せられたのである。(2)

そのため、カマン一家は貧困と差別、そして数々の不幸に見舞われる。ワタンの長兄と次兄は少年時代に不幸な事故で死亡する。カマンは、出獄しても教職に復帰できず、他の仕事も見つからなかった。そんな中、勇気を奮って部落の村長選挙に出て、村のために尽くそうとする。しかし、妻は部落の人びとからの侮辱に耐えきれず、投票の前夜に農薬を飲んで自殺した。それ以降、カマンは二度と世の中に関わることがなくなり、家に引きこもってしまう。孤独なワタンは、その後、父の元を離れて都会に出て働く。

カマンを襲ったこの事件は、中国大陸で展開された第二次国共内戦（一九四六年から五〇年代）を契機に、戒厳令下の台湾で展開され、台湾人を襲った暗黒の白色テロの一環である。白色テロはこうして原住民族にも容赦なく降りかかったのである。

次の二部の九章で描かれているのは、このカマンの事件をでっち上げるきっかけとなった林老先生を巡る事件である。林老先生のモデルは林昭明であり、小説でもカマンに影響を与えた人物として実名で描かれている。

二〇一八年に開館した国家人権博物館開設の国家人権記憶庫には、国立台湾師範大学教授の范燕秋執筆による「林昭明」の項目があり、逮捕された理由は、次のように書かれている。

(https://memory.nhrm.gov.tw/)

「高建勝、趙巨徳らと『台湾蓬萊民族自救闘争青年同盟』を組織し（略）、一九五二年九月六日に拘留される。一九五四年、台湾省保安司令部によって『懲治叛乱条例』第二条第一項で『非合法の方法で政府転覆を図った』として、懲役一五年を言い渡される。一九六七年九月五日、刑期満了により釈放される」。

また、右の史料には、林昭明について次のように記録されている。

「林昭明（一九三〇－二〇一九）、男、桃園角板山のタイヤル人で、族名はワタン・タンガ（WatanTanga）、一九五二年に逮捕された時は二三歳である。日本統治時代に角板山蕃童教育所を卒業し、その後、新竹州新竹高工化学科に進学、航空燃料について学ぶ。一九四五年、第二次世界大戦の後、台北市建国中学に合格する。伯父は、林瑞昌（ロシン・ワタン、LosinWatan）である」

林昭明をめぐるこの事件は、作品の中で、長者とカマンの子のワタンによって冤罪であることが解明されていく。(3)

作品は、二部の一一章で終わるが、最後に「携帯の画面がゆっくりと暗くな」り、老人と飛行士ワタンは向き合って、次のような言葉を交わす。

「あなたは、動画の、馬場町で銃殺されたあのワタンさんですね？」

「あんたと猟人のワタンは、同じようにこの土地のために努力したんだよ」

そして、飛行士のワタンが中華民国の国旗の腕章を剝ぎとると、老人はポケットから小さな日本国の国旗を取りだし、そして「ふたりは顔を見合わせて笑った」。

タイヤル族のガガの教えでは、ふたりは「不慮の死を遂げたので、虹の橋を渡って、本当のタイヤル人になることはできない。この山の亡霊になるしかない」（二三四頁参照）のである。そんなふたりは、中華民国と日本の国旗を眼の前に広げ、この百年の間にふたつの異なる国の旗の下で生きて、「この土地のために努力し」たが、「本当のタイヤル人になることはできな」かったことを振りかえり、「顔を見合わせて笑った」のである。

本書には収録していないが、原書の「後記」の冒頭には、「タイヤル族として、どのように大嵙崁渓のタイヤル族の哀愁を見るか？」（傍点筆者）と本書の執筆意図が述べられている。作者トマス・ハヤンはその答えを、作品の最後に「顔を見合わせて笑った」ふたりの「笑み」で答えたのである。そしてこの作品は、老人が歌う「鎮魂歌」の歌詞で締めくくられている。

「祖先はずっとお前たちのそばにいて見守っている」

以上が、訳者としての本書の解説である。翻訳はもともと難しく、多くの困難をともなう。本編もまた難しかった。しかし、この作品を日本の読者に伝えたい、読んでもらいたいという気持ちは消えなかった。今日はインターネットが発達し、使いようによっては無限の知識を得ることができる。それでもまだ困難は消えない。作家独特の語彙や文体や表現、さらに作品の隠喩、暗喩など、大小さまざまな困難がある。幸い筆者は、二〇二三年一二月九日と一〇日の二日間、トマス・ハヤンさんの故郷の奎輝部落を訪ね、作品舞台を案内して頂いた。さらには翻訳が完成するまでの過程で、チャットやメールで頻繁に作品内容や語彙について尋ねることができた。タイヤル語は音声を録音して送ってもらった。これまでもそのようにして翻訳してきたが、今回はさらに幸運なできごとがあった。昨年（二〇二四年）の八月九日と一〇日に、作者夫妻の日本訪問を受け、疑問を逐一尋ねることができたことだ。ご夫妻には心よりお礼申し上げたい。この他、本編に描かれた大嵙崁溪、旧大豹社、角板山は、まだ作品が生まれていない二〇二〇年七月一四日に、国立清華大学台湾文学研究所教授の劉柳書琴さん、院生で医師でもある鍾志正さんに案内して頂き、ロシン・ワタン記念公園に立つロシン・ワタン記念像や、旧大豹社に立つ日本軍の忠魂碑を見学していた。このことも本編の理解には役立っている。また、訳文については、台湾原住民文学研究者の魚住悦子さんの協力を得ることができた。ここに記して深く心よりお礼申し上げたい。

本書の表紙のデザインは、『台湾原住民文学への扉』（二〇二三年）以来、台湾原住民文学を応援してくださっているやなぎみわさんが描いてくださった。心より感謝申し上げます。最後に、台湾原住民文学の創作と研究の推進者である孫大川氏から、帯の推薦の言葉を頂くことができた。そして、山海文化雑誌社主編の林宜妙さんからも様々な協力を頂いた。深くお礼申し上げます。今回もまた、本書の出版を快諾して下さった田畑書店の大槻慎二社長に深くお礼申し上げます。

本書の翻訳出版については、中華民国（台湾）政府文化部の助成を受けることができた。記してお礼申し上げる。

【注】

（1）この事件は、大嵙崁戦役とも呼ばれる。『原住民族重大歴史事件導読』（原住民族委員会、二〇二二年）や、傅琪貽（藤井志津枝）著『1900-1910 大嵙崁事件』（同、二〇一九年）参照。

（2）作者によると、カマンのモデルは李義平だという。後掲する「国家人権記憶庫」には、次のように記載されている。

「李義平（一九三二―一九九九）、台湾桃園人。（略）事件発生時、桃園高義国校の一級教導主任を委任される。かつて林昭明が指導する『蓬萊民族自救闘争青年同盟』および会議に参加し、邱致明が組織した『山防隊』にも加わる。（略）一九六八年七月十八日に逮捕される。一九七〇年、台湾警備総司令部の『懲治叛乱条例』第二条第一項で『非合法の方法で政府転覆を図った』として懲役一二年を言い渡され、家族が必要とする生活費を除いて、全財産が没収される。」

（3）林昭明および角板山のタイヤル族については、菊池一隆氏よる次の二冊の詳細な研究がある。『台湾北部タイヤル族から見た近現代史　日本植民地時代から国民党政権時代の「白色テロ」へ』集広舎、二〇一七年三月。『台湾原住民オーラルヒストリー　北部タイヤル族和夫さんと日本人妻緑さん』集広舎、二〇一七年九月

【作者略歴】

トマス・ハヤン（Tumas Hayang）

一九七二年、台湾桃園市復興区奎輝部落生まれ。タイヤル族人。漢名は李永松。台湾師範大学国文研究所碩士修了。大学、高級中学校講師。現在、原住民作家ペンクラブ常務理事、復興区奎輝部落社区発展協会総幹事を務める。二〇〇五年呉濁流文学奨小説一等賞、二〇〇六年台湾文学奨長編小説推薦賞、二〇一一年台湾原住民文学短編小説一等賞、二〇一九年鍾肇政文学奨長編小説一等賞など多数受賞。著作には『北横多馬斯』（二〇〇二年）、『雪国再見』（二〇〇六年）、『冷山』（二〇一〇年）、『泰雅之音』（二〇一三年）などがある。

【訳者略歴】

下村作次郎（しもむら　さくじろう）

一九四九年、和歌山県新宮市生まれ。関西大学大学院博士課程修了。博士（文学）。天理大学名誉教授。中国文化大学交換教授、成功大学および清華大学の台湾文学研究所客員教授歴任。著書『文学で読む台湾』、『台湾文学の発掘と探究』、『台湾原住民文学への扉』、共著『よみがえる台湾文学』、『台湾原住民族の現在』、『台湾原住民族の音楽と文化』、『台湾近現代文学史』、共訳・編集、呉錦発編著『悲情の山地』、鄧相揚著『抗日霧社事件の歴史』、『台湾原住民文学選』全九巻、翻訳、孫大川著『台湾エスニックマイノリティ文学論』、シャマン・ラポガン著『空の目』、『大海に生きる夢』、陳耀昌著『フォルモサに咲く花』、『フォルモサの涙』、ワリス・ノカン著『都市残酷』、共訳、陳芳明著『台湾新文学史』（上下）ほかがある。二〇一二年一等原住民族専業奨章、二〇一八年第五回鉄犬ヘテロトピア文学賞、二〇二一年台湾文学貢献奨など受賞。

タイヤル・バライ　本当の人

2025年　3月25日　印刷
2025年　3月31日　発行

著 者　トマス・ハヤン

訳 者　下村作次郎

発行人　大槻慎二
発行所　株式会社 田畑書店
〒130-0025　東京都墨田区千歳 2-13-4　跳豊ビル 301
tel 03-6272-5718　fax 03-6659-6506
装幀　やなぎみわ
本文組版　田畑書店デザイン室
印刷・製本　モリモト印刷株式会社

Printed in Japan
ISBN978-4-8038-0463-8 C0097
定価はカバーに表示してあります
落丁・乱丁本はお取り替えいたします